건축무한육면각체

건축무한 육면각체

1

장용민 장편소설

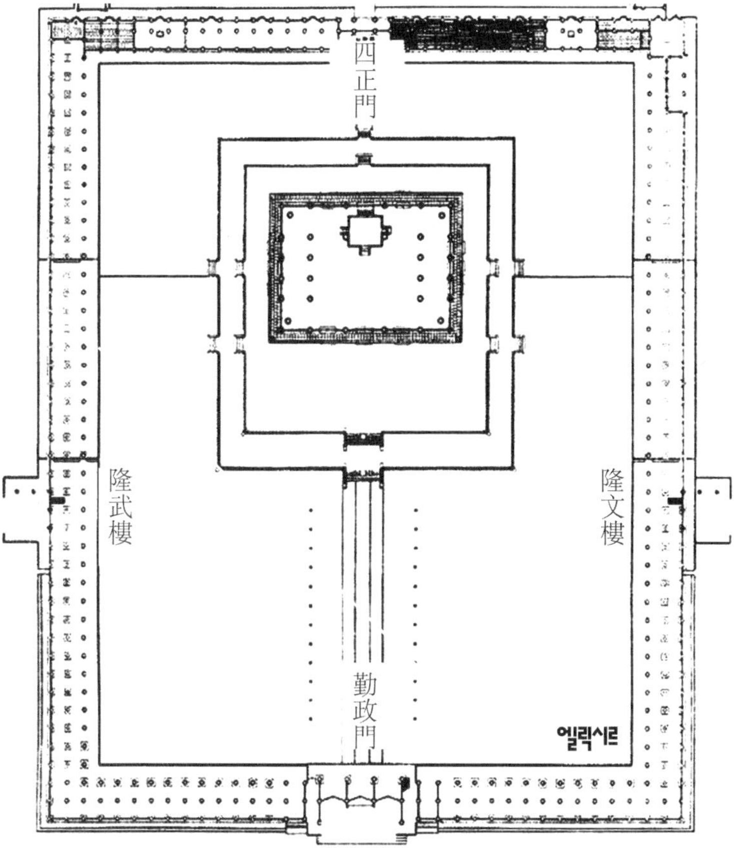

엘릭시르

차례

작가의 말

소설을 쓴 지 20년이 다 되었다.

이야기꾼을 꿈꾸며 타인의 소설로 채워나가던 책장에 부끄럽지만 몇 권의 내 소설들이 꽂혀 있다. 가끔씩 술에 취해 그것들을 읽을 때면 일종의 감동이 밀려온다.

그 책들을 쓰며 웃고 울었던 내 궤적이 스쳐지나간다.

그 책들을 쓰기 위해 안간힘을 쓰고 '스승'들의 책들을 넘어서보려고 객기를 부리던 모습들이 날 웃게 만든다. 나는 지금 삶에 또 다른 궤적을 남길 여섯 번째 책을 쓰고 있다. 언제나 그렇지만 새로운 이야기를 써나갈 때면 늘 힘들다. 매번 처음부터 시작하는 기분이다. 하지만 늘 그래왔듯 죽을힘을 다해 완성을 하면 또 하나의 내가 책 너머에서 날 바라본다. 어느덧 흰머리도 생기고 주름도 늘었지만 그 너머에는 멋진 이야기를 꿈꾸던 내가 서 있다. 펜을 들 수 없을 만큼 늙어서도 이야기 저편에 꿈으로 가득한 내가 웃고 있길 바란다.

『건축무한육면각체』는 나에게 의미가 큰 소설이다.

내가 태어나 처음으로 쓴 소설이자 지금의 내가 있게 만들어준 소설이다.

나에게 소설을 쓴다는 것이 얼마나 멋진 일이며 가치 있는 일인지 알려줬고, 글을 통해 자아를 찾을 수 있다는 길을 보여준 소설이다.

이 소설이 다시 출간된다. 네 번째 출간이다. 오랜만에 초년의 나를 대하니 가슴이 뭉클하다. 그리고 지금의 나를 돌아본다. 나는 과연 내가 꿈꾸던 글을 쓰고 있는가.

그러길 바란다, 간절히.

2016년 해의 끝자락에서,

장용민

프롤로그

사각형의내부의사각형의내부의사각형의내부의사각형의내부의사각형.

사각이난원운동의사각이난원운동의사각의난원.

비누가통과하는혈관의비눗내를투시하는사람.

지구를모형으로만들어진지구의를모형으로만들어진지구.

거세된양말.(그여인의이름은워어즈였다)

빈혈면포, 당신의얼굴빛깔도참새다리같습네다.

평행사변형대각선방향을추진하는막대한중량.

마르세이유의봄을해람한코티의향수의마지한동양의가을

쾌청의공중에붕유하는Z백호. 회충양약이라고씌어져있다.

옥상정원. 원후를흉내내이고있는마드무아젤.

만곡된직선을직선으로질주하는낙체공식.

시계문자반에XII에내리워진일개의침수된황혼.

도어—의내부의도어—의내부의조롱의내부의카나리아의 내부의작살문호의내부의인사.

식당의문깐에방금도달한자웅과같은붕우가헤어진다.

파랑잉크가엎질러진각설탕이삼륜차에적하된다.

명함을짓밟는군용장화. 가구를질구하는조화금련.

위에서내려오고밑에서올라가고위에서내려오고밑에서올라 간사람은밑에서올라가지아니한위에서내려오지아니한밑에서 올라가지아니한위에서내려오지아니한사람.

저여자의하반은저남자의상반에흡사하다.(나는애련한해후 에애련하는나)

사각이난케이스가걷기시작이다.(소름끼치는일이다)

라지에이터의근방에서승천하는굿바이.

바깥은우중. 발광어류의군집이동.

— 이상의 시 「건축무한육면각체」

사람은 사람의 객관을 버리라

문제의 음성 메시지는 이틀 전에 왔다. 정확히 이틀 전 새벽 2시 15분에 도착했다.

이 주 전 은표와 헤어진 후 나는 다시 일상으로 돌아가려고 안간힘을 쓰고 있었다. 얼마 남지 않은 졸업논문 마감일을 지켜야 했기 때문이다. 하지만 이미 사해를 지나 요단강을 건너버린 나에게 일상이란 단어는 머나먼 남의 이야기가 되어 있었다.

우리가 지난 석 달 동안 벌인 철없는 장난들은 살인이라는 극단적인 현실의 화살로 되돌아왔다. 화살촉에는 불안과 공포라는 치명적인 독까지 묻어 있었다.

모든 것이 한계치를 넘어선 상태였다. 우리는 열어서는 안 될 판도라의 상자를 키득거리며 열어버렸다. 안에서 쏟아져 나온 것은 우리의 상상을 초월한 괴물들이었다. 지난 반세기 동안 역사의 그림자 속에서 웅크린 채 잠들어 있던.

그로 인해 여섯 명이 목숨을 잃었고 이젠 우리 차례였다. 저승사자가 펼친 제비를 누가 먼저 뽑느냐만이 남아 있었다. 그런데 그 순간 은표가 연락을 끊고 모든 짐을 혼자 짊어진 채 사라져버렸다. 공평하지 않은 일이다. 이 게임은 함께 시작했으니 결말이 어떻게 나더라도 함께 마지막 패를 펼쳤어야 했다. 나는 은표와 연락을 취하려고 백방으로 노력했으나 허사였다. 은표는 증발한 듯 나타나지 않았다.

나는 모든 것을 단념하고 논문에 집중하기로 했다. 내가 걱정한들 아무것도 해결되지 않으니까. 나는 펼쳐보지도 않은 채 먼지를 고스란히 뒤집어쓰고 있던 '이상 김해경'에 관한 자료들을 가져와 책상 앞에 앉았다. 그리고 손에 잡히는 이상의 시집 하나를 펼쳤다.

건축무한육면각체.

맙소사. 이상의 시 116편 가운데 내 눈앞에 펼쳐진 것은 다름 아닌 「건축무한육면각체」였다. 이 암호와도 같은 시 때문에 모든 사건이 시작되었는데.

나는 고개를 돌려 이상의 다른 자료들을 바라보았다.

한국 현대 시인 연구, 건축학적인 측면에서 바라본 이상의 시 분석 등등. 입에서 자연스레 한숨이 흘러나왔다. 내 방을 가득 메운 이 자료들은 표피만을 대강 핥고 내뱉은 배부른 학자들의 헛소리라는 것을 잘 알기 때문이다.

"논문은 물 건너갔다."

나는 혼자 읊조리며 은표를 생각했다.

은표는 무사할까. 지금까지 우리의 추리는 과연 옳았을까.

문득 어딘가 처박혀 있을 내 휴대전화가 떠올랐다.

그렇다. 뒤죽박죽인 머릿속을 정리하느라 휴대전화 충전하는 것을 까맣게 잊고 있었다. 유일하게 은표와 연결될 수 있는 통로가 게으름 때문에 막혀 있을지도 모른다. 나는 방안 가득한 잡동사니를 뒤져 낡은 휴대전화를 찾기 시작했다. 아니나 다를까. 휴대전화는 빨랫감을 담아두는 바구니 속에서 전원이 꺼진 채 널브러져 있었다. 나는 굶주린 녀석을 충전기에 끼우고는 오 분을 기다리기로 했다. 붉은색 불이 들어오며 녀석의 얼굴에 생기가 돌기 시작했다. 입을 다문 채 주린 배를 채우고 있는 휴대전화를 보고 있자니 이유 없이 초조해졌다. 희망이라고는 눈곱만큼도 찾아볼 수 없는 낡은 저택의 우체통을 열기 직전의 심정. 열어봐야 세금 고지서와 독촉장이 전부일 게 분명했다.

하지만 인간은 눈곱만큼의 희망 때문에 모든 것을 망치는 어리석은 존재다.

나는 결국 오 분을 참지 못하고 휴대전화 전원을 켰다.

이젠 한물간 초기 화면이 현재 시각과 함께 나타났다. 잠시 후 딩동 하는 경쾌한 소리와 함께 몇 개의 메시지가 도착했다. 나는 황급히 메시지를 확인했다. 첫 번째 메시지.

—신용 조회 기록 없이 최대 3000만원까지, 서민을 위한 맞춤 대출. 전화 한 통이면 모든 게 한 번에 OK!

세상은 돈을 빌려주지 못해서 안달이 나 있었다. 이 친구는 거의 매일 내게 구애의 문자를 보내고 있다.

다음 메시지를 확인했다.

—선배. 무슨 일 있어요? 전화기도 꺼놓고. 마감 얼마 안 남은 거 알죠. 이번엔 꼭 졸업하세요. 홧팅!

사회 선배가 된 후배의 격려 문자.

'그래. 홧팅이다.'

나는 또다시 낙제를 받고 등교를 하게 될 우울한 캠퍼스를 생각하며 다음 확인 버튼을 눌렀다. 그런데.

—형! 대체 어디 있는 거야? 뭘 하기에 전화도 안 받아? 전부 사실이었어. 우리가 떠벌리고 다닌 게 진실이었다고. 어

떻게 해야 할지 모르겠어. 지금 놈이 날 찾고 있어. 여길 떠야 돼. 이 메시지 듣는 대로 연락 줘.

나는 은표의 목소리를 듣는 순간 자리에서 벌떡 일어났다.

불길한 예감은 언제나 맞는다고 했던가. 은표였다. 제기랄. 나는 가장 중요한 순간에 휴대전화를 꺼놓고 있었던 것이다. 자책감이 몰려들었다. 은표는 비밀의 근원에 접근한 것이 틀림없었다. 그와 함께 놈들의 위협도 목전에 와 있었다.

나란 인간은 언제나 이런 식이다. 누군가 필요로 할 때 그 자리에 없는 것이다. 메시지가 하나 더 와 있었다. 나는 지체 없이 확인 버튼을 눌렀다.

—형! 더이상 시간이 없어. 놈들이 곧 날 찾아낼 거야. 지금부터 내가 하는 말을 잘 들어! 메시지를 듣는 대로 당장 서울역으로 가. 우리가 마지막으로 추리했던 장소 기억하지? 거기에 지금까지의 모든 비밀이 담긴…….

이윽고 뚜 하는 신호음과 함께 은표의 목소리가 사라졌다. 마지막 메시지였다. 나는 한동안 자리에서 움직일 수가 없었다. 온몸의 신경이 곤두서며 반란을 일으켰다. 그와 함께 수많은 생각들이 뇌리를 스쳤다. 은표는 하고 싶은 말을 못 마친 채 전화를 끊었다. 도대체 은표에게 무슨 일이 있었던 것일까. 은표는 놈들이 자신을 쫓고 있다고 했다. 놈들의 손에 살해당한 것인가? 이미 주검이 되어 어느 뒷골목 쓰레기통 속에서 나뒹굴고 있을지도 모르는 일이다. 불길한 생각이 꼬리를 물고 이어졌다. 나는 뺨을 때렸다.

'정신을 차리자. 이럴 때일수록 이성적으로 생각해야 한다.'

지금 내가 할 수 있는 일이 무엇일까? 경찰에 알려야 하나? 아니다. 우리가 지금까지 겪은 일들을 사실대로 말한다 해도 경찰은 절대 우리 말을 믿지 못할 것이다. 지난 석 달 동안의 일은 상식의 선을 한참 넘어 있으니까. 그럼 나는 무엇을 해야 하는가. 우선 은표가 마지막 메시지에서 말한 비밀의 실체를 찾기로 하고 허겁지겁 옷을 챙겼다. 그리고 문을 나서며 마음속으로 빌었다.

'제발 살아만 있어라.'

직선은 원을 살해하였는가

나는 어딘가로 완만하게 하강하고 있었다.

내가 탄 것은 단순한 기계음을 내며 작동하는 공사용 구식 엘리베이터였다. 철제 프레임으로 이루어진 엘리베이터는 지하 터널 속으로 빨려들어가고 있었다. 어느 광산의 내부인 듯했다. 엘리베이터의 외부에는 굴삭기로 거칠게 깎인 화강암을 따라 지하수가 흘러내렸다.

왠지 가빠오는 호흡. 퀴퀴한 지하 특유의 냄새가 침울한 대기 속에 잔뜩 배어 있었다. 하지만 숨쉬기가 어려워진 건 그 때문만은 아닌 듯했다. 산소도 희박해진 것 같다. 나는 상당히 깊은 지하까지 내려와 있는 모양이었다.

주변을 둘러보았지만 나 이외에 타고 있는 사람은 없었다. 고개를 들어 위를 올려다봤다. 엘리베이터에 연결된 와이어가 저멀리 블랙홀 같은 암흑 속으로 사라지고 있었다.

직감적으로 우리가 지금껏 찾아왔던 진실의 근원을 향해 다가가고 있다는 것을 알 수 있었다. 이유는 알 수 없지만 끊임없이 하강하고 있는 이 엘리베이터가 친숙했다. 목적지도 정확히 알고 있었다. 마치 누군가의 육체에 나의 영혼이 스며들어 뇌에 저장되어 있는 지식을 엿보는 듯한 느낌이다. 내가 향하고 있는 곳을 정확하게 설명할 수는 없다. 다만 그곳에선 지금껏 인류 역사에서 유래가 없는, 사악하고 악랄하며 인간이 넘어선 안 될 한계를 넘어버린, 비극적인 계획이 진행되고 있다는 것만 말할 수 있을 뿐이다.

몸에 닿는 옷감의 감촉이 낯설다. 나는 입고 있는 옷을 바라봤다. 질 나쁜 싸구려 양모 재질의 회색 양복은 일제 강점기의 빛바랜 스틸 사진에서나 볼 수 있었던 폭이 좁은 넥타이에 약간은 짧은 기장의 양복이었다.

혼란스럽다. 지금의 나는 이전의 나와는 전혀 다르다.

엘리베이터가 속도를 늦추더니 이윽고 멈췄다. 심장 뛰는 소리가 느껴진다. 철문이 요란한 소리를 내며 열리더니 빳빳한 제국 군복을 입은 일본 장교가 나타났다.

장교는 절도 있게 장교모를 바로 하고는 기묘한 미소를 짓는다.

'세계의 중심에 오신 것을 환영하오.'

그는 일본어로 말하고 있지만 나는 정확히 그의 말을 알아들을 수 있다. 뿐만 아니라 그의 외모가 어딘지 모르게 익숙했다.

장교는 나에게 따라오라는 듯 손짓을 하고는 앞서 발걸음을 옮기기 시작했다.

나는 말없이 뒤를 따라갔다. 장교와 나는 한 사람이 간신히 지날 수 있는 좁은 통로를 따라 걸었다. 천장에는 통로를 따라 일렬로 백열전구가 매달려 있고 그 위로 지하수가 흘러내렸다.

얼마를 걸었을까. 저멀리 터널의 끝이 보였다. 눈이 부시도록 밝은 빛, 일광日光에 가까운 강한 빛이 끝에서 뿜어져 나왔다. 하지만 우리가 향하고 있는 곳은 지상이 아니다. 나는 거의 오 분이 넘게 엘리베이터에 매달려 내려오지 않았던가. 장교는 이곳에 수백 번도 더 온 양 어둠을 뚫고 익숙하게 빛의 근원으로 다가갔다. 열기가 느껴진다. 그와 함께 내 마음속에는 지울 수 없는 죄책감이 천근만근 심장을 짓누르기 시작했다. 이윽고 장교가 빛의 근원으로 사라진다. 나도 그를 따라 빛 속으로 들어간다.

*

은표는 눈을 떴다. 그리고 몸을 움츠렸다. 새벽 한기가 뼈마디 구석구석 스며들었다.

손바닥이 식은땀으로 흥건하게 젖어 있었다. 기분 나쁜 꿈이었다. 시간과 공간을 초월하여 실제로 체험한 듯 현실보다도 생생한 꿈이었다. 은표는 방금 전 꾸었던 꿈의 내용을 되새겼다. 습한 지하 대기 속을 하강하던 엘리베이터, 특이한 암석의 터널, 그리고 빛으로 가득찬 방. 모든 것이 손을 뻗으면 만질 수 있을 것같이 선명했다. 은표는 고개를 설레설레 저었다.

오랫동안 이 사건에 매달렸더니 이젠 꿈까지 꾼다.

하지만 잠시 후면 모든 것이 밝혀진다. 잠시 후면.

은표는 아직도 아른거리는 꿈속의 장면들을 뒤로한 채 주변을 살폈다. 밤은 무르익어 대기에 이슬을 흩뿌렸다. 주위는 쥐죽은듯이 고요했다. 시간을 확인했다. 시계는 2시를 가리켰다. 계획을 실행시킬 때가 왔다. 은표는 옆에 놓여 있던 배낭을 추스르며 몸을 일으켰다. 하지만 제대로 일어설 수가 없었다. 종아리에 쥐가 나 꼼짝도 할 수 없었다.

은표가 때를 기다리며 밤을 지새운 이곳은 서울 시청 2층 화장실이다. 그곳에서 시청 직원들이 퇴근하길 기다리며 무려 여덟 시간 동안 쭈그리고 있었으니 쥐가 나는 것도 당연했다. 은표는 근육이 풀리기를 기다리며 심호흡을 했다. 비밀의 실체가 목전에 있다고 생각하니 가슴 설레는 기대와 함께 미지에 대한 두려움이 동시에 몰려왔다. 은표는 아직까지 마지막 비밀을 풀지 못하고 있었다. 그것은 눈으로 확인하기 전에는 알 수 없는 것이었다. 은표는 지금껏 비밀의 실체에 관해 수도 없이 많은 상상을 해보았지만 감도 잡히질 않았다. 잠시 후면 그 실체가 은표의 눈앞에 펼쳐질 것이다.

이윽고 다리가 정상으로 돌아오자 화장실을 빠져나와 1층 중앙 플로어가 보이는 계단으로 향했다. 시청 직원들이 모두 퇴근한 중앙 플로어에는 천장에 설치된 창문을 통해 들어오는 푸른 달빛만이 차가운 새벽 공기에 일렁였다. 창밖에는 컴퍼스로 제도한 듯한 동그란 보름달이 은표를 내려다보고 있었다. 달은 일제 통치하의 수많은 한을 짓밟고 지어진 이 건물을 반세기 동안 지켜보고 있었다.

은표는 아무도 없는 것을 확인한 후 가방에서 휴대용 손전등과 비밀을 풀 단서를 기록해놓은 다이어리를 꺼냈다.

중앙 플로어에는 일제 강점기 시절 일왕을 상징했던 태양을 형상화한 방사 무늬가 오색 대리석으로 수놓여 있었다. 은표는 다이어리를 펴고 적혀 있는 내용을 읽어보았다.

四角이난圓運動의四角이난圓運動의四角이난圓.

은표는 손전등으로 태양 무늬 중앙의 대리석을 비추었다. 주변의 평범한 대리석과 달리 빛나는 주석과 오색의 대리석으로 정교하게 짜맞춘 제국의 문양. 그것은 네 개의 정사각형들이 크기를 달리해 서로 엇갈리며 중앙으로 이어지는 육면각체였다.

'여기다. 두 번째 사각이 난 원.'

온몸에 전율이 흘렀다. 지금 은표는 이상 김해경이 세상에 간절히 알리고 싶어 했던 비밀의 입구에 서 있었다.

은표의 머리에 지난 석 달 동안 일어났던 믿기 힘든 사건과 상상을 초월하는 거대한 계획의 추리 과정이 주마등처럼 지나갔다.

구름이 달빛을 가리며 중앙 홀에 그림자를 드리웠다.

은표는 가방에서 미리 준비한 공구를 꺼냈다. 그리고 주저 없이 대리석 틈으로 밀어넣었다. 이제 돌이킬 수 없는 역사의 이면으로 첫발을 내딛는 순간이었다.

그때였다. 입구 쪽에서 인기척이 느껴졌다.

은표는 반사적으로 기둥 뒤에 몸을 숨겼다. 순찰을 도는 경비원일 것이다. 그렇다면 잠시 후 다시 작업을 진행할 수 있을 것이다. 하지만 경비원이 아니었다. 어스름히 비추는 보름달 빛을 받으며 나타난 것은 군용 야상(야전 상의)을 입은 남자였다. 은표는 그의 모습을 또렷이 기억하고 있었다. 얼마 전에도 그는 은표와 지우의 목숨을 노렸다. 은표는 숨을 죽이고 그의 일거수일투족을 지켜보았다.

그는 그림자처럼 소리 없이 플로어로 미끄러져 들어왔다. 마치 사냥을 위해 특별히 만든 사슴 가죽 신발을 신은 사냥꾼 같았다. 손에 무기 같은 것은 들고 있지 않은 듯했다. 하지만 놈의 낡은 야상 속에는 수많은 치명적인 무기들이 숨어 있다는 사실을 은표는 잘 알고 있었다. 녀석은 천천히 중앙의 태양 무늬를 향해 걸어 들어오더니 정확히 은표가 들어내려던 대리석 위에 멈춰 섰다.

그때 구름에 가렸던 달이 다시 모습을 드러냈다. 녀석의 발치에 금속 물체가 반짝였다. 은표의 공구였다. 경황없이 피하느라 미처 챙기지 못했다. 그림자에 가렸던 녀석의 날카로운 눈매가 빛을 발하며 움직였다.

녀석의 매와도 같은 눈이 발치에 놓인 금속 공구를 응시했다. 천천히 몸을 숙여 공구를 줍더니 주변으로 시선을 돌렸다. 등줄기에 식은땀이 흘렀다. 호흡이 가빠오며 온몸에 퍼져 있는 모든 세포와 신경이 서로를 팽팽히 당겼다. 은표는 뒷주머니에서 호신용 나이프를 꺼내 들었다.

녀석은 먹이를 노리는 코브라처럼 대기에 퍼져 있는 은표의 낌새를 감지하려 했다. 천천히 주변을 살피던 시선이 은표가 몸을 숨기고 있는 기둥에서 멈췄다. 은표는 온몸이 얼어붙는 것 같았다.

'귀신같은 놈!'

은표는 입안에 고인 침을 삼키며 생각했다. 녀석은 확신을 갖고 은표를 향해 곧바로 걸어왔다.

선택을 해야 했다. 녀석을 상대로 싸우느냐 아니면 이대로 비밀을 덮어둔 채 줄행랑을 치느냐. 녀석과 힘 대결을 펼쳐서는 승산이 없다는 걸 은표는 잘 알고 있었다.

그렇다면…….

녀석이 코앞까지 다가왔다.

'절대로 주저하지 마라. 절대로.'

은표는 자신을 타이르며 들고 있던 호신용 칼을 두 손으로 움켜쥐었다. 녀석이 기둥을 도는 순간, 은표는 시청 내부가 떠나갈 듯 고함을 지르며 기둥 너머로 몸을 날렸다. 동시에 들고 있던 칼을 녀석을 향해 휘둘렀다. 하지만 은표의 어설픈 공격에 당할 놈이 아니었다. 녀석은 반사적으로 칼을 피하며 은표에게 일격을 가했다. 저만치 나가떨어진 은표는 그 순간을 놓치지 않고 가까운 창문을 향해 있는 힘껏 달렸다. 놈도 자세를 가다듬고 은표를 쫓기 시작했다. 녀석은 잘 훈련된 도베르만처럼 은표의 등에서 한순간도 눈을 떼지 않고 뒤를 따라붙었다. 은표는 달빛으로 물든 아치형 창문을 향해 몸을 날렸다.

쨍그랑! 요란한 소리와 함께 은표의 작은 몸이 잔디 위를 굴렀다. 잘못 떨어졌는지 등이 아팠다. 하지만 그런 데 신경 쓸 겨를은 없었다. 배낭을 고쳐 메고 정문을 향해 그대로 달렸다. 정문은 열려 있었다. 은표는 정문을 향하며 경비실을 힐긋 보았다. 만약 누가 있다면 도움을 요청할 수 있을 것이다. 하지만 경비원은 죽은듯이 잠들어 있었다. 이 소동에도 잠에서 깨어나지 않은 것을 보니 놈이 잠입하면서 마취시켜 놓은 듯했다. 치밀한 녀석이다. 놈은 필요 이상의 살인으로 주위를 시끄럽게 하지 않았다.

그때 녀석이 다른 창문을 깨며 뛰쳐나왔다. 녀석은 사뿐히 잔디밭에 내려앉더니 지체 없이 은표를 향해 달려왔다.

은표는 대로로 향했다. 이곳은 대한민국 지도자인 대통령의 거처에서 가까운 곳이다. 분명 경찰이 있을 것이다. 놈에게 잡혀 소리소문 없이 죽느니 경찰서에서 며칠 밤을 보내는 게 낫다. 은표는 정문을 통과하며 주위를 둘러보았다. 은표의 기억으로 이쯤에는 항상 전경들이 조를 편성하여 순찰을 돌았다. 하지만 어찌된 일인지 경찰 유니폼은 어디에도 보이지 않았다.

젠장. 도대체 경찰들은 어디로 간 거야? 달리 방법을 찾아야 했다.

그 순간 뭔가 날아와 은표의 팔뚝에 박혔다. 정신이 아득해졌다. 무언가 팔뚝을 타고 흘러내렸다. 은표는 다시 달리기 시작하며 팔뚝을 바라봤다. 작은 대나무 화살이 팔에 박혀 있었다. 녀석의 손에는 고대 수렵에 사용됐던 각궁角弓이 들려 있었다. 요즘은 보기 힘든 물소 뿔로 된 활이 달빛에 반짝거렸다. 녀석은 또 다른 화살을 장전하고는 은표를 향해 다시 겨누었다. 은표는 방향을 바꿔 반대편 골목으로 몸을 날렸다.

심장은 터질 듯이 고동치고 상처 입은 팔에서는 계속 피가 흘러내렸지만 멈출 수가 없었다.

무슨 수단을 강구해야 했다. 그때 움직이는 불빛이 보였다. 청소차가 지난밤의 쓰레기를 치우고 있었다. 은표는 지체 않고 미화원들 사이에 몸을 숨겼다. 지독한 악취가 코를 찔렀지만 그런 걸 불평할 만큼 여유로운 상황이 아니다. 저만치 드리워진 골목 그림자 속에서 녀석의 시선이 느껴졌다. 녀석은 사람이 있는 곳에는 절대 모습을 드러내지 않는다는 걸 은표는 잘 알았다. 또한 놈이 절대 포기하지 않는다는 사실 역시 잘 알았다.

갑자기 나타난 은표를 보고 당황한 미화원들이 일손을 멈추고 멍하니 바라보았다.

은표는 그들의 시선을 아랑곳 않고 팔에 박힌 화살을 빼냈다. 뼈까지 다치진 않은 것 같지만 출혈이 심해서 의식이 흐려졌다. 일단 속옷을 찢어 지혈을 했다.

피가 멎자 은표는 놈의 거동을 살폈다. 하지만 놈은 어디론가 사라지고 없었다. 안심하긴 아직 이르다.

은표는 주머니에서 휴대전화를 꺼냈다. 지금 이 상황에서 은표를 도울 수 있는 사람은 지우뿐이었다. 하지만 휴대전화는 조금 전 창문에서 뛰어내릴 때 부서져 두 동강 나 있었다.

은표는 부서진 휴대전화를 도로 주머니에 넣고 주위를 둘러봤다. 어둠 속 저만치 구원의 등처럼 서 있는 공중전화부스가 보였다. 은표는 비틀거리며 부스로 다가갔다. 정신이 아득해져왔다. 출혈 때문이다. 정신을 잃지 않으려고 안간힘을 쓰며 동전을 꺼내 투입구에 넣었다. 그리고 지우의 번호를 눌렀다. 신호음이 울린다. 한 번……. 두 번……. 세 번…….

어찌된 일인지 지우는 전화를 받지 않았다. 은표는 초조하게 주위를 둘러보았다. 어디선가 녀석의 은밀한 시선이 은표를 찾고 있을 것이다. 어쩌면 가까이 있을지도 모른다. 시간이 없었다. 다시 지우의 휴대전화 번호를 눌렀다. 지루하게 이어지는 신호.

'제기랄! 도대체 어딜 간 거야!'

은표는 다시 번호를 눌렀다.

'형! 제발 좀 받아.'

신호음이 울린다. 한 번……. 두 번……. 세 번…….

사람은 숫자를 버리라

서울역에 도착한 시각은 정각 오후 3시였다.

한창 붐비고 있어야 할 역 광장은 의외로 한산했다. 이제 막 뜨겁게 달아오르기 시작한 여름 복사열에 증발이나 한 듯 역 입구는 본격적으로 시작된 여름 태양만이 아스팔트 위를 장악하고 있었다. 작렬하는 태양 아래 알몸을 드러낸 역사는 일제 강점기에 지어진 구역사와 얼마 전 신축한 신역사로 나뉘어 있었다.

달궈진 아스팔트 위로 피어오르는 아지랑이 너머로 두 건물이 시대의 흐름을 극명하게 보여주고 있었다.

은빛 철제 기둥과 투명한 유리로 온몸을 치장한 신역사에 비해 퇴색한 화강암으로 이루어진 구역사는 초라하다 못해 궁상맞기까지 했다. 나는 대칭되는 두 건물을 보며 은표의 마지막 메시지를 떠올렸다.

'서울역……. 우리가 마지막으로 추리했던 곳……. 거기에 지금까지 파헤친 모든 비밀을 담은 뭔가가 있다.'

나는 우리가 마지막으로 이곳에 왔을 때를 상기하며 구역사로 발걸음을 옮겼다.

그 당시 우리는 일제 강점기에 지어진 건물들을 답사하며 건물의 역사 이면에 있을 법한 이야기를 모으고 있었다. 거기에는 서울역도 포함되어 있었다. 은표와 나는 각자 선택한 건물을 조사하기로 하고 흩어졌는데 우연히도 이곳에서 마주친 것이다. 우리는 한가한 계단 구석에 앉아 가판대에서 사 온 김밥을 나눠 먹으며 이 건물 역사에 대해 이야기했다. 먼저 내가 착공 당시 얘기로 운을 띄웠다. 언제나 그렇듯 나는 정설로 얘기를 시작했다.

1922년 독일 건축가 게오르크 랄란데와 도쿄대 교수 쓰카모토 야스시가 네덜란드 암스테르담 중앙역과 헬싱키 역사를 본떠 비잔틴 양식으로 설계하였으며 기둥을 비롯한 다른 부분은 르네상스식 벽돌 외관으로 지었다. 본래는 남대문역이라 불렸으며 사대문 안에 들어서려 했지만 한양의 풍수를 해친다는 백성들의 원성에 못 이겨 대문 밖으로 밀려났고 지금의 이 자리가 아닌 염천교와 남대문 중간 지역에 건설되었다. 그러나 1922년 경성의 인구가 불어나 삼십만을 넘어서게 되자 증축의 필요성을 느낀 일제는 서울역의 설계에 착수한다.

그때 은표가 내 말을 끊고 이야기를 시작했다. 서울역의 위치를 옮기는 데 결정적인 역할을 한 사람이 다름 아닌 망국의 시발점 이토 히로부미라는 것이다. 당시 조선총감이었던 이토 히로부미는 서울역의 위치를 정하기 직전 일본 본토에서 사이토 기요구미라는 유명한 지관地官을 데려와 이 근처 풍수지리를 살핀 뒤 최종적으로 위치를 확정했는데, 그곳이 지금의 서울역 자리이다. 은표가 흥미를 가진 부분은 여기였다. 이토 히로부미는 서울역에 사용된 재료 중 가장 중요한 돔과 바닥에 사용된 화강암을 일본에서 공수해 왔다고 했다. 우리나라에도 흔한 화강암을 왜 일본에서 가져왔을까. 은표는 이 건물 역사보다도 풍수와 관련된 야사에 상당한 관심을 가졌다.

오가는 사람들로 분주한 신역사에 비해 구역사 주변은 노숙자와 광장을 지나치는 사람들만이 가끔 보일 뿐 한가했다.

나는 역 입구로 다가갔지만 예상했던 대로 입구는 단단히 잠겨 있었다. 노숙자들만이 폭서를 피해 그늘 아래 서성였다.

한때 경성을 대표하는 랜드마크였지만 이제는 빛이 바래

역사의 퇴물이 되어버린 비잔틴 양식의 돔을 올려다보았다.

은표가 말했던 마지막 추리를 했던 곳이 여기였다.

그때도 역 입구는 굳게 닫혀 있었다. 우리는 역사 안을 살펴보기 위해 역무실에 양해를 구했지만 역무원은 귀찮다는 듯 공문을 운운하며 난색을 표했다.

하지만 간단히 포기할 은표가 아니었다. 은표는 그럴 줄 알았다는 듯 역무실을 나서더니 역사 주위를 살폈다. 그러고는 방법이 생각난 듯 내 손을 끌고 포장마차로 향했고, 우리는 예정에도 없는 낮술을 마시기 시작했다. 얼마를 마셨을까. 밖에 어둠이 내리기 시작했다. 이윽고 밤이 되자 은표는 술잔을 엎고 다시 역사로 향했다. 어둠이 내린 후 두 역사의 모습은 더욱 극명하게 차이가 났다. 네온사인과 화려한 조명으로 번쩍이는 신역사에 비해 구역사는 산속에 버려진 노인처럼 을씨년스러웠다.

그런 구역사를 만족스럽게 바라보던 은표의 얼굴에 회심의 미소가 떠올랐다. 은표는 몰래 잠입할 작정이었다.

돔을 올려다보던 나는 현기증을 느꼈다. 다가올 가을에 자리를 내줘야 할 여름 태양이 마지막 발악이라도 하듯 열기를 내뿜고 있었다. 나는 가져온 생수병을 꺼내 목을 축이며 자리를 떴다. 은표와 함께 역사 안으로 잠입했던 비밀 통로로 향했던 것이다.

비밀 통로는 구역사를 둘러싸고 있는 광장 계단 뒤편에 있었다. 나는 막 도착한 열차에서 쏟아져 나온 인파를 뚫고 계단을 올랐다.

계단 위쪽에는 거대한 쇼핑몰이 형성되어 있었다. 나는 은행이라도 털러 온 사람처럼 주위를 연신 살피며 쇼핑몰을 지나 구역사와 마주보고 있는 인조 화단으로 다가갔다.

그때였다, 심상치 않은 시선을 느꼈던 것은. 그 시선은 언제부턴가 계속해서 나를 따라왔다. 나는 살며시 시선이 느껴지는 방향으로 고개를 돌렸다. 시선의 주인은 훤칠한 키에 운동을 한 듯 어깨가 떡 벌어져 기골이 장대한 남자였다. 게다가 한여름에 검은색 셔츠에 검은 바지를 입고 있어 주변 사람들과 확연히 구분되었다. 나는 감시당하고 있을지도 모른다는 사실을 간과하고 있었다. 만약 은표가 납치되었고 놈이 비밀의 해답을 서울역 어딘가에 숨겼다는 사실을 알았다면, 은표가 통화한 상대를 찾을 것은 불을 보듯 뻔한 일이다. 그리고 함께 비밀을 해독하던 나를 찾아올 가능성은 충분했다.

후덥지근한 날씨인데도 온몸에 한기가 느껴졌다. 발걸음이 빨라졌다. 다행히 쇼핑몰 입구는 오가는 사람들로 분주했다.

놈도 바보가 아닌 이상 이렇게 많은 인파 속에서 덤벼들지는 않으리라. 쇼핑몰을 다 지날 때쯤 나는 남자가 있던 곳을 돌아보았다. 모습이 보이지 않았다. 나는 고개를 돌려 계단 위 광장을 살폈지만 역시 남자의 모습은 보이지 않았다. 광장은 열린 공간이고 남자가 있던 계단에서 반대편 역사까지는 상당한 거리로 이렇게 짧은 시간에 사라질 수는 없다.

너무 예민해진 탓일까. 나는 얼마 남지 않은 생수를 들이켜며 가던 길을 재촉했다.

그때 내 앞에 누군가 커다란 그림자를 만들며 멈춰 섰다. 검은 셔츠의 남자였다. 거대한 몸집이 위협적이었다. 그는 어느새 사람들을 지나 내 앞에 서 있었다. 등에 식은땀이 흘렀다. 그는 잠시 나를 내려다보다가 무쇠처럼 커다란 손을 얹었다. 눈을 감았다. 꼼짝없이 잡혔다고 생각했다. 그가 입을 열었다.

"도나 기에 관심 있으십니까?"

나는 눈을 떴다.

"뭐, 뭐라고요?"

"도나 기에 관심 있으시냐고요? 아까부터 지켜봤는데 당신에게서 다른 사람들과 다른 특이한 기운이 느껴졌습니다. 뭐랄까, 영원이라든가 보이지 않는 힘을 좇는 사람 같았어요.

잠시면 됩니다. 우리 얘기 좀 하죠?"

나는 안도의 숨을 내쉬었다. 나는 고개를 들어 남자를 바라보았다. 자세히 보니 남자의 얼굴은 덩치와는 달리 선량해 보였다.

어처구니없는 녀석. 도나 기에 관심이 있느냐고? 네 녀석 때문에 간 떨어질 뻔했다. 나는 녀석의 커다란 손을 치우며 말했다.

"관심 없습니다."

그러고는 달아나듯 쇼핑몰 안으로 들어갔다. 나는 물건을 고르는 사람들 틈에서 방금 전 남자의 동태를 살폈다. 남자가 나에게 관심을 가지고 있는 한 역사 안으로 잠입하기는 힘들기 때문이다. 남자는 이내 다른 목표물을 발견하고는 도교 전파를 위해 자리를 떴다. 나는 가슴을 쓸어내리며 남자가 떠난 광장을 살폈다. 다행히 이번에는 솥뚜껑이었지만 실제로 자라가 있을지도 모르니까.

광장과 쇼핑몰의 사람들을 살폈지만 우리를 쫓던 녀석의 모습은 보이지 않았다.

나는 안도의 한숨을 내쉬었지만 아직도 다리가 후들거렸다. 이 주 전 나는 놈의 손에 죽어가는 사람을 눈앞에서 목격했다. 그는 놈들을 피해 무려 삼십 년 동안이나 숨어살았지만 결국 놈들의 손아귀에서 벗어날 수 없었다. 그리고 지금은 우리의 목숨이 위태로웠다. 은표는 생사가 확인되지 않았고, 나 역시 조만간 놈과 맞닥뜨려야 했다. 놈에게서 벗어날 수 있는 유일한 길은 비밀을 밝혀내 세상에 공표하는 것뿐이었다. 현기증이 날 만큼 어마어마한 공포가 심장을 짓눌렀다. 온 세상의 짐이 어깨에 내려앉은 것 같은 엄청난 중압감이 밀려왔다.

도대체 어쩌자고 이런 일에 말려들었단 말인가. 난 그저 소설 하나도 완성 못 하는 늦깎이 대학생일 뿐이다. 하지만 여기까지 온 이상 아무리 푸념을 늘어놔봐야 소용이 없다는 것을 잘 알았다. 나는 마음을 다지고 떨어지지 않는 발을 간신히 끌며 쇼핑몰을 나섰다.

비밀 통로는 역사 뒤편에 나 있는 2층 창문이었다.

역사 1층에서는 마땅한 곳을 찾지 못했던 은표는 2층 중앙 창문 하나가 깨져 있는 것을 발견하고는 그곳으로 숨어들었던 것이다. 인조 화단에 도착한 나는 지난번 숨어들었던 창문을 바라보았다. 다행히 아직도 창문은 깨진 채 방치되어 있었다. 인조 화단에서 창문까지는 나무로 된 처마가 이어져 있어 가는 데 어려움은 없었다. 문제라면, 지난번 잠입 때는 어둠을 틈탔지만 지금은 낮술을 마시며 어둠이 내릴 때까지 기다릴 여유가 없다는 것이었다.

주위를 둘러보았다. 넓은 역 광장에는 줄잡아 삼백 명은 족히 넘을 인파가 분주히 움직이고 있었다.

'이렇게 된 바에야 차라리 많은 게 낫다.'

나는 이렇게 생각하며 눈을 질끈 감고 구역사 처마로 몸을 날렸다. 낡은 처마가 우지끈 하는 소리를 내며 나를 맞이했다. 나는 뒤도 돌아보지 않고 처마를 지나 비밀 통로로 달렸다.

드디어 깨진 창문에 도착한 나는 창문 옆 기둥에 몸을 숨기고 주위를 살폈다. 신경쓰는 사람은 아무도 없는 듯했다. 나는 깨진 창문 틈으로 몸을 밀어넣었다.

2층이라고 생각했던 창문은 사실 2층이 아니었다. 역 내부는 천장의 돔에서 바닥까지 연결된 하나의 거대한 공간으로, 내가 통과한 창문은 2층 높이에 나 있던 창문 중 하나였다. 나는 창 아래 기둥과 연결되어 있는 벽 돌출부에 간신히 발을 디디고 섰다. 난감하게도 1층과 연결된 계단 따위는 없었다. 기둥을 잡고 내려가든지 아니면 눈 딱 감고 뛰는 수밖에 없었다. 기둥을 타고 내려가고 싶었지만 자칫 낙상할 수도 있었기 때문에 나는 지난번과 마찬가지로 뛰어내리기로 했다. 만만치 않은 높이였지만 다른 방법이 없었다. 나는 심호흡을 하고 바닥을 향해 몸을 던졌다. 둔탁한 충격음이 홀 안에 울려 퍼졌다. 나는 둔한 운동신경을 원망하며 비틀비틀 일어섰다. 그리고 주위를 둘러봤다.

묘한 공간이었다. 사람들로부터 잊힌 거대한 홀은 북적이던 바깥세상과 고립되어 스스로 새로운 세계를 형성하고 있었다. 멀리 보이는 유리문 밖을 지나는 자동차 소음이 둥근 돔에 공명되어 웅 하는 기묘한 소리로 바뀌고 홀을 둘러싼 창에서 스며드는 뜨거운 여름 햇살은 어두운 공간을 통과하며 차가운 푸른빛으로 변했다. 대리석 바닥은 먼지가 두껍게 내려앉아, 걸을 때마다 눈처럼 발자국을 남겼다. 아치형 창문 정중앙에 걸린 시계는 9시 30분을 가리킨 채 멈춰 있었다. 화강암으로 된 도리아식 기둥만이 과거의 영화를 간직한 채 버티고 있을 뿐이었다.

나는 9시 30분을 가리키며 멈췄던 마지막 순간의 역 내부를 상상하며 천천히 둘러보기 시작했다. 여기 어딘가에 비밀의 실체가 담긴 은표의 물건이 있을 것이다.

대합실로 쓰였던 중앙 홀은 기존에 있던 가구와 집기 들을 모두 치워 텅 비어 있었다. 열차 시간을 알리던 전광판마저 사라지고 하얀 먼지만 남아 있었다. 나는 입구 옆에 자리잡은 매표소로 다가갔다. 한때 차표를 사기 위해 줄이 길게 늘어섰을 매표소 역시 전면 유리가 깨진 채 비어 있었다. 누군가 썼을 낡은 회전의자만이 덩그러니 놓여 있었다. 여기도 아니었다.

나는 대합실로 돌아오면서 지난번 은표와 이곳에 왔었을 때를 떠올렸다.

이곳에 들어온 은표는 놀이공원에 처음 온 어린아이처럼 즐거워했다. 자기 것이라도 된 것마냥 기둥에 매달려 올라보기도 하고 매표소에 들어가 매표원 흉내를 내며 장난을 쳤다. 그러다 문득 대합실 중앙에 붉은 대리석과 검은색 현무암으로 이루어진 문양을 발견하곤 멈춰 섰다. 세 개의 육면각체가 서로 직각으로 맞물리며 중앙으로 이어진 문양 한가운데는 천황을 상징하는 열여섯 개의 잎을 가진 국화 문양이 자리잡고 있었다. 웃음기가 사라진 은표는 중앙에 수놓인 세 개의 육면각체 문양을 가리키며 이런 말을 했었다.

—형. 이건 일본 천황을 상징하는 삼종신기의 문양이야. 삼종신기라고 들어본 적 있어?

—글쎄. 어디서 본 적이 있는 것 같기도 한데.

사실 나는 전혀 모르고 있었다.

—삼종신기三種神器란 일본 천황이 왕위에 오를 때 선대 천황으로부터 물려받는 세 가지 보물을 의미해. 일본 왕권의 상징이지. 삼종신기는 일본 신화에서 유래됐는데 『일본서기』와

『고사기』에 따르면 태양의 신 아마테라스오미카미天照大神가 최초의 천황인 천손 니니기노미코토瓊瓊杵尊를 강림할 때 자신의 혼이 담긴 보물이라며 세 개의 신기를 줬는데 그게 곡옥曲玉과 팔지경八咫鏡, 그리고 초치검草薙劍이었어. 곡옥이란 영험한 돌로 여겨지던 옥을 말하는 것이고 팔지경은 온 세상을 비춰볼 수 있다는 청동거울이며 초치검은 힘의 원천인 칼을 의미해. 통치자에게 필요한 신의 영감과 지혜, 그리고 힘을 말하는 거지.

재밌는 건 삼종신기가 일본의 고유 신화가 아니라 우리 단군 신화에서 유래했다는 거야. 『삼국유사』에 실려 있는 『고기古記』의 기록에 의하면 환인의 서자인 환웅이 아버지인 환인으로부터 세 개의 천부인天符印을 받아 세상으로 내려오는데 풍백風伯과 우사雨師, 운사雲師야.

바람과 구름, 비를 다스리는 도구지. 그런데 이것이 삼종신기와 같은 물건들이었어. 바로 청동검과 거울, 그리고 북이었지.

일본 역사가들은 이 사실을 부인하고 있지만 그건 손바닥으로 하늘을 가리는 짓이란 걸 잘 알고 있어. 그런데 말이야, 이 건물을 설계할 때 바닥에 삼종신기 문양을 넣으라고 지시한 게 바로 이토 히로부미라는 거야. 그리고 이 문양이 박혀 있는 건물이 이것 말고 두 개가 더 있어. 이젠 철거되고 없는 중앙청과 시청이야. 왜일까. 천황을 기리고 싶었으면 다른 문양을 넣을 수도 있었어. 곤룡 문양이라던가 삼족오 문양도 많은 곳에 사용되고 있거든. 그런데 왜 하필 이 세 건물에만 삼종신기 문양을 그려 넣은 것일까.

은표는 건물 구석구석에 배치된 사소한 문양이나 양식에 부여된 의미들에 빠져 있었다. 특히 이토 히로부미와 관계된 일이면 광적으로 매달렸다.

나는 대합실 중앙 문양 위에 서서 천황을 상징하는 국화 무늬를 응시했다.

나는 은표의 추리를 특이한 취향과 마니아적인 성격이 만들어낸 공상쯤으로 여겼다. 하지만 은표가 사라진 지금 그 이야기는 다큐멘터리처럼 생생한 현실로 변했다.

바닥을 물들이던 햇살이 어느덧 붉은색으로 변했다. 시간을 확인했다. 시곗바늘은 벌써 5시를 지나고 있었다. 서둘러야 했다. 나는 홀을 지나 보조 대합실로 이어진 복도에 들어섰다. 복도에는 오래된 신문 몇 장이 바닥을 뒹굴 뿐 여전히 텅 비어 있었다. 승강장과 연결된 보조 대합실 역시 먼지만 쌓여 있을 뿐 아무것도 보이지 않았다.

'대체 어디에 숨겨놓은 거야?'

문득 여기가 아닐지도 모른다는 생각이 들었다.

'그렇다면 신역사 어디란 얘긴데.'

난감했다. 만약 신역사에 숨겨놓았다면 일이 복잡해진다. 신역사는 구역사에 비해 몇 배나 클 뿐만 아니라 세 개 층으로 이루어져 있었고 숨길 곳도 무수히 많기 때문이다.

천운이 따르지 않는다면 하루 만에 찾아낸다는 건 불가능했다. 일주일이 넘게 걸릴지도 모른다.

서둘러야만 했다. 단 일 초라도 시간을 줄이는 수밖에는 없었다. 나는 부리나케 역사를 빠져나가려 했다.

그때였다. 복도 끝 구석에 있던 역무실이 눈에 들어왔다. 모퉁이 그림자 속에 가려 있어서 발견 못 했던 것이다. 나는 마지막 희망을 안고 역무실 문을 열었다. 열 평 남짓한 역무실에는 가구와 집기 들이 남아 있었다. 좋은 징조였다. 벽면을 따라 오래된 사무용 책상들이 가지런히 들어서 있고 한쪽 구석에 캐비닛이 보였다. 나는 책상 서랍부터 뒤지기 시작했다. 책상 속에는 버려진 볼펜, 공문서 등이 간간히 보일 뿐 비밀이 담긴 물건으로 보이는 것은 없었다. 이제 남은 건 캐비닛뿐이었다.

'제발. 이쯤에서 숨바꼭질은 끝내자.'

나는 간절히 바라며 캐비닛 문을 열어젖혔다. 그리고 천천히 눈을 떴다. 첫 번째 단에는 아무것도 없었다. 두 번째 단 역시 비어 있었다. 남은 건 맨 꼭대기 단뿐이었다. 만약 여기도 없으면 신역사를 뒤져야 했다.

나는 땀으로 범벅이 돼서 신역사를 누비는 내 모습을 상상하며 마지막 단으로 손을 넣었다. 거기에는 나를 기다리며 웅크리고 있던 뭔가가 있었다. 나는 기쁨에 차서 헐레벌떡 뭔가를 끄집어냈다. 비밀을 품은 채 은표의 명을 받고 나를 기다리던 것은 황색 봉투와 은표의 노트북이었다.

*

누가 나를 깨웠다. 하지만 나는 일어날 수 없을 만큼 몸이 무거웠다. 바닷속 깊이 가라앉은 난파선처럼 수많은 해저 생물들이 몸을 둘러싸고 나를 옴짝달싹 못 하게 막고 있는 것 같았다. 나는 간신히 눈을 떴다.

"많이 피곤하셨던 모양이네요. 다 왔습니다, 손님."

택시 기사 아저씨였다. 나도 모르는 사이에 잠이 들었던 모양이다. 나는 몸에 감긴 쇠사슬을 떼어내듯 기지개를 켠 후 밖을 내다보았다. 택시는 색 바랜 낡은 연립주택 앞에 멈춰 있었다. 은표의 집 앞이었다. 요금을 지불하고 택시에서 내렸다.

주변의 풍경이 뿌옇고 흐리멍덩했다. 얼마 안 되는 시간이었지만 그사이 내용도 없는 꿈을 여럿 꾼 모양이었다. 그것이 현실로 돌아온 나의 의식 세계를 방해했다. 나는 정신을 추스르며 은표의 집으로 들어갔다.

삼 개월 전 우리가 처음 만난 날 밤 나는 이곳에 왔다. 은표의 꿈꾸는 듯한 눈빛과 묘하게 설득력 있는 목소리에 이끌려 도착했던 이 건물은 신비한 전설을 머금고 있는 오래된 신전을 연상시켰다. 하지만 밝은 태양 아래서 보니 이곳저곳에 거미줄처럼 금이 간 낡고 지저분한 연립주택일 뿐이었다.

천천히 계단을 올라갔다. 건물의 복도에는 동네 아이들이 놀다가 아무렇게나 팽개친 장난감들이 산재한 가운데 백내장에 걸린 할머니가 초점 잃은 시선으로 이제 막 지기 시작한 노을을 바라보고 있었다. 나는 발소리를 죽이며 할머니의 옆을 지나 계단을 올라갔다.

은표의 집은 3층에 있었다. 나는 은표에게 받은 여분의 열쇠를 꺼내며 긴장했다. 어쩌면 놈들이 나를 기다리고 있을지도 모르기 때문이다. 3층에 도착하자 나는 만약의 사태를 대비해 주변에서 무기로 쓸 만한 물건을 찾아보았다. 저만치 복도 끝에 청소용 대걸레가 비스듬히 놓여 있었다. 나는 대걸레를 움켜쥐고 천천히 열쇠를 꽂았다. 하지만 열쇠는 필요치 않았다. 문은 열려 있었다. 누군가 이미 다녀간 것이다. 하루 종일 서스펜스의 연속이었다. 나는 대걸레를 앞세워 천천히 집 안으로 들어갔다. 아니나 다를까. 난장판이었다. 태풍이 쓸고 간 마을처럼 무엇 하나 제자리를 지키고 있는 물건이 없었다. 책장에 꽂혀 있어야 할 책들은 알몸을 보인 채 뒹굴고 있었으며 서랍은 구토라도 한 듯 내용물이 튀어나와 있었다. TV는 천장을 보고 누워 있었으며 전자 제품들은 케이스가 벗겨진 채 복잡한 내부 구조를 드러내고 있었다. 나는 가방에 들어 있던 은표의 노트북과 봉투를 확인했다. 아마도 이것을 찾고 있었겠지.

다행히 인기척은 없었다. 나는 대걸레를 내려놓고 은표와 함께 음모를 꾸몄던 방으로 들어갔다. 방 역시 엉망이었다. 은표가 정성껏 액자에 끼워놓았던 복제화들은 찢겨 있었고 은표의 컴퓨터는 누군가 하드디스크를 훔쳐가고 뜯긴 케이블만이 앙상하게 남아 있었다. 은표의 신전은 전문 도굴꾼에 의해 깨진 도자기 파편 하나 남지 않고 철저히 파헤쳐져 있었다. 수북하게 쌓인 담배꽁초만이 그대로였다. 나는 책상 위 잡동사니를 대충 치우고 노트북과 봉투를 올려놓았다. 봉투 겉면에는 은표의 필체로 문구가 적혀 있었다.

"노트북의 내용을 확인 후 개봉할 것."

나는 은표의 말대로 노트북을 먼저 열었다. 그리고 전원 버튼을 눌렀다. 게임을 정리할 시간이 왔다.

전원을 켜자 경쾌한 윈도 시작음과 함께 여러 개의 아이콘들이 화면에 늘어섰다. 커서를 이동시켜 내 문서 아이콘을 클릭했다. 은표의 메시지는 문서일 가능성이 컸다. 나는 내 문서 폴더의 하위 폴더들을 하나씩 살펴보기 시작했다.

성냥갑 건축물, 마케팅에 미친 세상, 목포 매춘부와의 하루, 머리에 변비가 걸린 작가들, 삼대를 멸해야 할 정치인 리스트, 사제 권총 만드는 방법 등등.

나는 첫 번째 폴더에 들어 있는 파일의 제목을 보며 미소를 지었다.

은표는 완벽한 이중생활을 하고 있었다. 낮에는 검은 양복에 얼룩 한 점 없는 흰 와이셔츠를 입고 어디론가로 출근하는 엘리트였지만 밤이 되면 온몸을 보호색으로 덮고 역사의 이면에 몸을 숨긴 채 혁명을 꿈꾸는 전사였다. 세상을 향한 울분을 참지 못하고 도시의 밀림 속에서 머리에 띠를 두른 채 직접 제조한 사제 폭탄을 들고 게릴라전을 펼칠지도 모를 녀석이다. 은표는 충분히 그러고도 남는다. 나는 은표의 파일들을 하나씩 시간을 두고 읽어보면 좋겠다고 생각했다. 하지만 그럴 시간이 없었다. 계속해서 다음 폴더를 확인했다.

미국의 MD 구상과 ABM 조약 관련, 국방부 상임위 질의안(파병 관련), 외교부 주요 현안, PSI 관련 보고, 한미정상회담 관련 보고, 북한 미사일 발사 관련 일지, 상정 법안 요약 보고 등등.

'대체 뭐하는 놈이기에 이런 자료를 갖고 있는 거야? 이 녀석 혹시 간첩 아니야?'

그다음 등장한 파일을 보며 내가 중얼거렸다.

"아니면 국정원 비밀 첩보원?"

우리는 석 달 전 내기를 했다. 소설 집필이 끝나기 전까지 은표의 직업을 맞히는 것이었다. 만약 내가 맞힌다면 은표는 내 소원 하나를 들어줘야 하고 못 맞힐 경우 내가 은표의 소원을 들어주기로 했다. 소설은 완성까지 아직 마지막 단락을 남은 상태였지만 은표의 직업이 뭔지 전혀 감을 잡지 못하고 있었다.

나는 파일들을 보며 뿌리칠 수 없는 유혹을 느꼈다. 지금 내 앞에 등장한 파일들은 전세를 역전시킬 결정적인 단서들이기 때문이었다. 나는 크리스마스 전날 선물을 풀어보고 싶은 어린아이 심정으로 첫 번째 폴더로 커서를 가져가다가 머리를 쥐어박았다.

'한심한 놈. 지금 은표는 어디선가 죽어가고 있을지도 몰

라. 그런데 고작 내기 따위에 정신을 팔고 있다니.'

호기심을 억누르며 다음 폴더를 열었다. 무제 폴더였다. 단 하나의 문서만 들어 있었다.

건축무한육면각체의 비밀

드디어 종착역에 도착한 것이다. 나는 잠시 우리를 궁지에 빠뜨린 녀석을 원망하듯 바라보다 파일을 열었다. 그런데…….

암호를 입력하시오.

컴퓨터는 내게 암호를 요구했다.

"빌어먹을 놈의 컴퓨터!"

기가 막혔다. 이건 산 너머 산이요, 설상가상에 진퇴양란이었다. 뇌에 전선을 꼽고 미로를 헤매고 있는 실험 쥐가 된 기분이었다. 고개를 들어보면 흰 가운의 학자들이 호기심 어린 눈으로 나를 관찰하고 있을 것만 같았다. 노트북을 던져버리고 싶었지만 그럴 순 없었다.

피곤이 몰려왔다. 배에선 꼬르륵 소리가 났다. 생각해보니 하루 종일 아무것도 먹지 못했다.

담배가 필요했다. 백해무익하지만 이런 때 요긴하다. 나는 책상 옆에 수북이 쌓여 있던 담배꽁초 중에서 쓸 만한 놈 하나를 골라 불을 붙였다. 독성을 담은 푸른 연기가 허파 깊숙이 파고들었다. 빈속에 피우는 담배는 일품이었다. 나는 피어오르는 담배 연기를 바라보며 잠시 벽에 기댔다. 그리고 천천히 생각에 잠겼다. 암호라……. 은표의 메시지에 암호에 관한 말은 없었다. 철두철미한 은표는 다른 사람의 손에 들어갈 경우를 대비하여 암호를 걸어놓은 것이다. 그렇다면 그 암호는 은표와 나만이 알고 있는 단어를 사용했을 것이다. '건축무한육면각체'다.

작업의 양이 상당히 줄어들었다. 아라비아 숫자와 국어사전 그리고 알파벳이라는 무한 경우의 수에서 한 편의 시로 줄어든 것이다.

'어쩌면 일이 쉽게 풀릴지도 모르겠군.'

잡동사니 속에서 이상의 시집을 찾아 「건축무한육면각체」를 펼쳐놓고 구절마다 나오는 단어를 천천히 읽어나갔다. 은표는 구절마다 뭔가를 암시하듯 특별한 단어에 밑줄을 그어놓았는데 그 시작은 다섯 번째 행이었다.

거세된양말.(그여인의이름은워어즈였다)

가능성이 있었다. 자판을 두드렸다.

거세된양말

틀린 암호입니다. 다시 입력하십시오.

컴퓨터는 팔짱을 낀 채 다른 암호를 요구했다. 나는 다른 행으로 눈을 돌렸다. 두 번째 밑줄은 아홉 번째 행에 있었다.

쾌청한공중에붕유하는Z백호.회충양약이라고씌어져있다.

은표는 이번 행에서 두 개의 단어를 선택했다. 'Z백호'와 '회충양약'.

나는 두 단어를 보며 한숨을 내쉬었다. 도무지 이해할 수 없는 난해한 시였다. 우주선을 설계하던 과학자가 점심을 먹으며 생각나는 대로 갈겨쓴 메모 같았다.

'공중에 붕유하는 Z백호라. 호랑이 타고 소풍이라도 가시려나.'

이상의 시는 나를 뒤에 남겨둔 채 저멀리 달려가고 있었다. 하지만 예전에 껌을 씹으며 무심히 읽었을 때와 지금은 분명히 달랐다. 말도 안 되는 기괴한 문장은 우리의 상식을 넘어선 진실을 이야기하고 있었다. 나는 새로운 단어 'Z백호'를 입력하였다.

다시 입력하시오.

이어 '회충양약'을 입력하였으나 역시 허사였다. 나는 인내심을 갖고 다음 행으로 넘어갔다.

시곗바늘은 어느덧 8시를 가리키고 있었으나 파일은 입을 열 기색이 없었다. 가뜩이나 변변치 못한 내 체력은 피로와 허기에 바닥을 보이고 있었고 시는 마지막 행으로 치달았다.

"제발 입을 열어라, 이 먹통아!"

나는 드디어 시의 마지막 단어인 '발광어류의군집이동'을 입력하며 소리쳤다. 하지만 컴퓨터는 영원히 움직이지 않는 백두산 바위처럼 조금도 동요하지 않았다. 모든 것이 원점으로 돌아왔다. 이제 무한에 가까운 경우의 수 속에서 허우적댈 수밖에 없었다.

다시 입력하시오.

"이런 제길! 지금 나랑 장난하자는 거야!"

분노가 폭발했다. 이제 내게 이상의 비밀 따위는 안중에도 없었다. 은표의 실종도 뒷전이었다. 얌체처럼 팔짱을 끼고 쳐다보는 멍청한 기계와 저녁도 굶어가며 기계의 말장난에 놀아나고 있는 내가 있을 뿐이었다.

"좋아. 네가 이기는지 내가 이기는지 한번 해보자, 이 멍청한 기계야."

나는 담배꽁초에 불을 붙이고 허공을 응시했다. 그리고 은표와 나눴던 대화 중에 실마리가 될 만한 것을 찾기 시작했다.

막상 기억을 더듬어보자 놀라운 사실을 깨달을 수 있었다. 우리는 석 달이라는 짧은 기간 동안 매일 만나며 실로 수많은 대화를 주고받았다. 아침에 눈을 뜨는 순간 메신저에 접속해 서로에게 아침 인사를 주고받기 시작해서, 밤늦게 헤어진 후에도 잠들기 직전까지 전화를 하며 개인사에서부터 앞으로의 계획에 이르기까지 참으로 많은 얘기를 나누었다.

나는 그제야 주위 사람들의 이상한 눈빛을 깨달았다.

'잠만 같이 안 잤지 영락없는 동성애자로구만.'

나는 필터만 남은 담배를 비벼 끄며 미소를 지었다. 만약 우리가 놈의 손에 죽게 된다면 그야말로 서로의 사랑을 이해 못 하는 세상을 원망하며 자살한 연인이 될지도 모르는 일이었다. 진실은 겉모습에 가려지는 법이니까.

"진실이라."

문득 언젠가 했던 은표의 말이 뇌리를 스쳐갔다.

—진실은 가까이 있는 법이야.

나는 벌떡 일어나 컴퓨터로 다가갔다.

"그렇지. 진실은 언제나 주위에 있지. 사랑처럼."

나는 가장 단순하게 떠오른 '이상'을 타이핑했다. 하지만 너무 단순했다.

"이상도 아니면……. 이상李箱 이상異常 이상以上?"

나는 '간디 선생님'을 떠올리며 자판을 두드렸다. 하지만 이것도 아니었다. 나는 눈을 감고 기억의 창고를 뒤지기 시작했다. 최근부터 은표를 처음 만났던 날로 거슬러 올라갔다.

"만약에 나라면, 내가 은표라면 뭘 암호로 썼을까."

나는 내 입장에서 생각해보기로 했다.

"우리 둘이 했던 말 중 암호를 고른다면…… 우리가 만나게 된 가장 근본적인 계기로 하겠어. 계기…… 우리를 연결시켰던 계기…… 우리가 처음 만난 날?"

순간 은표를 인터넷에서 처음 만났을 때가 떠올랐다. 나를 은표에게 이끌었던 우리의 첫 대화, 그 대화가 우리 계획의 근본이자 시작이었다. 나는 확신을 가지고 자판을 두드렸다.

지금까지의 이상과는 다르다

그러자 놀라운 일이 벌어졌다. 철옹성처럼 함락되길 거부하던 컴퓨터가 문을 활짝 열어젖힌 것이다. 올림픽 개막식 때 폭죽이 터지듯 단어의 행렬이 꼬리를 물고 모니터에 나타나기 시작했다. 나는 드디어 비밀의 실체를 손에 넣었다.

*

파일의 내용은 우리의 반란을 날짜별로 세세히 기록해둔

은표의 일기였다. 나는 문서를 읽기 전 부엌으로 가서 세수를 하고 빈 생수병에 물을 채웠다. 앞으로 목을 축여야 할 일이 기다리고 있었으니까. 나는 생수병을 들고 컴퓨터로 앞으로 돌아와 방금 전 골라놓은 담배꽁초에 불을 붙였다. 주위는 어두워져 있었다. 그리고 지나치리만큼 고요했다. 방안에는 나와 이제 막 잠에서 깨어난 컴퓨터만이 숨을 쉬고 있었다. 그런데 자세히 귀를 기울여보니 고요한 어둠을 뚫고 규칙적인 기계음이 들렸다. 나는 고개를 돌려 소리가 들리는 방향을 응시했다. 소리는 유리가 깨진 채 책장 위에서 뒹굴고 있던 시계에서 나고 있었다. 방금 전까지만 해도 멈춰 있던 시계다. 그게 움직이기 시작했다. 그것은 마치 구십육 년 전 심장이 멈춘 채 냉동되어 있던 사람이 소생한 것 같은 섬뜩한 느낌이었다. 동시에 이 사실은 나에게 막연한 확신을 심어주었다.

'은표는 아직 살아 있다. 어디선가 나를 기다리고 있다.'

나는 피우던 담배를 끄고 컴퓨터 앞에 앉았다.

단군력 4339년 6월 4일

지금 시각은 새벽 4시 정각이다. 지금으로부터 구십육 년 전 같은 시각에 이상 김해경이 태어났다. 창밖에는 음산한 비가 소리 없이 세상을 적시고 가끔씩 푸른 섬광과 함께 천둥이 울부짖고 있다.

어쩌면 이상이 태어나던 그날도 오늘처럼 천둥이 쳤을지도 모른다. 탄생을 알리는 그의 울음소리는 하늘을 가르는 굉음에 가려 이 세상 누구에게도 안 들렸으리라.

잠을 이룰 수 없다. 언제부턴가 내 몸속 어딘가에 자리잡기 시작한 그것 때문이다. 그것은 어려서부터 몸속 깊은 곳에 자리잡기 시작하여 소리 없이 자라고 있다. 그것은 점점 단단해져서 언젠가는 내 몸을 전부 잠식할 것이다. 그러면 나는 정신병원이나 세상으로부터 격리된 곳에서 살아야 할 것이다. 그 묘한 세포 덩어리는 시간과 공간을 초월하여 사람의 손이 닿지 않는 어디론가 나를 인도하고 있다. 나는 가끔씩 그것에게 인도받아 보이지 않는 곳에 가곤 했다. 그곳에서 많은 사람들을 만났다. 그들이 누군지 기억나지는 않지만 그들이 나에게 이야기해준 많은 것들은 북극의 빙산 속에서 발견된 고대의 유물처럼 시간을 초월하여 생생히 보존되어왔다.

그런데 얼마 전 그것에 이끌려 도달한 곳에 이상 김해경이 있었다. 그는 다른 사람들과는 달리 아무 말 없이 나를 바라보기만 했다. 그와 대면한 시간은 찰나에 지나지 않았지만 그의 생기 없는 눈빛은 나에게 인류의 역사책보다도 더 많은 내용을 이야기하고 있었다. 그의 슬픈 표정을 잊을 수가 없다. 다시 한번 천둥 소리가 세계를 뒤덮는다. 나는 잠을 이룰 수 없다.

은표는 나를 만나기 몇 년 전부터 이상 김해경에 대해 연구해왔다. 그리고 나를 만나기 얼마 전 그 저주받은 계획을 생각해냈고 나를 끌어들였다.

모든 것은 말도 안 되는 장난에서 비롯됐다. 지난 삼 개월 동안 만들어낸 우리의 계획은 누구도 믿지 않을 공상소설이나 마찬가지였다. 계획을 추진하던 우리 역시 미친 짓에 불과하다고 생각했다. 그런데 오늘 은표는 모든 것이 사실이었다고 했다.

만약 그렇다면, 모든 것이 사실이라면, 우리가 만들어낸 허구가 실재한다면, 그동안 우리가 배워온 일련의 지식들은 어찌되는 것인가.

나는 혼란스러웠다. 이십구 년 동안 차곡차곡 쌓아왔던 내 서고가 단 하루 만에 잿더미로 변해버린 기분이었다.

누군가 이런 말을 했다. 이 세상에서 가장 확실한 것은 모든 것이 불확실하다는 것이라고. 나는 이 격언을 무책임한 말장난에 불과하다고 생각했다. 하지만 비논리적인 삼 개월을 보낸 지금 그 격언은 천금 만금의 무게로 나를 짓누르고 있었다.

우리들은 이것에 관하여 무관심하다

2006년 유월 어느 날이었다. 날짜는 기억나지 않는다.

스포츠 신문기자들을 먹여 살리는 프리미어리그의 박지성은 간신히 체면을 유지하고 있었으며 환갑을 한참 넘은 에릭 클랩턴은 두 번째 내한 공연을 준비중이었다. 서울의 대기는 환경 기준치를 한참 넘어서고 있었으며 젊은이들의 다리가 길어지고 있었다. 조간신문의 일면은 서민들의 사기를 죽이는 기사들로 가득차 있었고 세상은 적당한 타락과 불합리를 윤활유 삼아 빠르게 굴러가고 있었다.

그런 세상의 한가운데를 지나는 지하철 속에서 누군가 남기고 간 스포츠 신문을 읽는 나는 삼십 대를 코앞에 두고 있었다. 다가올 폭서에 몸서리치며 때이른 반팔을 입은 나를 태운 지하철은 막 당산대교를 건너려는 참이었다. 어두운 터널을 나오자 비 갠 하늘로부터 붉은 저녁 햇살이 차창으로 쏟아져 들어왔다. 하늘을 오렌지빛으로 물들이며 마천루 저편으로 지는 노을은 도시 생활에서 만날 수 있는 드물게 멋진 광경 중 하나였다. 자연과 인공이 어우러져 자아내는 백만 불짜리 수채화. 나는 그 모습을 바라보며 생각했다. 내가 노을을 보며 가슴을 설렌 게 언제였던가? 아마 철모르고 뛰놀던 군입대 전이었을 것이다. 당시 나는 마지못해 2학년까지 다녔던 화학과를 때려치우고 작가라는 청운의 꿈을 품은 채 국문과에 재입학하여 졸업을 한 학기 남겨둔 상태였다.

하지만 순진한 나의 소망은 시작부터 난관에 봉착했다. 입학 직후부터 야심차게 집필하기 시작했던 소설은 삼 년째 완성하지 못한 채 부족한 재능과 주제 모르고 높아져버린 안목 사이에서 방황했으며, 이제 곧 들이닥칠 잔인한 현실을 온몸으로 실감하며 비틀거리고 있었다.

지금까지 날 믿고 등록금을 대주시던 부모님들도 슬슬 걱정스러운 눈빛으로 취직자리를 알아보라는 무언의 압력을 넣으셨지만 국문과라는 비현실적인 타이틀은 취업 대란이라는 초유의 사태에 대처하기엔 역부족이었다. 상황은 거기서 끝이 아니었다. 교수님들로부터 두 번이나 졸업논문을 퇴짜 맞은 나는 곧 있을 방학마저 반납한 채 다른 논문 주제를 찾아 도서관을 누벼야 하는 처지였다.

이번에도 통과를 못 하면 가뜩이나 어린 동기들을 사회에서 선배로 모셔야 할 판이었다.

'하나씩 둘씩 해결하자.'

나는 일단 발등에 떨어진 불부터 끄기로 마음먹고 며칠째 도서관에서 컵라면으로 끼니를 때우며 메뚜기 노릇을 하고 있었다.

그러던 어느 날이었다. 칫솔을 입에 문 채 무의식적으로 서고의 제목을 확인하며 지나다 반사적으로 어느 낡은 책 앞에 멈춰 섰다. 서고에 꽂혀 있던 책은 이상 김해경의 시집이었다.

『異常, 以想, 李箱』

아주 낯익은 글귀였다. 그 글귀는 처음이자 마지막으로 내게 글쓰기를 권유했던 한 분을 떠올리게 했다.

간디. 그 선생님 별명이었다. 고등학교 3학년 시절 담임이자 국어를 가르치셨던 선생님이 간디라 불리셨던 이유는 트레이드마크였던 동그란 은테 안경과 귀 언저리에만 간신히 머리털이 남아 있던 헤어스타일 때문이기도 했지만 무엇보다도 선생님이 지향하셨던 비폭력주의 교육철학 때문이었다. 당시 대학 입시를 코앞에 두고 있던 우리 반은 전교에서 모의고사 성적이 가장 나빴다. 거기에는 학교를 주름잡던 문제아들이 우리 반에 집중되어 있었던 탓도 있었지만 선생님의 학생을 다루는 방법도 한몫을 담당했다. 선생님은 어떤 일이 벌어져도 매를 드는 것은 물론 우리에게 욕 한마디 안 하셨다. 소매치기를 하다 잡힌 문제아 경수를 데리러 경찰서에 가셨을 때도, 학교에서 아이들 돈을 빼앗던 창희와 면담할 때도 선생님은 끈기 있게 좋은 말로 타이르셨다. 어리석은 아이들은 그런 선생님을 비웃으며 보란듯이 못된 짓을 계속 저질렀고 교장 선생님은 여러 차례 체벌을 하라는 압력을 가했지만 선생님은 끝까지 자신의 신조를 지키셨다. 선생님의 수업 시간이면 아이들은 으레 도시락을 까먹었고 종례 시간에는 뒷자리가 항상 비어 있었다.

그렇게 몇 달이 지났다. 교내에 선생님이 전근을 가신다는 소문이 돌기 시작했다. 처음엔 다들 믿지 않았지만 언제나 웃으시던 선생님의 얼굴에서 미소가 사라지자 반이 술렁이기 시작했다. 급기야 선생님이 가져다 놓으신 창가의 난이 하나 둘씩 없어지자 웃고 떠들던 문제아들마저도 우울한 기분을 감추질 못했다. 그리고 선생님의 전근 날이 되었다.

마지막 6교시가 선생님의 국어 시간이었다. 언제나 소란스럽던 반이 그날따라 엄숙하기조차 했다. 수업 시간을 알리는 종소리가 울려 퍼지고 선생님이 들어오셨다. 선생님은 처음 보는 양복과 구두를 신고 들어오셨는데 그 모습이 아이들을 더욱 숙연하게 만들었다. 교탁에 서신 선생님은 아이들을 바라보며 잠시 침묵을 지키셨다. 아이들은 고개조차 들지 못했다.

이윽고 선생님은 백묵을 들고 칠판에 뭔가를 적기 시작하셨다. 모두들 숨을 죽이고 칠판을 응시했다.

"중요한 것은 보이지 않는다."

검은 칠판을 가로지른 흰색 문구. 칠판을 경멸하던 문제아들조차도 이맛살을 찌푸리며 칠판의 글씨를 바라보았다. 선생님은 칠판에 이 문구를 쓰신 후 잠시 우리를 바라보셨다. 그리고 입을 여셨다.

"만약에 우주인이 존재한다면 말이다. 저멀리 몇 광년 거리에서 우주선을 타고 우리 지구를 방문한 우주인이 여러분 앞에 서 있다면 그 우주인은 선할 것 같은가 악할 것 같은가?"

잠시 정적이 흘렀다. 전교를 주름잡는 자랑스러운 우리의 문제아들도 마지막 예의는 알고 있었다. 부드러운 시선으로 우리를 바라보시던 선생님이 이윽고 말문을 여셨다.

“나는 선하리라 믿는다. 거기에는 이유가 있다. 우리 지구를 봐라. 인류는 이제 겨우 달에 갈 정도의 과학기술을 지녔다. 그런데 우리는 지구를 수십 번 파괴하고도 남을 폭탄을 만들어 서로 으르렁거리고 있지 않느냐? 인류가 존재한 지 몇만 년밖에 지나지 않은 지금 인류의 멸망이니 지구의 종말이니 하는 말들이 나오고 있지 않느냐? 그런데 저멀리 수십 광년 떨어진 곳에서 지구를 찾아올 수 있는 과학기술을 지닌 생명체가 존재한다면, 그 생명체가 지금 우리 앞에 서 있다면 그들은 선할 수밖에 없다고 생각한다.”

선생님은 잠시 창밖을 바라보셨다. 창밖에는 선생님의 마지막 수업을 경청하는 듯 조용히 비가 내렸다. 빗속에서 아무도 목소리를 들어본 적 없는 소사 할아버지가 쓰레기를 치우고 계셨다.

“내가 왜 이런 말을 하느냐면 우리들이 그나마 지금까지 살아남을 수 있었던 것은…… 그것은 뉴턴이나 아인슈타인 같은 선구자들 때문이 아니라는 말을 하고 싶었다. 우리가 살아남을 수 있었던 것은 매일 아침 저기 길 모퉁이에서 조용히 남이 버리고 간 휴지를 줍고 있는 저 노인 때문이다. 저 노인이 같은 대기에서 숨을 쉬고 있다는 사실을 아는 사람은 몇

안 될 것이다. 하지만 만약 우리 모두가 저 노인처럼 한 사람씩 휴지를 줍는다면 세상에 아무렇게나 버려진 쓰레기는 없을 것이다. 세상을 지키고 만들어가는 것은 보이지 않는다. 난 여러분이 보이지 않는 것들의 중요성을 느꼈으면 했다. 그리고 나는 여러분들의 보이지 않는 것을 존중하려고 노력했다."

말씀을 마치신 선생님은 칠판 위에 "異常, 以想, 李箱"이라고 쓰셨다. 그리고 수업을 시작하셨다. 수업은 교과 진도와 관계없는 내용이었다. 선생님은 이상과 그의 시에 관하여 이야기하셨고 우리는 처음이자 마지막으로 조용한 분위기에서 선생님의 수업을 들었다. 그리고 그날의 수업은 내 평생 들어야 할 모든 수업을 다 들은 것처럼 마음을 흔들어놓았다. 두 번 다시 그런 수업을 들을 수 없다는 것을, 어린 나는, 아니 그 교실에 있던 우리 모두는 알 수 있었다.

세월이 흘러 십 년이 지난 어느 날 나는 도서관 서고에서 중요한 것을 모두 잃은 채 현실이라는 홍수 속에서 허우적대며 이상의 시집을 들고 서 있었다. 더이상 고민할 필요가 없었다. 반세기 전 시인의 시집은 운명처럼 다가왔고 그날로 나는 이상에 관한 모든 자료를 대출해서 집으로 가는 지하철에 탔다. 나는 가방에서 방금 전 대출한 이상의 시집을 꺼내보았다. 낯익지만 다가설 수 없는 거리감이 느껴지는 신비로운 시인 이상.

"중요한 것은 보이지 않는다."

열차가 역에 도착하자 나는 스스로를 타이르듯 그 말을 읊조리며 현실 세계로 발을 내디뎠다.

*

나는 네 시간째 이상의 시를 분석한 누군가의 논문을 붙들고 있었다.

『포스트모던 시각으로 바라본 이상의 시』

논문의 제목을 보는 순간 만만치 않을 거라고는 예상은 했지만 막상 첫 장을 열자 훨씬 더 험난한 길이 펼쳐졌다. 그래도 명색이 글을 전공한 사람인데 네 시간 동안 간신히 스물다섯 페이지를 읽었다는 건 말이 안 된다. 들고 있던 논문을 집어던지곤 지끈거리는 미간을 주무르며 돌아누웠다.

놀라웠다. 도대체 어떻게 이런 기괴한 문장들을 생각해냈을까. 나는 문학을 공부하기 전 화학과를 이 년간 다녔다. 그 기간 동안 적성에도 안 맞는 화학 기호와 공식에 파묻혀 학점을 따야만 했다. 물론 당시 내가 시험을 통과하기 위해 외웠던 것들을 전부 이해하고 있었냐고 묻는다면 일 초도 안 걸려 아니라고 대답할 수 있다. 하지만 적어도 칠십 퍼센트, 솔직히 오십 퍼센트 이상은 이해했다. 그런데 지금 내 앞에 펼쳐진 문장들은 그 당시 배웠던 양자역학과 그레이엄의 확산 속도 법칙을 넘어섰다. 신기에 가까운 솜씨였다. 어떻게 하면 태어나 한글만 이십구 년간 사용한 사람이 같은 문장을 네 번씩 반복해서 읽어도 전혀 이해가 되지 않는 글을 무려 150페이지에 걸쳐 쓸 수 있는 것일까. 이 글이 논문 서고에 보관되어 있는 걸 보면 이 사람은 분명히 졸업논문 심사를 통과한 것이다. 그렇다면 교수님들은 이 글을 이해하고 가치를 인정했다는 뜻 아닌가.

나는 그 과정을 상상하며 고개를 저었다. 대단한 사람들이라고 생각했다. 이런 문장으로 150페이지를 가득채운 것만으로도 이 사람은 충분히 졸업할 자격이 있다. 그것은 분명 특별한 능력이니까.

'아니야. 뭔가 있어. 어딘가 졸업논문 심사 통과를 위해 필요한 문장들이 보관된 비밀 창고가 있고 일련의 자격을 갖춘 사람들만이, 예를 들어 직계가족 중 고위 공무원과 담합하여 일정량 이상의 세금을 탈루한 경력이 있는 자, 혹은 식민지 시절 동양척식주식회사와 결탁하여 일본 놈한테 몇 제곱미터 이상의 땅을 팔아넘긴 조상이 있는 자들만 내용을 열람할 수 있는 거야. 그러니 나 같은 김 서방네 셋째 아들은 세상이 두 쪽 나도 졸업논문을 쓸 수 없는 거지.'

이런 쓸데없는 생각을 하고 있자니 배가 고파왔다. 나는 혹시나 하는 기대로 냉장고를 뒤져보았다. 하지만 예상대로 사람이 먹을 수 있는 거라곤 어머니가 보내주신 총각김치가 전부였다. 다행히 찬장에 라면이 하나 남아 있었다. 나는 싱크대에 쌓여 있던 설거짓거리 중에서 쓸 만한 냄비를 집어 대충 헹구고는 물을 끓였다. 그리고 스프와 면을 몽땅 넣고는 뚜껑을 닫았다.

세상에는 두 종류의 사람이 있다. 라면을 독립된 요리로 생각하여 과정을 세분화하고 본품 이외에 다양한 재료를 넣고 끓이는 사람과 단순히 밥 대신 끼니를 때우는 대체 식품 정도로 생각하는 사람. 난 두 번째에 해당하는 인간이다. 이제 때가 되면 넘치는 국물이 알람시계 역할을 할 것이다.

나는 논문 더미를 밀치고 컴퓨터를 켰다. 일이 안 풀릴 때 계속 붙잡고 있는 건 미련하다. 나는 정보의 바다를 서핑하기 시작했다. 이제는 조간신문처럼 되어버린 포털 사이트 뉴스 홈은 몇 개의 현안 기사를 제외하고는 온통 가십거리들로 채워져 있었다.

유명 연예인의 이혼 소식이라든가 시인이자 명문대 교수의 표절 기사 등이 핫뉴스로 이목을 끌었다.

나는 뻔한 내용을 예상하면서도 무료한 시간을 달래기 위해 기사를 클릭했지만 역시나 돌아오는 건 공허함뿐이었다.

세간의 이목을 집중시키며 화려한 결혼식을 올렸던 두 연예인은 지극히 현실적인 이유로 극단적인 표현을 써가며 서로의 가슴에 지울 수 없는 상처를 주고 있었고, 시대의 지성을 자처하던 교수는 말도 안 되는 변명으로 수십 년간 쌓아올린 명성을 한순간에 무너뜨렸다.

이런 기사를 읽을 때마다 나는 혼란스러웠다. 인간이란 아무리 교육을 받고 철학을 운운해봤자 결국 하찮고 이기적인 동물에 불과한 것일까. 이런 기사들을 읽으며 한심한 인생이라고 생각하는 나는 과연 이들보다 나은 인간일까.

언제나 뻔한 내용일 것을 알면서도 기사를 클릭하는 자신이 한심스러웠다. 나는 악순환을 반복하는 어리석은 스스로에게 또 한 번 실망하며 다른 여흥거리를 찾기 시작했다.

다음으로 들어간 곳은 포털 사이트 카페였다. 그곳에서는 지긋지긋한 현실에서 벗어나 개개인의 산뜻한 아이디어와 생활의 지혜를 엿볼 수 있었다.

카페 메인 화면에는 최근 급상승중인 카페와 자주 찾는 카페 등이 나타났다.

강남 쪽집게 주식방, 폐왕서버, 플러스 무료법률상담, 마법소녀 키우기, 얼짱 되기 카페 등등.

순위를 채우고 있는 카페 이름만 봐도 요즘 사람들이 어떤 것에 관심이 있는 지 한눈에 알 수 있었다. 그중에도 '얼짱'이라는 단어가 가장 많이 눈에 띄었다.

'이대로 가다가는 얼짱들만 사는 나라가 되겠군. 그것도 나쁘지 않지.'

나는 유명 연예인들을 복사해놓은 듯 똑같은 얼굴로 가득한 거리를 상상하며 습관적으로 방문하던 인터넷 소설 카페로 들어갔다. 카페 안에는 장르별로 수많은 습작 소설들이 게시되어 있었다.

자극적인 제목의 기상천외한 공포소설에서부터 진부한 연애소설까지 실로 놀라울 만큼 많은 사람들의 상상력이 무료로 공개되어 있었다. 나도 그중의 한 명이었다.

소설 제목은 '새벽은 쉽게 밝지 않는다'.

내가 봐도 진부한 제목의 이 연재작은 광산에서 일하는 육십 대 노인과 길 잃은 소녀의 일상을 그린 휴먼드라마로 일 년 전 용기를 내서 그동안 써왔던 글을 올린 것이었다. 고작 스무 명 정도의 독자만이 간간히 방문하는 순위 최하위의 소설이었다. 그나마 육 개월째 업데이트를 못 해 기존에 있던 독자마저 떨어져나가고 있던 참이었다. 나는 혹시나 하는 심정으로 조회 수를 확인해봤으나 일주일째 네 명이 방문했을 뿐이었다.

'나라도 안 읽겠다. 요즘 세상에 어느 할 일 없는 놈이 늙은 광부 이야기를 읽겠느냐고.'

나는 그나마 있던 밑천마저 날려버린 장사꾼 심정으로 카페를 나가려 했다. 그런데 그 순간 소모임 게시판에 내 눈을 사로잡는 글귀가 있었다.

MAD 이상 동호회 : 이상 김해경에 관한 소설 같이 쓰실 분을 찾습니다.

이 제목은 수많은 게시물 가운데 내 눈을 사로잡기에 충분했다.

'오호. 이상에 관한 소설이라. 이 골치 아픈 인간을 데리고 무슨 소설을 쓰겠다는 거지?'

로그아웃을 하려던 나는 뭔가에 이끌리듯 게시물을 클릭했다. 그러자 예상과는 달리 묘한 설문지가 나타났다.

이 방에 들어온 당신은 논리를 떠난 연금술사이어야 한다. 당신은 레몬으로 움직이는 인형을 갖고 있어야 하며 하늘을 걷는 날개 달린 코끼리를 타고 있어야 한다. 당신은 지독히 작아서 보이지 않는 독재자를 찾을 수 있어야 하며 바닷물을 콜라로 만드는 마법사를 알고 있어야 한다. MAD 이상 동호회에 가입하려면 다음 질문에 답해야 한다. 정부 청사를 폭파하고 싶은 충동을 느낀 적이 있는가? 있다면 구체적으로 어떤 청사를 폭파하고 싶은가?

'이상한 세상에 이상한 녀석이로군.'

누군지는 모르겠지만 게시자는 호기심을 자극하고 있었다. 나는 오랜만에 신이 나서 자판을 두들기기 시작했다.

1번 : 국회의사당 — 이유는 설명할 필요도 없겠죠. 나잇값만 해도 감사하련만.

2번 : 우리 동네 동사무소 — 예비군 훈련을 갔다 온 분이라면 제 심정 이해할 겁니다.

3번 : 국세청 — 불쌍한 서민들에게만 철퇴를 휘두르는 한심한 조폭 앞잡이.

4번 : 외교부 — 고급 관저에 좋은 차 타고 다니던데 도대체 하는 일이 뭐죠? 외국어 외에는 할 줄 아는 게 없는 룸펜들.

5번 : 검찰청 — 세금으로 먹고사는 합법적인 조폭들.

추신 : 이건 정부 청사는 아니지만 가능하다면 1번에 놓고 싶네요. 전직 대통령들의 저택 — 히틀러도 지은 죄를 알고 자살했는데 이 인간들은 철면피라 다른 사람의 도움이 필요하거든요.

더 많은 정부 청사를 나열할 수도 있었지만 게시자가 지루해할까 봐 이쯤에서 다음 질문으로 넘어갔다. 어찌됐건 면접인 것이다.

세상을 지탱하는 것이 무엇이라고 생각하는가?

'자식. 월급이라도 줄 셈인가?'

고리타분한 질문이었다. 하지만 나름대로 철학적이고 원론적인 질문도 할 줄 아는 사람인 듯했다. 첫 번째 질문을 장난스럽게 응했던 나는 자세를 가다듬고 진지하게 답변했다. 이 질문만큼은 확실하게 대답할 수 있다. 내게는 간디 선생님이 계셨다.

도시의 한 모퉁이에서 삶의 무게를 묵묵히 짊어지고 휴지를 줍는 노인의 깊은 주름살이다. 이 세상 누구도 노인이 휴지를 줍는 것에 관심을 갖지 않지만 만약 이 세상 사람들 모두가 그 노인처럼 휴지를 줍는다면 지구에는 아무렇게나 버려진 쓰레기가 존재하지 않을 것이다. 중요한 것은 보이지 않는다.

나는 처음이자 마지막으로 내 마음을 흔들어놓은 선생님의 마지막 말씀을 인용했다. 시곗바늘이 12시를 가리키고 있었다. 서핑은 이쯤에서 마무리하고 본업으로 돌아가야 할 시간이었다. 등록 버튼을 눌렀다. 답변이 게시판에 등록되는 것을 보고 나는 담배 한 대를 물었다. 꽁초를 빨며 나는 산더미같이 쌓인 논문을 바라보았다. 고행의 길이 분명했지만 어차피

가야 할 길이라면 한시라도 빨리 출발하는 것이 좋으리라. 나는 읽다 만 논문을 다시 집어 들었다. 그때였다. 딩동 하는 소리와 화면에 대화창이 떴다.

'누구지? 동열인가?'

함께 소설을 올리는 후배를 떠올리며 대화창을 클릭했다. 그런데 대화를 신청한 사람은 다름 아닌 MAD 이상 동호회 게시자였다.

답변은 잘 봤습니다. 특히 마지막 답변이 마음에 들더군요.

'자식, 보는 눈은 있어가지고.'

담배를 문 채 자판을 두드렸다.

그렇게 봐주시니 감사합니다. 그런데 대체 어떤 소설을 쓰시기에 이런 질문을 하시는 겁니까?

그러자 이내 답변이 날아왔다.

당신께서 알고 계시는 이상 김해경에 대해 듣고 싶습니다.

'어쭈. 지금 내 질문을 씹은 거야? 무례한 녀석일세.'

조금 기분이 상한 나는 그간 논문에 파묻혀 읽었던 지식들을 나열하기 시작했다.

이상 김해경은 우리나라를 대표하는 초현실주의 다다이즘 시인으로 시대적으로 억압된 자의식과 좌절된 욕구를 현실 탈출이라는 시적 주제로 표출하여 정신의 해방을 추구함으로써 무력한 자아를 극복하고자 했습니다. 한때 건축기사로도 활동했으며 구인회에 가입하여 작품 활동을 하다가 동인지 《시와 소설》 1집을 제작하기도 했습니다. 하지만 사상 불손 혐의로 1937년 구속되었다가…….

나는 스스로도 이해 못 하는 이상에 관한 지식들을 마구 날렸다. 그때였다.

당신은 잘못 알고 있습니다.

게시자의 말투는 오답을 집어내는 깐깐한 수학 선생님처럼 완고했다.

'아니, 뭐 이런 자식이 다 있어. 이상과 동거라도 한 듯한 말투네!'

나는 화가 나서 자판이 부서지도록 두들겼다.

그러면 당신이 알고 있는 이상에 대해 말해보쇼.

당신은 상상력이 마비된 상태입니다. 세상은 당신이 배워온 것과 전혀 다를 수도 있습니다. 아직도 우리 동호회에 관심이 있습니까?

점입가경이었다. 만약 눈앞에 있었다면 크게 언쟁이 붙었을 것이다.

'지금 나랑 한판 붙자 이거냐?'

나는 분을 삭이며 자판을 눌렀다.

물론이죠.

자료를 보내겠습니다. 읽어보시고 이번 주 토요일 오후 9시 홍대 앞 클럽 TEAM HIGH CLASS로 오십시오. 동호회 모임이 있습니다.

이 말을 마지막으로 게시자는 사라졌다.

'좋아. 얼마나 잘났는지 한번 보자. 아니기만 해봐. 토요일이 네 제삿날이 될 테니까.'

하지만 그가 보낸 자료를 읽고 난 후 나는 잠시 스스로를 돌아봐야 했다.

영원한 망각은 망각을 모두 구한다

토요일 오후 홍대 앞은 활기 넘치는 젊음으로 넘쳐났다. 거리는 막연한 만남을 기대하며 뿌린 향수 냄새로 가득했다. 그동안 태양의 계절을 준비한 이들은 검게 그을린 피부를 거침없이 드러내고 있었다. 나는 그런 에너지의 물결을 헤치며 TEAM HIGH CLASS를 찾았다. 찾는 데 큰 어려움은 없었다. 그곳은 유명한 곳이어서 길거리를 지나던 대부분의 사람들이 알고 있었다.

TEAM HIGH CLASS는 번화한 대로변에 위치했다. 지하로 이어진 입구는 전체가 홀로그램 네온사인으로 이루어져 시시각각 카멜레온처럼 다양한 형상으로 변하고 있었으며 대로까지 울려 퍼지는 베이스 진동은 입장 전부터 젊은이들을 흥분시켰다. 주위를 서성이는 사람들 외모만 봐도 이 클럽이 얼마나 유명한지 알 수 있었다. 허름한 청바지에 회색 라운드 티셔츠 차림의 나는 그들과 확연히 구분되었다. 클럽을 온 것은 이번이 처음이었다. 나는 입구를 지나 계단을 내려갔다. 클럽 문 앞에는 제임스 딘 머리를 한 매니저와 골리앗을 연상시키는 문지기가 팔짱을 끼고 서 있었다.

"어떻게 오셨습니까?"

멍청한 질문이다. 클럽에 무슨 일로 왔느냐니.

"친구와 약속이 있어서요."

제임스 딘이 나를 보며 미소를 지었다.

"만원입니다. 다음 기회에 와주십시오."

나이가 문제인 것 같았다. 하기야 이런 곳에 오기에 나는 너무 나이가 들었는지도 모른다.

"물을 흐리진 않겠어요. 나도 이런 곳은 질색이니까. 사람만 찾고 나갈 거예요."

문지기가 더욱 견고하게 팔짱을 끼며 짜증스러운 표정을 지었다. 자세히 보니 상당히 좋은 양복을 입고 있었다. 아르마니 제품 같았다. 빌어먹을.

"만원입니다. 돌아가십시오. 다음 손님!"

청와대 보안사 출신처럼 보였다. 말이 먹힐 녀석이 아니었다. 쓸데없는 걸음을 한 것이다. 나는 포기하고 돌아서려 했다. 그때 누군가 내 어깨에 손을 얹으며 말했다.

"이분 나랑 동행이야."

검은 정장을 잘 차려입은 이십 대 후반의 남자가 나를 보며 미소를 지었다. 전문 헤어 디자이너가 손을 본 듯 산뜻하게 자른 머리를 왁스로 깔끔하게 넘겼으며 펄이 들어간 은색 넥타이는 레이저 조명에 빛을 발하고 있었다. 날카롭지만 지적인 눈에 세련되지만 겸손을 잃지 않는 미소를 짓고 있었다. 전체적으로 잘나가는 외국계 기업에 근무하는 펀드매니저 같은 외모였다. 남자가 나타나자 매니저는 언제 그랬냐는 듯 직업적인 미소를 지으며 순순히 길을 열어주었다. 남자는 어리둥절해 있는 나를 보며 말했다.

"중요한 것은 보이지 않는다?"

나는 그제야 남자의 정체를 알 수 있었다. 게시자였다. 남자는 예의 바르게 먼저 들어가라며 옆으로 비켜섰다. 나는 얼떨결에 클럽 안으로 들어섰다.

클럽 안은 광란의 도가니였다. 넓게 펼쳐진 내부에는 발 디딜 틈도 없이 젊은 남녀들로 가득차 있었으며 레이저 조명이 만드는 빛의 터널을 희뿌연 담배 연기가 통과하고 있었다.

중앙에 위치한 바에는 번쩍이는 브랜드 네온사인 사이로 고급 양주들이 가지런히 진열되어 있었다. 넓은 스테이지를 중심으로 티니 글라스로 만들어진 원형 테이블이 둘러싸고 있었으며 테이블마다 켜진 작은 할로겐램프가 음악에 취한 사람들을 비췄다. 곳곳에 설치된 대형 스피커에선 한창 유행인 하우스 음악이 고막이 터져라 흘러나왔다. 대기하던 웨이터가 남자를 알아보곤 반갑게 인사를 했다. 남자는 이곳 단골인 듯했다. 웨이터는 깍듯하게 좌석으로 안내했다.

"언제나 드시던 걸로 준비할까요?"

남자가 나를 보며 물었다.

"보드카 괜찮으세요?"

"아무거나 상관없습니다."

남자가 고개를 끄덕이자 웨이터는 사라졌다. 남자는 힘들게 참았다는 듯 재킷을 훌훌 벗고 넥타이를 풀었다.

"넥타이라는 게 원래 로마 병사들이 전쟁터에서 먼지를 막기 위해 만들었다는 거 아세요? 근데 프랑스인이 거들먹거리기 위해 용도를 바꿨죠. 덕분에 저 같은 직장인은 하루 종일 이걸 매달고 있어야 한답니다."

넥타이를 풀자 첫인상과는 달리 수수한 구석이 있었다.

"절 어떻게 알아보셨죠?"

"국회의사당을 폭파하고 싶은 사람이 이런 데 어울릴 리가 없잖아요."

그는 목이 말랐는지 물 한 잔을 들이켜곤 스테이지로 고개를 돌렸다. 스테이지에는 빽빽이 들어선 남녀들이 조명을 받으며 저마다의 몸짓으로 열기를 발산하고 있었다. 그들은 음악과 분위기가 가져다주는 자유로움에 흠뻑 취해 있었다. 테이블을 잡지 못한 사람들은 스탠딩 테이블에서 맥주를 마시며 리듬에 맞춰 발을 굴렀다.

"다른 멤버들은 아직 안 온 모양입니다."

그는 내 말을 못 들은 듯했다. 음악 소리가 너무 컸다. 나는 목소리를 높여 다시 한번 말했다.

"다른 사람들은 아직 안 왔나 보죠."

하지만 역시 무반응이었다. 남자는 여전히 스테이지의 사람들을 응시하고 있었다.

"여기는 화장실이에요."

그는 엉뚱한 대답을 했다. 그의 목소리는 스피커가 지르는 괴성을 뚫고 여유 있게 다가왔다.

"저기 저 사람들은 배설을 하고 있어요. 멋지게 인테리어된 이 화장실에서. 저들에겐 넘치는 에너지가 있고 사회는 그 에너지를 이용할 줄을 모르죠. 남는 에너지를 주체할 수가 없으니 저들은 결국 이런 화장실에서 배설을 하게 되는 거예요. 만약 정부가 저 에너지를 효과적으로 이용할 줄 안다면 또 다른 세계를 건설할 수 있을지도 몰라요."

나는 그의 시선이 향한 곳으로 고개를 돌렸다. 그저 미친듯이 흔들어대는 젊은이들뿐이었다.

"재밌지 않아요? 세상에 이런 곳이 있다는 게. 이곳에서는 아무리 배설을 해도 오물세를 내지 않아요."

"그러네요."

나는 어정쩡하게 동의했다.

"아까 저한테 뭐라고 하셨는데 못 들은 것 같습니다."

"다른 멤버들이 안 보여서요."

남자가 미소를 지으며 대답했다.

"다른 멤버는 없습니다."

나는 의아한 표정으로 그를 바라봤다.

"그러면 우리 둘이 동호회의 전부……."

"예. 제가 이 동호회를 만들었고 당신이 이 동호회의 유일한 멤버죠. 당신이 유일하게 제 질문을 통과한 사람이에요. 대부분의 사람들은 제 질문에 장난으로 답을 했죠. 욕을 하는 사람도 있답니다. 제가 마음에 안 들었거나 술에 취했던 거겠죠. 진지한 답을 보낸 건 당신이 처음이었습니다. 중요한 것은 보이지 않는다. 그 말이 마음에 들었습니다."

그때 종업원이 보드카를 내왔다. 크랜베리 주스와 케이퍼를 곁들인 훈제 연어가 함께였다. 언뜻 보기에도 상당히 비싼 요리라는 것을 알 수 있었다.

"돈 걱정은 마세요. 어차피 국가에서 내줄 테니까."

남자가 내 머릿속을 들여다보듯 앞질러 대답했다.

"국가라니 그게 무슨……."

남자는 미소를 지을 뿐이었다. 묘한 세상이었다. 정부 청사를 폭파하고 싶어 하는 외국계 펀드매니저의 술값을 국가에서 내준다. 그는 크랜베리 주스를 탄 보드카를 두 잔 만들어 내게 권했다.

"그러고 보니 아직 통성명을 안 했군요. 저는 정은표라고 합니다. 나이는 스물여덟이고요."

그가 손을 내밀며 말했다.

"저는 김지우라고 합니다. 내년이면 서른인데 아직도 학교를 다니고 있습니다."

나는 어색하게 악수를 했다.

"저보다 한 살 많으시군요. 무슨 과이신가요?"

내 손을 잡으며 은표가 물었다.

"국문과를 다니고 있습니다. 졸업논문을 쓰고 있는데 만만치가 않네요. 국가를 운운하시는 걸 보면 나랏일을 하시나 보죠?"

은표가 잠시 나를 바라보다가 입을 열었다.

"그건 천천히 말씀드리겠습니다."

은표는 말을 마치고 다시 스테이지를 바라봤다. 그는 술을 마실 생각도 춤을 출 생각도 없는 모양이었다.

"춤도 추지 않으면서 뭐하러 여기 왔죠?"

나는 큰 소리로 말했다.

"미치고 싶을 땐 이곳에 와요. 이곳은 외부와 차단된 다른 세계 같아요. 밖에선 미친 사람이 따돌림을 받지만 이곳에선 미치지 않는 사람이 따돌림을 받죠."

그는 스테이지를 응시한 채 말했다. 그의 말은 일리가 있었다. 은표를 제외하고 주위를 둘러싼 모든 사람들이 음악에 취해 본능적으로 몸을 흔들었다.

"이상에 관한 소설을 쓴다고 했는데 어떤 내용이죠?"

은표는 내 목소리를 못 들은 듯했다. 커다란 음악 소리가 다른 소리를 흡수하고 있었다. 이런 곳에서 대화를 하는 건 불가능했다.

나는 자리에서 일어나 소리쳤다.

"나가죠. 시끄러워서 얘기를 못 하겠어요."

은표는 순순히 자리에서 일어났다. 우리는 익숙하지 않은 젊음의 공간을 뒤로하고 클럽을 빠져나왔다. 클럽을 나서자 후끈한 여름 밤공기가 우리를 맞이했다.

"어디 가고 싶은 데 있으세요? 얘기하기 적당한 곳요."

은표가 소매를 걷으며 물었다.

"적당한 데가 있죠."

이번엔 내 차례였다. 나는 은표를 데리고 오랫동안 주인과 알고 지내는 술집으로 향했다.

*

우리가 간 곳은 학교 근처에 있는 소줏집이었다. 드문드문 자리잡은 드럼통 테이블에서는 연신 고기 굽는 연기가 피어오르고, 주머니가 허전한 학생들이 부족한 안주를 앞에 놓고 소주잔을 기울이고 있었다. 은표와 나도 그들 사이에 앉아 피어오르는 숯불 연기를 지켜보았다. 은표는 이런 분위기가 익숙한 듯 편안해 보였다. 주인아주머니가 또 왔느냐는 듯 눈인사를 하며 술과 반찬을 내왔다.

"제가 보낸 자료는 읽어보셨습니까?"

"예. 잘 읽었습니다. 흥미롭더군요. 그런데 조금 황당한 부분이 있던데요."

내 말을 들은 은표가 미소를 지으며 말했다.

"그렇죠. 처음 보는 분들에겐 황당한 내용일 수 있어요. 하지만 그건 시각의 차이입니다. 분명 이상은 시인이 아니었어요. 메신저였죠. 비밀을 간직한……. 그리고 그로 인해 죽어갔죠. '임금님 귀는 당나귀 귀'처럼 세상에 하고 싶은 이야기가 있었던 거예요. 하지만 마음껏 소리칠 대나무 숲이 없었죠."

이야기를 하는 은표의 눈빛이 빛났다.

"몇 번을 읽어봤지만 확실하게 뭐가 뭔지 감이 안 잡혀요. 정확히 어떤 소설을 쓰시고 싶은 건가요?"

그는 잠시 허공을 응시하다가 술잔을 비웠다. 그리고 커다란 결심이라도 한 듯 자세를 고쳐 앉으며 입을 열었다.

"그럼 처음부터 차근차근 말씀드리겠습니다. 아시다시피 이상이 시를 쓰기 이전의 본명은 김해경이었습니다. 그는 서울 공대의 전신인 경성 공고를 수석으로 졸업한 건축의 귀재였습니다. 당시 경성 공고는 우리나라에서 제일 유명한 건축 교육기관이었고 학생과 교사 모두 일본인이었습니다. 그런 경성 공고를 이상은 한국인으로서는 유일하게 입학을 했습니다. 그것도 수석으로요. 건축에 천재적인 재능을 갖고 있던 이상은 삼 년 내내 톱을 달렸어요. 그 당시 이상은 이미 일반 수학을 넘어 건축 수학에도 능통했고 일어를 비롯하여 영어, 불어 등 언어에도 상당한 재능을 보였다고 합니다.

이상과 수석을 다투던 일본인 친구에 의하면 그의 건축적 재능에 많은 교수들도 탄복했다고 합니다. 제도 시간에는 자를 대지 않고도 정확한 직선을 그었고 십자를 그으면 언제나 직각을 이루었다죠. 인간 제도기라고 불릴 만했죠. 자유 건축 설계 시간에는 언제나 선생님들의 상상을 초월하는 건축물을 설계하여 경탄을 자아냈다고 합니다. 얼마 전 우연히 그의 스케치를 고서점에서 본 적이 있었는데 마치 SF 만화에 나오는 건물처럼 기괴하면서 상상력으로 충만한 건물이었어요. 그의 건축적 재능은 시대를 초월했죠.

그의 학창 시절 얘긴데 재미있는 일화가 있습니다. 평소 이상은 친구들에게 자주 미로 문제를 냈는데 졸업할 때까지 단 한 사람도 푼 사람이 없었다고 합니다.

한번은 점심시간에 친구들에게 미로 문제를 내고 나무 그늘에서 책을 읽고 있었는데 미로를 풀던 친구들이 몇 시간을 헤매도 통로를 찾지 못하자 분개하며 이상을 찾아갔다고 합니다. 친구들은 이상에게 미로 그림을 던지며 애초부터 통로도 없는 미로로 자신들을 놀렸다며 폭행하려 했답니다. 그러자 이상은 읽고 있던 책을 내려놓더니 유유히 통로를 찾아주었죠. 그후로 이상의 미로를 풀려고 덤빈 사람은 아무도 없었다고 합니다.

경성 공고를 수석 졸업한 이상은 곧바로 총독부 산하 건축과 기사로 들어갑니다. 총독부는 한국인에게 배타적인 곳이었고 건축과에도 이상이 유일한 한국인이었다고 해요. 신입 사원이었던 이상에게 처음으로 맡겨진 일은 간판을 그리는 일이었습니다. 초반 얼마 동안은 별 탈 없이 일을 해나갑니다.

하지만 얼마 못 가 지루함을 느끼죠. 기막힌 건축물이 머릿속에 가득한 사람에게 간판장이라는 단순 작업을 시켜놓았으니 당연한 결과였습니다. 그때부터 이상에게 멍하니 앉아 창밖을 내다보는 버릇이 생깁니다. 그 모습을 본 일본인 과장은 이상을 못마땅하게 여겨 골탕 먹일 계획을 세웁니다.

일주일이 걸려도 못 끝낼 복잡한 서류 정리를 사흘 만에 끝내라는 명령을 내리죠. 이상 김해경을 과소평가한 겁니다. 이틀 후 출근한 과장은 깜짝 놀랍니다. 깔끔하게 정리된 서류 더미가 책상에서 기다리고 있었으니까요.

이번에는 한 달이 넘게 걸릴 서류 정리를 일주일 안에 마무리지으라는 명령을 내립니다. 그러나 이번에도 이상은 닷새

만에 정리를 끝냅니다. 이 사건 이후로 과장은 이상을 신임하게 되고 그때부터 본격적으로 설계가로서의 활동을 시작합니다. 그해가 1929년이었어요."

거기까지 이야기를 마친 은표는 잔을 채우고 목을 축였다.

"뭐, 그 정도 얘기야 알 만한 사람들은 대강 알지 않나요?"

지난번 대화에서 자존심이 상했던 내가 받아치듯이 대꾸했다. 은표는 내 말에는 관심 없다는 듯 소주잔을 들고는 유리창 밖의 거리를 바라봤다. 그는 투명한 유리잔을 통해 늘어진 영화 필름을 보듯 지나가는 자동차와 사람들을 바라보다가 문득 생각이 난 듯 말했다.

"보여드리고 싶은 게 있습니다. 같이 가주셨으면 해요."

주인아주머니가 안주를 내왔다. 내가 뭐라고 하려 했지만 은표는 이미 술집을 나서고 있었다. 나는 어리둥절해 있는 주인아주머니에게 미안하다는 말을 남기곤 뒤따라 나섰다.

은표는 지하철을 탔다. 늦은 시각이라 지하철 안은 취객 몇몇과 늦게 공부를 마치고 집으로 돌아가는 학생들을 제외하면 자리가 많이 비어 있었다. 우리는 비쩍 마른 공룡의 내장 같은 열차 한쪽 구석에 나란히 앉았다.

"어딜 가는 거죠?"

은표가 특유의 미소를 지으며 나를 바라봤다.

"가보면 압니다."

객실 안에는 규칙적으로 울리는 열차 소리만이 가득했다. 은표는 뭔가를 계속 생각하고 있었다. 같은 열차 안에 있었지만 나와는 전혀 다른 공간에 있는 듯했다. 은표 주위를 얇은 유리막이 둘러싸고 있고 그 공간에는 시공을 초월하여 그만이 숨쉴 수 있는 공기와 시간이 따로 존재하는 듯했다. 그 공간이 은표를 미지의 인물로 만들었다. 나는 오늘 처음 만난 이 특이한 친구에게 조금씩 빠져들었다. 지루한 현실에 지쳐 있던 나에게 알 수 없는 기대와 흥분을 불러일으켰다.

"그러니까 1929년까지의 이상은 시에는 별 관심이 없었다는 말인가요?"

나는 유리벽을 두드리듯이 물었다.

"그래요. 몇 편의 습작이 있었지만 별로……."

은표의 유리벽이 조금 얇아졌다.

"1929년은 이상에게 최고의 해였어요. 그의 건축물이 조선건축학회의 기관지 《조선과 건축》에서 1등과 3등으로 뽑히고 총독부에서 발주하는 주요 공사들의 설계를 맡게 됩니다. 한국인에게는 이례적인 일이었어요. 그때까지 이상 김해경은 모범적인 청년으로, 훗날 나타나는 봉두난발 헤어스타일이나 보헤미안 넥타이, 서커스단처럼 보이는 백구두는 전혀 상상할 수 없었어요. 요즘으로 말할 것 같으면 대기업에서 총망받는 엘리트였죠.

이상한 것은 그다음 해인 1930년부터 1931년 사이의 기간이에요. 모든 활동을 중단합니다. 활동 흔적이 전혀 없어요. 그러다가 갑자기 1932년 이상이라는 이름으로 세상에 시를 발표하죠. 시의 제목은 '건축무한육면각체'. 왜일까요? 이 년 사이에 촉망받던 건축 기사에서 기이한 시인으로……. 그리고 죽어가기 시작하죠. 계속해서 이상한 암호와도 같은 시를 쓰면서. 분명히 그 기간 동안 뭔가 어마어마한 일이 있었던 거예요. 세상에 알려지지 않은……. 그 일을 이상은 혼자 알고 있었던 거고요."

"이상의 시가 단순한 시가 아니란 말인가요?"

"네. 그의 시는 세상에 뭔가를 알리려는 메시지입니다."

온몸에 전율이 흘렀다. 그의 이야기에는 구체적으로 꼬집어 말할 수 없는 신비함이 담겨 있었다. 인간이 범해선 안 될 영역을 넘는 기분이랄까. 그의 이야기는 한번 빠지면 다시는 나올 수 없는 늪과도 같은 흡입력을 지니고 있었다.

"묘한 이야기군요. 메시지라면 어떤 내용의 메시지를 말하는 거죠?"

은표는 의미심장한 미소를 지었다.

"곧 알게 되실 겁니다."

우리는 이름을 기억할 수 없는 지하철역에서 내렸다. 타일이 여기저기 떨어져나간 지저분한 지하도를 지나 도착한 곳은 가로등도 없는 어두운 거리였다. 도시 한복판에 세워진 오래된 빈민가였다. 혼자 걷기에는 꺼림칙한 곳이었다. 하지만 은표는 두려울 것 없다는 듯이 당당하게 걸었다. 나는 은표 곁에 바짝 붙어서 할머니에게 도깨비 이야기를 듣는 어린아이처럼 옷깃을 여미며 귀를 세웠다.

"어떻게 그런 생각을 하게 됐죠? 저도 이상에 대해서는 알 만큼 안다고 자부했는데 은표 씨 얘기는 지금까지 들어보지 못한 독특한 가설이거든요."

은표는 먼 과거를 회상하는 듯한 표정으로 잠시 어둠을 응시하다가 입을 열었다.

"어렸을 때였어요. 지금도 그렇지만 그 당시 전 건강한 편이 아니었어요. 그래서 학교를 자주 빠졌죠. 덕분에 친구도 사귀질 못했고 혼자 있는 시간이 많았어요. 자연스럽게 그림을 그리거나 책을 읽는 시간이 많았죠.

그러던 어느 봄날이었어요. 새 학기가 막 시작한 터라 기대에 차 있던 저는 부모님이 말렸는데도 온전치 못한 몸을 이끌고 학교에 갔어요. 이번엔 꼭 친구를 사귀리라. 친구들을 생일 파티에 초대도 하고 축구도 하리라. 하지만 그건 제 작은 소망일 뿐이었어요. 2교시를 넘기지 못하고 온몸에 열이 올라서 학교를 조퇴할 수밖에 없었죠.

그렇게 허약한 몸을 원망하며 집으로 돌아오는 길이었어요. 간신히 몸을 지탱하며 집 앞 골목을 지나다가 고열을 견디지 못하고 쓰러진 거예요. 골목엔 아무도 없고 도와달라고 소리치려 했지만 목소리조차 나오질 않았어요. 어린 나이였지만 그때 처음으로 죽음이란 걸 생각하게 됐죠. 홀로 버려진 느낌이었어요. 지금도 기억이 생생해요.

구름 한 점 없는 하늘에서 쏟아진 봄 햇살이 골목을 따뜻하게 비추고 겨우내 얼었던 콘크리트 보도에선 아지랑이가 피어오르고 있었어요. 정말 평화로웠어요. 가장 기억에 남는 것은 담장 너머로 피어 있던 동백꽃이었어요. 붉은 동백꽃 한 송이가 마치 제게 뭔가를 말하려는 듯 담장 너머로 고개를 내밀고 저를 바라보고 있었어요. 고열로 혼미해진 제 시선에 비친 모든 풍경들은 너무나 아름다웠어요. 저는 그 풍경을 바라보며 이렇게 생각했어요. 이 모든 게 날 위해 만들어진 거라고. 이대로 죽는 것도 나쁘지 않겠다고.

그때였죠. 아득한 제 시선 너머로 어떤 공간이 보이는 거예요. 어렴풋이 뜬 제 눈 사이로 깨끗하고 한없이 환한 빛으로 충만한 공간이 보였어요. 그 공간은 점점 주위로 퍼지더니 저를 온통 둘러쌌죠. 춥지도 덥지도 않고 제 마음속에 있던 여러 감정들을 깨끗하게 비워주는 것 같았어요. 마치 오물로 더럽혀진 몸을 누군가 깨끗이 닦아주는 느낌이었죠. 전 이렇게 생각했어요. 이게 말로만 듣던 천국이구나. 그때 멀리서 제 이름을 부르며 달려오는 어머니 목소리가 들렸어요. 그리고 의식을 잃었죠."

은표는 여기까지 말하고는 잠시 휴식이라도 취하듯 묵묵히 길을 걸었다. 나는 은표에게 시선을 떼지 못했다.

"얼마 후 의식이 돌아와 눈을 떠보니 병원이었어요. 어머니는 다행이라며 눈물을 흘리셨지만 전 그다지 기쁘지 않더라고요. 뭐랄까, 행복한 꿈을 꾸고 있는데 누가 깨웠을 때의 실망감이라고나 할까. 어찌됐건 병원에 있으면서도 그 공간을 잊을 수가 없었어요.

얼마 후 치료를 마친 저는 어머니 손을 잡고 병원 문을 나섰어요. 그런데 문을 나선 저한테 묘한 일이 벌어졌어요. 그 전까지는 볼 수 없었던 다른 공간이 보이는 거예요. 그 공간은 세상 모든 곳에 존재했어요. 골목 뒤에 쌓여 있는 쓰레기 더미 속에도, 먹다 남은 코카콜라 캔 속에도, 이 세상 어느 곳에도 존재했어요. 하지만 그 공간은 인간으로부터 완전히 고립되어 있었어요. 바로 눈앞에 펼쳐져 있지만 아무도 다가갈 수 없는. 한편으로 그곳은 거대한 도서관과도 같았어요. 높이와 길이를 알 수 없는 서고들이 끝없이 펼쳐진 도서관요. 서고에 꽂혀 있는 책들은 시간이 지나도 퇴색하지 않는 깨끗한 양피지로 싸여 있고 책을 펴면 목화처럼 하얀 종이들이 있어요. 하지만 종이에는 아무것도 씌어 있지 않아요. 서고에 있는 모든 책들은 아무것도 씌지 않은 채 깨끗이 남아 있지요. 그렇지만 그것은 우리 눈에 보이지 않을 뿐이지 실제로는 깨알 같은 글자로 빽빽하게 채워져 있어요.

그곳에서는 수백만분의 일의 확률로도 일어날까 말까 하는 일들이 밥 먹듯이 일어나고 동화 속에서나 볼 수 있는 기적 같은 일들도 가득차 있어요. 그 공간이 세상을 운영하고 있었어요. 믿지 않겠지만 우리가 의식적이라고 생각하는 모든 일들도 사실은 그 공간에 의해 우연처럼 일어난 필연들인 거예요. 저는 그 공간에 '경이로운 삶의 여백'이라는 이름을 붙였어요. 그것은 마치 동양화에서 말하는 붓이 닿지 않은, 하지만 그림의 구도를 좌우하는 하얀 여백 같은 느낌이 들었거든요. 그때부터 제 눈엔 조금씩 진실이 보이기 시작했어요. 아주 작은 것에서부터 거대한 것에 이르기까지. 그것은 저에게 당연한 일이었고 다른 사람들도 보고 있다고 생각했어요. 그래서 제가 본 것을 사람들에게 이야기했죠. 그런데 저를 이상하게 생각하더라고요. 주변 친구, 친척, 부모님마저도 저를 특별한 아이로 취급했죠. 정신이 나간 아이랄까, 신들린 아이랄까. 마치 동물원에 들어온 신기한 동물을 보는 듯한 눈으로 쳐다봤어요.

시간이 지난 뒤 알게 된 거지만 사람들은 경이로운 공간을 볼 수 없었던 거예요. 그런 공간이 있다는 사실조차도 모르고 있었죠. 어쨌건 제가 말한 일들은 진실이었고 사람들은 그런 것을 떠벌리고 다니는 저를 두려워하고 미워했어요. 사람들은 진실을 별로 밝히고 싶어 하질 않았어요. 그 사실을 알고부터 전 사람들에게 그 공간에 대한 이야기를 일절 하지 않기로 마음먹었습니다. 사람들과 대화를 끊고 살아가기 시작했죠. 저는 싫어하는 것을 강요하는 성격은 아니거든요. 사람들은 명쾌한 것을 좋아하지 않았고 저는 그런 사람들을 좋아하지 않았죠. 커뮤니케이션을 끊고 살아가는 것이 서로에게 편하리라 생각했어요.

시간이 흘렀어요. 처음에는 그저 입을 닫고 살면 된다고 생각했지만 그렇게 간단하지만은 않더군요. 세상의 진실은 대부분 숨겨지거나 왜곡되고 있다는 걸 알면서도 그저 바라보고만 있는 것은 커다란 스트레스였죠. 거짓말을 늘어놓는 사람들이 좋은 양복을 입고 가증스러운 미소를 지으며 방송을 통해 유명 인사로 추앙받을 때면 속에서 울화가 치밀었죠.

차라리 다른 사람들처럼 그것이 거짓인 줄 모르고 있었다면 넘어갈 수 있는 일들도 저는 지나칠 수가 없었던 거예요. 그러니 고통이 수반될 수밖에 없죠. 몸속 어딘가에 뜨거운 주머니를 매달고 다녀야 하는 것과 마찬가지예요. 그것은 때때로 시뻘겋게 달아올라 그때마다 저는 소리도 못 지르며 방바닥을 뒹굴러야 했죠.

시간이 지날수록 고통은 심해졌기에 더이상 이대로 있을 수는 없다는 생각이 들기 시작했어요. 나한테 이런 능력이 생긴 건 어떤 의미가 있기 때문이다. 그렇게 생각했죠. 그때부터 저는 세상을 변화시킬 계획을 찾기 시작했어요. 데모라든가 투쟁 따위의 진부한 방법 말고 새롭고 기발한 반란을 찾기 시작했어요. 그러던 어느 날 우연히 이상의 시를 읽게 됐어요. 그의 시를 읽으면서 왠지 이상도 나와 같은 부류의 사람일지도 모른다는 생각을 했어요. 그의 시는 어딘지 모르게 석연찮은 구석이 있었어요. 마치 세상은 모르는 진실을 전하려는 암호 메시지 같다는 느낌이 들었죠.

그때부터 미친듯이 조사를 시작했어요. 이상에 관한 모든 것을. 조사를 하면 할수록 점점 더 확신이 섰죠. 그러다 아까

와 같은 가설을 세우게 되었고. 우리가 알고 있는 이상은 허구에 지나지 않는다. 결국 멋진 계획을 생각해냈죠. 세상을 골탕 먹일 계획을."

나는 미소를 머금은 채 옆에서 걷고 있는 은표라는 신비한 청년에게 흠뻑 빠져 있었다. 나는 이 청년에 대해 많은 것을 알고 싶었다. 서두를 필요는 없었다. 우리의 인연이 스쳐지나는 가랑잎처럼 가볍지 않다는 것을 느낄 수 있었으니까.

*

우리는 기형적인 골목길을 지나 어느덧 산등성이에 위치한 달동네에 도착해 있었다. 은표의 이야기에 심취해서 숨이 찬지도 모르고 온 것이다. 은표가 손가락으로 낡은 연립주택을 가리키며 말했다.

"저기예요. 내 비밀 아지트."

한켠에 웅크리고 서 있는 오래된 건물을 오렌지빛 나트륨등이 역광으로 비추고 있었다. 그 모습은 피라미드의 비밀을 지키며 몇천 년을 서 있었던 스핑크스를 연상시켰다. 아마도 은표의 이야기 탓이리라. 은표는 넋을 잃고 서 있는 나를 집으로 인도했다.

막상 건물에 들어가자 지금까지 은표의 이야기가 가져다준 신비감은 온데간데없이 사라졌다. 우리가 들어선 건물은 흐릿한 형광등과 닳을 대로 닳아버린 낡은 계단이 전부였다. 복도를 메우고 있는 공기에선 태어나 처음 맡아보는 퀴퀴한 냄새가 가득했다. 고급 양복을 입은 펀드매니저가 살기에는 적합지 않아 보였다. 은표의 집은 3층에 있었다. 열쇠로 문을 연 은표는 불을 켜지 않고 집안으로 들어섰다. 그리고 닫힌 커튼 앞에 서더니 다가오라고 손짓을 했다. 뭔가 대단한 것이 커튼 뒤에 있는 듯했다. 나는 영문도 모른 채 창가로 다가갔다. 은표가 뮤지컬의 막을 올리듯 커튼을 열어젖혔다.

비로소 나는 은표가 왜 이런 후미진 곳에 집을 얻었는지 알 수 있었다. 눈앞에 돈을 주고도 살 수 없는 멋진 풍경이 펼쳐졌다. 불야성 같은 서울의 풍경이 손에 잡힐 듯 나타났다.

"새벽에 보면 더 멋져요. 아침해가 뜰 때 담배 한 대를 피우며 내려다보면 살아갈 기운을 얻죠."

우리는 잠시 현대 문명이 가져다준 백만 불짜리 야경을 바라봤다.

이윽고 연극의 막을 내리듯 은표가 조명 스위치를 올렸다. 그러자 또 다른 장관이 연출되었다. 스무 평 남짓한 은표의 집은 실로 작은 박물관 같았다. 생활에 필요한 최소한의 공간을 제외하고 나머지 공간은 갖가지 수집품들로 가득했다. 한쪽 면에는 수많은 종류의 프라모델들이 전시를 위해 맞춘 진열대 위에 가지런히 놓여 있었으며 다른 한쪽에는 도배라도 한 듯 신문에서 스크랩한 기사들이 붙어 있었다.

또 다른 한쪽에는 LP판과 비디오테이프, 그리고 최신 DVD들이 시대별로 차곡차곡 쌓여 있었다. 나는 UFO를 본 어린아이처럼 그것들을 유심히 둘러보았다.

프라모델은 〈스타워즈〉의 액션 피규어부터 2차대전 당시 사용되었던 군함에 이르기까지 다양한 종류가 에나멜로 깔끔하게 칠해져 있었다. 은표가 모아놓은 신문과 잡지 들은 웬만한 세계사 책을 만들 수 있을 정도로 양이 많을뿐더러 체계적으로 정리되어 있었다.

좁은 공간에 밀집되어 있었지만 전혀 산만하지 않았다. 모든 게 먼지 하나 없이 깨끗이 관리되고 있었다. 은표의 지나온 삶을 돌아보기에 충분한 증인들이었다.

"이쪽이에요."

은표의 목소리가 나를 다시 2006년으로 되돌려놓았다. 나는 은표를 따라 다른 방으로 들어갔다. 그곳은 거실과는 달리 평범한 삶의 공간이었다. 침대에는 바쁘게 출근한 흔적이 아직도 남아 있었다. TV위에는 먹다 남은 음식 접시가 보였다.

은표는 책상에 놓여 있던 데스크톱 컴퓨터의 전원을 눌렀다. 조용한 CPU 쿨러 음과 함께 윈도의 푸른 하늘이 펼쳐졌다. 은표는 재빠르게 자판을 두들겨 인터넷 소설 카페로 들어갔다.

"이것이 제가 계획하고 있는 음모예요."

마우스 포인터가 소설 제목 하나를 가리켰다.

건축무한육면각체의 비밀

이것이 바로 은표가 꾸미고 있는 음모의 제목이었다. MAD 이상 동호회 게시판에 올라 있었다.

"제 음모는 이런 거예요. 수백 명, 아니 수천 명의 역사가들이 지난 몇십 년 동안 만들어놓은 역사를 몽땅 뒤바꿔놓는 거죠. 장난스럽고 아주 치밀하게. 누구에게도 해가 가지 않지만 누구도 호기심을 가질 수밖에 없는 그런 음모죠. 기록된 역사가 진실이라고는 아무도 말할 수 없어요. 역사란 바라보는 시각에 따라 달라지고 정권이 바뀜과 동시에 또 달라지죠. 그런 건 역사라고 할 수도 없어요. 지금 우리가 배우고 있는 역사의 대부분이 일본인의 손에 의해 씌었는데 그것을 아무런 여과 없이 배우고 있어요. 어차피 거짓과 허구로 가득차 있다면 거기에 내가 조금 더 손을 댄다고 달라지는 것은 없겠죠.

이상의 블랙홀과도 같은 역사의 구멍을 통해서 세상을 바꿔보자고요. 그걸 인터넷이라는 익명의 공간을 통해서 세상에 퍼뜨리는 거예요. 우리의 기막힌 거짓말들을. 중세 페스트처럼 지독하고 집요하게 퍼뜨려보자고요.”

나는 은표의 눈을 멍하니 바라보다가 고개를 끄덕였다. 내가 할 수 있었던 것은 그것이 전부였다. 은표는 내가 만난 어떤 사람보다 특별했다. 어떻게 하면 사람을 설득할 수 있는지 본능적으로 알고 있었다. 그의 솔직함은 감동적이기까지 했다. 나는 이제 곧 출항을 앞둔 은표의 모험호에 승선했다. 그와 함께 세상의 단단한 벽을 파괴하는 데 동참하기로 한 것이다.

시각의 이름을 발표하라

나는 강 건너편에 도착했다. 지루하고 따분한 일상의 반복만이 이어지던 강 저편에서 단숨에 바람을 타고 흥미진진한 모험의 세계로 넘어왔다. 그건 은표라는 특별한 친구 덕분이었다. 그를 만난 이후로 세상을 바라보는 시각이 바뀌었다. 길거리를 누비는 새로운 디자인의 자동차는 프리메이슨을 신봉하는 이탈리아 디자이너의 메시지를 담고 있었고, 신문 기사에 난 가수들의 일련의 죽음은 부진한 음반 판매고를 올리기 위한 새로운 마케팅으로 변했다. 물론 우리의 삐딱한 추측이 진실과 얼마나 가까울지 혹은 멀지 알 수 없었지만 그런 건 중요하지 않았다. 눈앞에 있는 모든 것들을 우리만의 방식으로 해석하여 우리만의 역사를 만드는 것만으로도 충분히 즐거웠다.

아무튼 나는 은표라는 기발한 반동분자와 함께 '건축무한육면각체의 비밀'에 올릴 새로운 자료를 찾아다녔다.

다시 만난 건 그로부터 일주일 후인 어느 주말 밤이었다. 우리는 사이트에 올릴 만한 새로운 자료를 각자 찾아서 만나기로 했다. 언제나 그렇지만 은표는 특별한 장소를 지목하지 않았다. 압구정동 고수부지에서 오후 11시라고만 말하곤 전화를 끊었다. 나는 은표를 찾을 수 있으리라 생각했지만 고수부지는 지난번 클럽과는 달리 상당히 넓은 공간이었다. 게다가 한여름이라 엄청나게 붐볐다. 그래도 일단 준비한 자료를 들고 고수부지로 향했다.

아니나 다를까 그 시각 고수부지는 강바람을 쐬러 나온 연인이며 가족 들로 인산인해를 이뤘다. 나는 먼저 주차장을 찾아보기로 했다. 주차장에는 보기에도 시원한 외제 스포츠카와 최신 자동차들이 늘어서 있었다. 나는 붉은색 포드 머스탱의 포도줏빛 연인을 지나 꿈의 보호막으로 둘러싸인 지적 테러리스트를 찾아헤맸다.

예상외로 은표를 찾는 것은 그리 어렵지 않았다. 은표의 자동차는 단연 눈에 띄었다. 출고 후 한 번도 세차를 안 한 듯한 외관에 성한 곳이라고는 핸들밖에 없는 것 같은 자동차는 광이 번쩍번쩍 나는 외제 차들 사이에 능청맞게 자리잡고 있었다. 은표는 자동차 지붕에 앉아서 나를 향해 손을 흔들었다. 모르는 척 지나치고 싶었으나 노골적으로 친근감을 표시하는 은표를 무시할 수는 없었다.

"올라와요, 형. 경치가 좋아요."

나는 주변을 둘러봤다. 주변의 모든 사람들이 우리를 신기한 듯 바라보았다. 내가 가장 피하고 싶은 상황이 벌어진 것이다. 하지만 은표는 주위의 시선은 아랑곳 않고 캔맥주를 마시며 지나치게 나를 반기고 있었다.

"괜찮겠어? 차가 망가질 텐데."

나는 튀고 싶지 않았다.

"올라오라니까요. 강바람이 시원해요."

나는 마지못해 차 위로 올라갔다. 은표는 벌써 두 번째 캔을 비우며 준비한 자료를 검토하고 있었다.

"형도 한잔하실래요? 아직 시원한데."

"그래, 고마워."

주위의 시선에 의연하려면 알코올이 필요했다. 나는 맥주를 받아들며 자료를 꺼냈다.

"내가 먼저 준비한 걸 얘기할게. 이상의 건축물에 관해서 조사를 해봤는데. 흥미로운 게 있었어.”

“뭔지 몰라도 벌써 기대가 되네요.”

얘기를 하는 나보다 은표가 더 신이 나 있었다. 녀석도 굉장한 걸 발견한 모양이었다.

“네가 지난번에 이상이 미로에 유별난 점이 있었다고 얘기했잖아? 여기 또 재밌는 게 있어. 이상이 설계한 건축물을 살펴보다가 발견한 거야. 이상의 천재성이 잘 드러나 있는 건물이지. E대학 학관과 의주통 전매공사가 바로 그곳이야. E대학관은 이상이 설계는 했지만 완공은 보지 못한 건물이야. 외형은 이상이 설계한 것치고는 특별할 건 없지만 내부로 들어가면 얘기가 달라져.

우선은 공간 배치와 이동 경로가 특별해. 한꺼번에 많은 학생들이 몰려들어도 붐비거나 병목현상이 일어나질 않아. 재밌는 건 이 건물에 있는 계단이야. 학생들 사이에서는 4차원 계단이라고 불리는 곳이지. 1층에서 올라가다 보면 2층이 나오는 게 아니라 곧바로 3층으로 이어지는 이상한 계단이야. 그러면 1층에서 3층까지 물리적인 거리감이 느껴질 텐데 이 계단은 2층을 올라가는 거리와 별반 다르지 않게 느껴지는 것이 특징이야. 마치 2층이라는 공간이 4차원 속으로 사라져버린 것 같지. 건축학자들이 조사한 바에 의하면 보통 계단에 비해 1층 자체가 높게 위치해 있을 뿐만 아니라 계단 사이를 조금씩 넓게 만들고 위로 올라갈수록 폭이 넓어져서 시각적인 효과를 통해 심리적으로 거리감을 못 느끼게 만들었다고 해. 어쨌거나 이상이기 때문에 생각할 수 있는 설계가 틀림없어.

다음으로 시선을 끈 건축물은 의주통 전매공사야. 현재는 재건축을 해서 이상이 설계한 모습을 볼 수는 없지만 당시에는 천재라는 칭호가 부끄럽지 않을 대단한 건물이었어. 그건 이 건물 중앙 지붕에 있는 창문 때문인데 건물 내부 어느 곳이든 일 년 내내 하루 한 번 이상은 태양이 비추도록 설계했다고 전해지고 있어. 당시 사람들은 이 건물을 불사신 건물이라고 불렀는데 지붕 중앙에 위치한 창문 모양이 다이아몬드 큐빅처럼 생겨서 붙여진 별명이래. 우리 선조들은 다이아몬드를 불사신석이라고 불렀는데 그건 다이아몬드가 어떠한 방법으로도 깨지지 않았기 때문이었대. 거기서 유래한 거지. 이 천장의 창문은 사각형과 삼각형, 육각형 등 다양한 종류의 모양과 각을 갖고 있어서 주기에 따라 변하는 태양광선을 건물 내부로 끌어들이는 역할을 했다고 해. 뿐만 아니라 벽으로 막힌 사무실 안에는 여러 종류의 반사물과 특이한 형태의 창문을 활용해 햇빛이 들어오도록 했대. 놀라운 건 계절에 맞춰 일조량을 스스로 조절할 수 있도록 설계했다는 거야. 여름에는 실내 온도를 낮추기 위해 겨울에 비해 햇빛이 현저히 적게 들어오도록 만들었던 거지."

은표는 설명을 들으며 머릿속으로 이상이 설계한 건물들을 그려보고 있었다.

"재밌긴 한데 우리 소설에 넣기엔 부족하지 않을까요?"

캔맥주를 따며 은표가 물었다.

"네 말대로야. 이대로라면 상상력이 끼어들 틈이 없지. 하지만 진짜 재밌는 얘기는 이제부터야. 혹시 1908년에 어떤 사건이 있었는지 기억해?"

"글쎄요. 런던 올림픽이 개최된 해 아닌가요?"

은표가 입가에 묻은 맥주 거품을 닦으며 대답했다.

"1908년은 일제가 우리 토지를 착취하기 위해 이 땅에 동양척식주식회사를 설립한 해야. 덕분에 1942년 일제 강점 말기에는 많은 농민들이 간도나 함경도로 쫓겨나고 경작지의 3분의 1이 일본인 소유가 되었지. 동양척식주식회사를 설립하는 데 중요한 역할을 한 사람이 기무라 히데요시인데, 총독부 산하 법무과에 재직하면서 농민들로부터 땅을 빼앗기 위해 제정한 수많은 악법을 입안했던 사람이지. 동양척식주식회사를 만든 일등공신이라고 해도 과언이 아니야.

그런데 기무라의 오른팔 노릇을 한 권승택이라는 한국인이 있었어. 서자 출신의 장사꾼으로 기무라를 만나기 전까지는 양반 행세를 하며 양민들 등이나 쳐먹던 변변치 못한 인물이지. 근데 머리 하난 비상했던 모양이야. 기무라가 척식회사를 차리자 옳다구나 하고 찾아가 조선 땅에 관해 자기보다 많이 아는 사람은 없다고 허풍을 치고는 한자리를 꿰차고 앉지. 그리고 그때부터 조선의 명당자리를 수소문해서 일본인의 소유로 만드는 데 앞장섰다고 해. 물론 그 와중에 자기 땅도 많이 매입해서 부를 축적했지.

여기까지는 일제 강점기에 흔히 있던 얘기지만 이제부터가 재밌어. 시간이 흘러 노년에 접어든 권승택은 죽음이 가까워지자 전 국토를 유랑하며 자신의 무덤으로 쓸 명당자리를 찾으러 다니기 시작해. 그러던 중 우연히 강원도 진례라는 곳을 지나다가 천령후룡이라는 전무후무한 명당자리를 발견하지. 그곳은 내룡천이라는 맑은 강이 휘감고 있는 후덕산 중턱 비옥한 흑지에 자리잡은 명당이었는데 이미 임자가 있는 땅이었어. 대대로 그 지역에 살던 양구 문씨 가문의 선산이었지. 양구 문씨는 지역 유지로 오랫동안 덕망을 쌓았던 유서 깊은 가문이었어. 권승택은 양덕진이라는 당대 최고의 지관과 동행했는데 그는 단번에 그 땅의 가치를 알아보았지. 양덕진의 말에 의하면 그 자리는 천년에 한 번 나올까 말까 한 명당이라는 거야. 그 자리에 조상의 묘를 옮겨놓으면 자손이 대대로 번성할 뿐만 아니라 명까지 길어진다는 말이었어. 권승택은 군침이 돌았지. 어떻게든 그 땅을 자신의 것으로 만들어야겠다고 마음먹어. 그리고 단걸음에 문씨 가문을 찾아가 많은 돈을 내놓으며 땅을 팔라고 했지. 문씨는 단칼에 거절해. 일면식도 없는 사람이 나타나 대대로 내려온 선산을 팔라고 하니 당연한 반응이었지. 하지만 물러설 권승택이 아니었어. 그는 자신이 갖고 있는 모든 권력을 이용해 문씨 가문을 몰아붙이기 시작해. 불량배들을 동원해 협박하기도 하고 누명을 씌워 자식들을 잡아들이는 등 쓸 수 있는 모든 방법을 동원하지. 버티다 못한 문씨 가문은 결국 손을 들고 권승택은 원하던 땅을 손에 넣게 돼.

그런데 여기서 문제가 발생해. 성격이 급했던 권승택은 문씨 가문이 묘를 모두 옮기기도 전에 묘지를 밀어버린 거야. 그리고 그 자리에 자신의 조상 묘를 이장하지. 그리고 후덕산 아래 거대한 저택을 지었어. 그로부터 이 년 후 권승택이 꿈에도 그리던 저택이 완성되던 날, 생각지도 못한 일이 벌어지기 시작해. 매일 밤 권승택의 꿈에 문씨 가문의 조상들이 나타나는 거야. 귀신들은 권승택의 사지를 소에 묶어 몸을 여섯 조각 내는 육시처참戮屍處斬을 하기도 하고 차마 입에 담을 수 없는 저주의 글을 권승택의 온몸에 적기도 하며 밤새 괴롭혔어. 그뿐만이 아니야. 건강하던 자식들이 하나둘 시름시름 앓기 시작하는 거야. 여식은 온몸에 부스럼이 나서 문밖출입도 못 할 정도로 흉하게 썩어들고 애지중지하던 외아들은 이름 모르는 병에 걸려 앓아눕지. 갖은 처방을 쓰지만 결국 아들은 목숨을 잃게 돼.

하지만 땅에 사로잡힌 권승택은 끝까지 그 명당자리를 포기하지 않아. 그러던 어느 날 지관 양덕진이 권승택을 찾아와서 이런 이야기를 하지. 당신이 몰아낸 묘지의 주인들이 영혼이 되어 당신의 명을 빼앗고 있다고. 계속 땅을 고집하면 죽음을 재촉하게 된다고.

그러자 권승택이 말했어. 명당자리를 포기하지 않고도 영혼의 방문을 멈출 수 있다면 뭐든지 하겠다고. 그 말을 들은 양덕진은 잠시 생각에 잠겼다가 입을 열지. 방법이 있긴 있다고."

시큰둥했던 조금 전과는 달리 은표는 이야기에 흠뻑 빠져 있었다.

"어떤 방법이었는데요?"

나는 고대로부터 내려오는 주술을 알려주듯 바짝 다가앉으며 이야기를 이어갔다.

"그 방법은 바로 미로였어. 명당자리에 백 칸짜리 대저택을 지으라는 거야. 그것도 단순한 집이 아니라 삼 층으로 된 거대한 미로의 집을. 영혼조차도 길을 잃고 헤맬 만큼 복잡하고 거대한 미로로 이루어진 저택을 말이지. 만약 그런 집을 지을 수 있다면 그 땅을 포기하지 않아도 된다는 소리였어. 귀가 솔깃한 권승택은 다음날로 그 집을 설계할 사람을 찾기 시작하지.

삼 년 후 미로의 집이 완성되었는데 실로 장관이었대. 집 전체가 거대한 무덤처럼 보였는데 크기가 경복궁과 같은 백 칸이었대. 하인들도 지도가 있어야만 길을 찾을 수 있었고 권승택을 보려면 한 시간 넘게 미로를 지나야 만날 수 있었다는 거야. 뿐만 아니라 외벽과 복도에는 양덕진이 써준 부적이 빽빽이 붙어 있었고 창문은 아무데도 없었다고 전해져. 그 집이 하도 기괴해서 이사를 간 사람들마저 있었다지. 건물이 완성되자 권승택은 전 재산을 들고 그 집으로 들어갔는데 그후로 두 번 다시 그를 본 사람은 없었대. 유일하게 그의 임종을 지켜본 하인이 있었어. 그 노인 말에 의하면 집 중앙에 사방이 막힌 커다란 방이 있고 그 방에서 권승택은 혼이 빠져 나간 사람처럼 뭔가를 중얼거리며 죽어갔다는 거야. 그로부터 육 개월 후 미라처럼 죽어 있는 권승택을 발견하지. 거기에는 죽기 직전 쓴 권승택의 자필 유서가 있었어. 유서에는 자신의 죽음을 발견하는 사람은 자기 시신과 함께 집을 불살라달라고 씌어 있었대. 노인은 그의 유언에 따라 신비의 미로 저택을 불살랐는데 꼬박 사흘 밤 사흘 낮을 불탔다고 해. 그렇게 이야기는 끝나지.

이상한 건 그 집의 설계자가 누구인지 아무도 모른다는 거야. 건축 기록은 물론이고 어디에서도 설계자의 이름은 찾을 수가 없어. 여기가 바로 우리의 상상력이 끼어들 수 있는 틈이지. 설계자를 이상이라고 가정을 해서 이야기를 전개시키는 거야. 그 집의 설계자를 찾던 권승택은 총독부 건축과에서 일하던 이상을 알게 되고 그의 천재적인 재능에 반해 건물 설계를 부탁해. 가난했던 이상은 권승택의 제안을 거절할 수 없었고 설계를 맡는 거야. 그리고 이 년 후 이상의 명성에 걸맞은 백 칸짜리 미로 저택이 완성되는 거지. 이상의 천재성에 신비감을 추가하는 거야. 어때? 괜찮지 않아?"

내가 생각해도 재미있는 발상이었다. 하지만 막상 말하고 나니 어딘지 섬뜩한 구석이 있었다. 추가된 상상력들은 점점 실제의 이상과 멀어지고 있었고 그것은 오랜 시간 쌓여온 세상의 벽을 장난스럽게 무너뜨리는 어린아이의 삽질과도 같았다. 하지만 그 당시 나는 우리의 이야기가 치기 어리고 장난스럽기 때문에 가치 있다고 생각했다. 본능적인 직감의 경고는 에너지로 넘치는 젊음을 제어하기엔 역부족이었다.

"최고예요. 약간 소름 끼치지만 우리 주제에 딱 맞는 얘기네요. 질 수 없죠. 저도 준비한 게 있어요."

은표는 맥주로 목을 축이며 준비한 자료를 읽어나갔다.

"다음 내용은 '十二月 十二日'이라는 그의 첫 번째 소설의 첫머리인데 이상의 친필로 적혀 있어요. 1930년 4월 26일 어느 공사장에서 썼다는 인장이 찍혀 있는데 우리의 가설에 보충 자료가 될 것 같아서 적어 왔어요. 여기에 보면 이런 글이 나와요.

나는 얼마 동안 자그마한 광명을 다시금 볼 수 있었다. 그러나 그것도 전연 얼마 동안에 지나지 아니하였다. 태양의 아른거림이 기억 속에서 사라졌다. 태양의 빛을 모방한 금속으로 가득한 곳에서 태양을 잊다니. 무서운 기록이다. 나는 여전히 내가 죽을 수 없다는 것을 잘 알면서도 참으로 죽을 것을 몇 번이나 생각하였다. 지금 나의 이 무서운 생활이 노 위에선 도승사의 모양과 같이 나를 지지하고 있다. 모든 것이 다 하나도 무섭지 아니한 것이 없다. 펜은 나의 최후의 칼이다.

이 기록을 보면 1930년 초기에 이상의 심경에 영향을 주는 중대한 사건이 있었던 것 같아요. 그리고 이때부터 폐병 증상을 보이기 시작했고. 여기에 쓴 말을 액면 그대로 해석하면 그는 햇빛을 볼 수 없는 곳에서 공사를 감독했던 모양이에요."

나는 은표의 이야기를 듣고 곰곰이 생각에 잠겼다.

"햇빛을 볼 수 없는 곳과 폐병이라면 일차적으로 떠오르는 장소가 지하잖아. 지하에서 무슨 공사를 벌였을까? 터널? 군수 창고?"

"끝까지 들어봐요."

은표는 가십난에서 발췌한 기사를 내게 보여주었다.

"《D일보》의 하광용이라는 기자가 1978년 기사화한 내용이에요. 일본이 태평양전쟁 당시 점령지에서 약탈한 어마어마한 양의 착취물을 군자금으로 사용했다는 것은 공공연한 사실이잖아요. 그중에도 가장 유명한 게 야마시타 골드와 고타니 컬렉션이에요. 전 세계 트레저 헌터 사이에서 알렉산더 대왕의 보물 다음으로 유명한 전설적인 보물들이죠. 야마시타 골드는 태평양전쟁이 끝나기 몇 달 전 히로히토 일왕의 동생인 지치부 왕자의 감독하에 '긴노유리黃金百合'라는 암호명으로 필리핀, 인도네시아, 태국 등 아시아 12개국에서 지난 수천 년 동안 축적된 금을 금괴화하여 본국으로 송환하려던 계획을 말하는 거예요.

하지만 종전이 이들 계획보다 앞당겨지자 당시 그 지역을 책임지고 있던 야마시타 도모유키 장군의 지휘 아래 필리핀 루손 섬 일대의 험준한 산악 지대에 175개의 터널을 파고 금괴를 숨겼다고 전해지는데 은닉 작업에 동원된 기술자와 인부 들은 터널이 완성됨과 동시에 입구를 폭파해서 생매장당했다고 해요. 이 이야기는 일왕가에만 전설처럼 전해 내려오다가 금괴 은닉을 책임졌던 히로히토 일왕의 사촌 다케다 쓰네요시 왕자의 시종으로 일했던 필리핀 하인 벤 발모레즈가 임종 직전 이 사실을 증언함으로써 세상에 알려지게 됐죠. 일본은 전쟁이 끝나고 적절한 시점에 금괴를 찾으려 했지만 전후보상 문제가 불거지자 당시 점령군이던 미국 정부와 함께 '블랙 이글 트러스트'라는 거대한 규모의 지하 자금으로 전환시켜 나눠 갖고는 전후 보상을 미국의 묵인하에 피해 가게 되죠.

이건 확인되지 않은 내용이지만 이 자금을 당시 트루먼 대통령과 맥아더 장군뿐만이 아니라 현재 조지 W. 부시 대통령도 사용하고 있다는 루머도 있어요. 어쨌건 야마시타 골드는 실존했던 사실로 받아들여지고 있어요.

하지만 또 다른 보물이야기인 고타니 컬렉션은 아직까지 아무도 찾아내지 못한, 그야말로 전설속의 보물이에요. 게다가 앞에서 말했던 야마시타 골드와는 규모에서 상대가 안 될 만큼 어마어마하죠. 태평양전쟁 당시 일제는 점령지의 문화재와 보물들을 체계적으로 강탈할 계획을 세우고 약탈 전담 부대를 창설하는데 그 부대의 지휘를 맡았던 장교가 바로 악명 높은 고타니 게이스케라는 인물이에요. '신의 선물'이라고 명명된 이 계획은 1941년 전쟁을 개시하기 십 년 전부터—이상이 총독부 건축과를 그만두고 잠적했던 시기죠—치밀하게 준비되었는데 일본 내 최고의 역사학자와 문화재 전문가들을 모아 약탈할 문화재 및 보물의 리스트를 작성했대요. 당시 고타니는 교토대 고고학과 교수로 재직하던 문화재 전문가였는데 히로히토 일왕이 직접 친서를 보내 그에게 부대 인솔을 맡겼을 정도로 아시아 문화에 대해 박식했다고 전해져요.

소문에 의하면 리스트는 모두 750만 점에 달했는데 보물의 이름과 사진, 위치 및 보관 시 주의 사항까지 상세히 기록되어 있었대요. 그중에는 진시황릉을 통째로 일본으로 옮기는 계획까지 있었다니 일본 놈들의 대담하고 탐욕스러운 면이 잘 들어나 있죠. 전쟁이 발발하자 고타니는 일개 연대에 해당하는 병력을 인솔해 점령지에서 리스트에 있는 보물들을 수집하기 시작했는데 그 수법과 치밀함이 혀를 두를 정도였대요. 그는 리스트에 있는 보물은 물론이고 현장에서 발견된 사소한 고대 문서까지도 모두 본국으로 수송했다고 전해져요. 씨를 말렸다고 봐야죠. 전쟁 말기에는 그가 약탈한 보물의 양이 너무 방대해서 보급품을 수송하는 데 지장이 있을 정도였다니 말 다 했죠.

어쨌건 고타니는 상상을 초월하는 문화재 약탈을 자행해요. 그중 상당량은 실제 자금화되어 현재의 경제 대국 일본을 있게 한 중요 자금줄 역할을 했다고 전해져요. 중요한 내용은 이제부터예요. 고타니는 중국과 동남아, 그리고 우리나라 전역에서 약탈한 국보급 문화재들을 나누어 본국으로 송환하려고 했는데 그 양이 너무나 엄청나서 수용량을 한참 초과했다는 거예요. 전쟁 말기에는 제해권과 제공권을 모두 연합군에게 빼앗긴 상태라 선적을 하더라도 가는 도중 수장될 게 뻔했죠. 게다가 전세는 불리해져 소련군마저 참전하게 되고 상부와의 연락마저 두절돼요. 고타니는 고민 끝에 약탈물 중 진귀한 것만 골라 대륙 어딘가에 숨겨놓고 리스트와 지도만을 챙겨 탈출하죠. 하지만 그가 탄 배가 연합군의 공격을 받게 되고 고타니는 보물의 위치가 적힌 지도와 함께 동해 깊은 바다 속으로 수장되고 말죠. 지금도 우리나라뿐 아니라 중국, 일본의 수많은 트레저 헌터들이 인생을 걸고 고타니 컬렉션을 찾고 있어요. 바로 여기가 우리의 상상력이 끼어들 수 있는 틈이에요."

은표는 입가에 회심의 미소를 머금었다.

"질문 하나 할게요. 만약 형이 고타니라면 어디에 보물을 숨기겠어요?"

"당연히 한반도지. 경상도 어딘가에."

내가 대답했다. 그러자 은표가 기다렸다는 듯 말했다.

"그렇죠. 저라도 우리나라 어딘가에 묻어두었을 거예요. 일단 본토와 가까운 지역이고 해상을 통한 수송도 용이했을 테니까 당연한 추론이죠. 하지만 경상도에 숨기진 않을 것 같아요. 경상도는 경기도를 제외하면 우리나라에서 가장 인구도 많고 개발이 많이 된 곳이잖아요. 가까운 게 장점이긴 하지만 안전도 중요하지 않겠어요?"

"그럼 너는 어디가 적당한 장소라고 생각하는데?"

"저라면 강원도를 택하겠어요. 험난한 산악 지형 때문에 보물을 은폐할 곳도 많을 테고 일제가 태백 지역의 천연자원을 채취하기 위해 깔아놓은 영동 태백선이 있어 수송 또한 편리한 점이 있거든요. 하지만 이대로는 재미가 없죠. 여기에 흥미를 자극하는 상상력을 보태야죠."

"음. 예리한 지적이야."

내가 고개를 끄덕이며 대답했다.

"제 가설은 이거예요. 고타니 게이스케는 패망 직전 본국으로 귀환하던 중 상황이 다급해지자 대부분의 보물을 우리나라 어딘가에 묻어둔 채 귀환한 거예요. 주도면밀했던 고타니는 1930년 히로히토의 명령에 의해 '신의 선물' 계획을 준비할 당시부터 만약을 대비해 숨길 장소를 마련하고 도굴꾼 방지 대책까지 완벽하게 마련했는데 그게 바로 미로였던 거예요. 도굴꾼이 한번 들어가면 빠져나올 수 없는 미로. 그래서 총독부에 지원을 요청했고 총독부에서는 이상을 추천한 거죠."

"그건 문제가 있는데."

내가 말을 자르며 말했다.

"무슨 문제요?"

"그런 중요한 계획에 일본인이 아닌 한국인을 참여시킨다는 게 설득력이 없잖아. 그리고 아무리 우리 문화재가 관련있다고는 해도 이상이 그 비밀 때문에 고통스러워하며 죽어갔을 것 같진 않은걸."

은표도 그 점에는 동의하는 것 같았다. 하지만 얘기는 거기서 끝이 아니었다.

"형 말대로예요. 하지만 더 들어봐요. 만약에 그 장소가 자신의 조상 무덤이라면 어떻겠어요?"

나는 이해를 못 하겠다는 의미로 고개를 갸웃거렸다. 은표는 가방에서 또 다른 기사 스크랩을 꺼냈다. 그것은 지난 십 년 동안 도굴당했던 우리나라 왕조의 무덤에 관한 기사였다.

"이건 실제로 트레저 헌터들 사이에 떠도는 얘기인데 고타니가 보물을 숨긴 장소가 전 중앙박물관, 그러니까 총독부 건물 지하라는 설도 있고 어느 왕조의 무덤 석실 내부라는 설이 있어요. 총독부 지하라면 조선 왕조의 임금이 살았던 경복궁 지하를 말하는 것이고 왕조 무덤이라면 몇백 년이라도 보물을 가장 안전하게 보관할 수 있는 장소죠. 그래서 보다시피 일부는 석실 내부가 트레저 헌터들에 의해 파헤쳐지기도 했어요. 만약 고타니가 왕조의 무덤을 선택했고 수많은 무덤 중 하나를 골랐다면 어떤 무덤이었을까요?'

은표의 또 다른 가설에 나는 귀가 솔깃했다.

"가장 유명하고 거대한 서울 한복판의 왕릉이겠지."

"그거예요. 그 왕릉을 비밀리에 파헤치고 그 안에 보물을 숨긴 다음 미로로 봉인을 하는 거죠. 이상의 천재적인 재능을 이용해서. 그리고 이상은 자신의 조상의 왕릉을 파헤치고 그 안에 조상들의 문화재를 숨기는 데 기여를 했던 거죠. 고타니는 야마시타처럼 미로를 건설하는 데 참여했던 이상을 생매장하려 했지만 마지막 순간 이상은 미로 속에 몰래 만들어뒀던 비밀 통로를 통해 빠져나왔고, 이후 이상이라는 이름으로 개명한 뒤 살아간 거예요. 조상 묘를 파헤치고 그 안에 훔친 문화재를 숨기는 데 일조했다는 사실에 괴로워하며. 그리고 그 비밀을 시 속에 세상에 발표했던 거죠. '임금님 귀는 당나귀 귀'처럼 말이에요."

우리는 밤이 깊어가는지도 모르고 이야기에 흠뻑 빠져 있었다. 허황된 이야기였지만 마음을 사로잡는 마법 같은 힘이 있었다. 담배 한 대를 물며 내가 말했다.

"이 글을 인터넷에 올리면 트레저 헌터들이 우리를 찾아올지도 모르겠는데?"

은표도 담배 연기를 깊이 빨아들이며 말했다.

"만약 우리가 그 지도를 손에 넣었다고 하면 테러도 서슴지 않을걸요?"

"멋진 스토리야. 당장 올리자. 앞으로 조심하라고. 이제부터 누군가 우리를 습격해 올지도 몰라."

나도 신이 나 우스갯소리를 했다.

"앞으로 만나는 장소에 나타날 때는 선글라스에 바바리코트를 입고 만나야겠는걸요? 자동으로 소거되는 테이프리코더도 준비하고요."

은표가 맞받아쳤다. 우리는 큰 소리로 웃었다. 은표는 지금까지의 내용을 노트북에 정리하여 저장했다. 나는 그 자리에 누워 담배를 피우며 유유히 흐르는 강물을 바라보았다.

밤은 본격적으로 깊어지고 있었다. 주위를 가득 메우고 있던 자동차들도 대부분 돌아가고 몇 대의 차량만이 드문드문 보였다.

그때 옆에 주차된 자동차에서 소리가 들려 차 안을 유심히 바라보았다. 한 쌍의 남녀가 역사를 만들고 있었다. 그것은 은표와 내가 만든 역사와는 다소 달랐지만 새로운 역사임은 틀림없었다. 은표는 입력을 마치고 파일을 저장했다.

'역사가 바뀌는 순간의 섹스라.'

은표가 돌아갈 차비를 하다가 나를 바라보았다. 나는 손가락으로 역사의 현장을 가리켰다. 은표가 웃으며 내가 피우던 담배를 빼앗았다. 그러더니 남녀가 타고 있는 차창 안으로 꽁초를 튕겨 넣었다.

"으악!"

비명소리가 밤공기를 타고 멀리 울려 퍼졌다.

나와 은표는 배를 붙잡고 웃으며 차를 출발시켰다. 떠나는 우리 등뒤로 팬티 차림의 남자가 소리를 질러댔다. 하지만 그마저도 우리에게 즐거움을 선사했다.

흥미진진하고 유쾌한 밤이었다.

*

우리는 얘기했던 내용을 곧바로 인터넷에 올렸다. 그리고 다음에 들어갈 자료를 조사한 후 다시 만나기로 했다. 나는 학교 수업도 빠져가며 유쾌한 반란군을 모집하기 위해 밤새도록 도서관과 고서점을 전전했다. 그리고 일주일 후.

나는 밤을 새울 요량으로 준비한 라면 몇 봉지를 들고 은표의 집에 들어섰다. 그런데 뜻밖의 사건이 나를 기다리고 있었다.

"형! 빨리 들어와봐! 보여줄 게 있어."

문을 열고 들어선 내게 흥분한 은표가 말했다. 나는 영문도 모른 채 은표 손에 이끌려 방으로 들어갔다. 은표가 자랑스럽게 보여준 것은 우리 소설의 조회 수였다. 조회 수가 무려 3201회를 기록하고 있었다.

"형, 히트야. 대박이라고. 사람들이 우리 얘기를 재밌게 보고 있어."

은표는 목소리마저 떨고 있었다.

"세상에. 이게 다 뭐야……."

은표는 의기양양했고 나는 어리둥절했다. 그것은 우리가 예상했던 것보다 훨씬 더 대단한 반응이었다. 고작해야 몇십 명의 독자를 상대하던 내겐 믿기 어려운 숫자였다. 나는 눈을 의심하며 다시 한번 조회 수를 확인했다.

"굉장한데. 잘하면 스타가 될 수도 있겠는걸."

"이것뿐만이 아니야. 또 있어."

은표는 키보드를 두드려 메일을 확인했다. 총 59통의 메일이 도착해 있었다. 은표는 메일 중 하나를 골라 보여주었다.

저는 고정환이라는 사람입니다. 조그마한 사업체를 운영하고 있고 여가 시간에 취미로 사라진 보물들을 찾고 있죠. 우연히 인터넷에서 당신 글을 읽게 되었습니다. 상당히 흥미 있는 내용이었습니다. 제가 메일을 보낸 이유는 간단합니다. 제게도 일제가 숨긴 보물에 관한 자료들이 제법 있습니다. 이 일을 위해 투자할 자금도 가지고 있습니다. 보아하니 일제의 보물에 관해 많은 자료를 갖고 계신 것 같은데 함께 힘을 모으는 건 어떨지요. 연락 바랍니다.

은표는 다른 몇 통의 메일도 함께 보여주었다. 놀랍게도 위의 메일과 비슷한 제의였다.

"아니, 이렇게 많은 사람들이 허황된 보물을 찾고 있단 말이야? 여기가 무슨 마야 정글인 줄 아나?"

나는 황당한 얼굴로 은표를 바라봤다.

"형, 세상이 이런 덴 줄 이제 안 거야? 이건 내가 매일 겪는 일에 비하면 새 발의 피야."

무심코 던진 은표의 말에 나는 지금까지 꾹 참았던 질문을 했다.

"대체 네 정체가 뭐야? 낮에는 검은 정장에 서류 가방을 들고 출근을 하다가 밤만 되면 캔맥주에 다 떨어진 청바지를 입고 반란을 꿈꾸잖아. 도대체 무슨 일을 하고 있는지 감을 잡을 수가 없어."

"무슨 일을 하는 거 같아? 한번 맞혀봐."

은표가 메일 내용을 확인하며 대답했다.

"나랑 내기하자는 거냐?"

내기라는 말에 은표가 하던 일을 멈추고 나를 바라봤다.

"내기? 어떤 내기?"

사실 나는 내기를 좋아하지 않는다. 나는 흔한 가위바위보조차 한번 이겨보지 못한 인간이다. 경쟁이나 투쟁이라는 단어와는 거리가 멀었다. 그런데 어쩌자고 내기란 말을 꺼냈을까.

"말을 하자면 그런 거지."

언제나 그렇듯 나는 반사적으로 꼬리를 내렸다. 하지만 은표는 진지했다.

"좋아, 내기하자. 만약 우리 소설이 끝날 때까지 내 직업을 맞히면 소원 하나를 들어줄게. 못 맞히면 형이 내 소원을 들어주는 거야. 어때?"

"내가 크리스마스 요정도 아니고 소원까지야. 뭐, 만 원 정도라면 모를까."

하지만 은표는 한번 마음먹으면 꼭 하고야 마는 성격이었다.

"걱정 마. 어차피 형이 더 유리해. 소설이 끝나려면 적어도 두세 달은 걸릴 거야. 그 안에만 맞히면 된다고. 어때? 남는 장사 아냐?"

은표는 내 대답은 듣지도 않고 계약이라도 끝낸 듯 악수를 청했다. 나는 무슨 말을 하려 했지만 은표는 이미 다음 열차로 갈아탄 후였다.

"자, 그럼 다음 회에 올릴 내용을 얘기하죠."

나는 거절조차 못 하는 한심한 자신을 원망하며 일주일 동안 수집한 두툼한 자료집을 가방에서 꺼냈다. 그때 은표가 나갈 차비를 하며 말했다.

"오늘 발표 장소는 여기가 아니야."

"그럼 어딘데?"

은표가 만면에 미소를 지으며 가방을 챙겼다. 뭔가 또 대단한 걸 물고 온 모양이었다. 나는 자료를 도로 넣었다. 이럴 때는 은표가 준비한 걸 보고 놀라기만 하면 된다.

*

은표가 장소도 말하지 않고 데려간 곳은 예술의 전당에 위치한 한국영상자료원이었다. 우면산 자락에 자리잡은 영상자료원은 주변 경관과 어울려 운치 있어 보였다. 나는 가는 내내 질문을 해댔지만 은표는 한마디도 입을 열지 않았다. 자료원 건물 안으로 들어서는 나는 호기심에 몸살이 날 지경이었다.

건물로 들어간 은표는 자료열람실로 향했다. 그리고 영화 목록을 적어 대출대에 신청하고는 돌아왔다. 잔뜩 심통이 난 얼굴로 담배를 피우고 있던 내게 은표는 말했다.

"백문이 불여일견이야. 보고 얘기하자고."

"얼마나 대단한 걸 물었기에 신비주의야. 이상 생일 비디오라도 찾았냐?"

은표는 염화시중의 미소로 답을 대신했다.

이윽고 직원이 은표의 이름을 불렀다. 직원에게 비디오테이프를 건네받은 은표는 관람실로 향했다.

관람실에는 자료를 볼 수 있도록 수십 대의 TV와 비디오리코더가 일렬로 놓여 있었다. 우리는 적당한 곳에 자리를 잡고 전원을 켰다. 그리고 은표가 신청한 테이프를 집어넣었다. 이윽고 테이프가 돌아가며 화면이 나타나기 시작했다.

나는 이상에 관한 오래된 다큐멘터리나 역사 스페셜을 기대하며 모니터를 응시했다. 그런데 잠시 후 뜬 것은 내 기대와는 달리 무성영화였다.

제목은 '화륜火輪'. 직역하면 불의 수레란 뜻으로 영화가 시작하기 전 자막으로 영화에 관한 간단한 설명이 이어졌다.

이 영화는 1931년 카프(조선 프롤레타리아 예술가 동맹) 진영의 서울 키노가 제작하여 조선 극장에서 상영한 무성영화이다.

나운규, 이규환과 함께 한국 영화의 기초를 닦은 김유영 감독이 시나리오와 연출을 담당한 영화로 카프의 5대 영화 중

하나로 꼽힌다. 일제의 탄압과 민중의 희로애락을 그린 대표적인 민중 영화로 일부 내용은 일제에 의해 검열 삭제되었음을 알린다.

나는 뜬금없다는 표정으로 옆에 앉은 은표를 바라봤지만 은표는 잠자코 보라는 듯 눈짓을 하곤 영화에 집중하기 시작했다.

영화는 전형적인 흑백 무성영화로 컴퓨터 그래픽과 화려한 사운드에 익숙한 내게는 조금 낯설었다. 화질마저 열악해서 초반에는 집중하는 데 애를 먹었지만 시간이 지나면서 조금씩 내용에 빠져들기 시작했다. 영화는 삼일운동에 참여했던 주인공 철호가 십 년간의 감옥 생활을 마치고 출감하면서 시작한다.

철호는 생활고 때문에 재가한 전 아내가 한강에서 자살하려던 순간 구하게 되고 다시 함께 살게 된다. 이후 생계를 위해 공장 노동자가 된 철호는 공장주의 횡포에 불만을 갖고, 불경기를 이유로 노동자들을 해고하려는 공장주에 맞서 싸우기 시작한다. 그러던 중 출소 전 아내와 살았던 덕삼과 부딪히는데 파업 도중 벌어진 집단 패싸움에서 덕삼을 크게 다치게 만들어 다시 감옥에 들어가게 된다.

영화는 자막에서 설명했던 것처럼 전형적인 일제 강점기의 민중 영화였다. 하지만 영화를 보는 내내 은표가 이 영화를 왜 보여주려 하는지, 우리의 소설과 무슨 연관이 있는지 알 수가 없었다.

영화는 중반을 지나 후반부로 치달았다. 철호가 감옥에 잡혀가며 아내에게 기다려달라고 애원하는 장면이었다.

지루함을 이기지 못하고 하품을 하려는데 순간 은표가 일시정지 버튼을 눌렀다. 의아해하는 내게 은표는 화면의 일부를 손가락으로 가리켰다.

나는 영문을 모른 채 은표가 가리키는 화면을 유심히 바라봤다. 은표가 가리킨 것은 감옥으로 잡혀 들어가는 철호와 아내를 바라보며 뒤에 서 있던 한 남자였다. 그는 다른 엑스트라와 확연히 구분되었는데 손에 하얀 팻말을 들고 있었을 뿐 아니라 카메라를 정면으로 바라보고 있었다. 그것은 영화에 문외한인 나로써도 영화 문법에 어긋난다는 것을 알 수 있었다. 남자는 영화에는 관심 없다는 듯 화면 저편에서 무표정한 얼굴로 나를 바라보고 있었다. 그 남자의 얼굴을 보고 나는 놀라지 않을 수 없었다. 이상 김해경이었다. 희미했지만 얼굴은 분명히 알아볼 수 있었다.

"이, 이 사람…… 맞아?"

나는 믿을 수 없다는 얼굴로 물었다. 은표는 말없이 고개를 끄덕였다.

"이상이 왜 여기 있는 거지? 그리고 넌 이걸 어떻게 발견한 거야?"

은표가 기다렸다는 듯 입을 열었다.

"형, 이상이 1933년 만들었던 문학 동호회 기억해?"

그 순간 나는 모든 걸 이해할 수 있었다.

"구인회!"

"맞아. 김유영은 김해경과 함께 구인회를 결성했던 초창기 멤버였어. 그런데 특이하게도 문학을 했던 김기림이나 유치진, 정지용과는 달리 유일하게 다른 분야의 예술을 했던 사람이지. 게다가 카프라는 사회참여적인 모임에서 활동하던 사람에게는 전혀 어울리지 않는 행보를 보였어. 김유영은 시나리오를 쓰긴 했지만 추구하는 성향이나 사회관 등이 구인회와는 상당히 달랐으니까. 구인회는 이데올로기나 공리주의와는 상관없이 순수문학을 지향했던 단체였으니까. 그게 내가 이 영화를 보게 된 계기였어. 그런데 놀랍게도 이상 김해경이 있는 거야."

나는 정지된 채 나를 응시하고 있는 이상을 보며 말했다.

"그럼 이상이 다른 의도를 갖고 김유영을 참여시켰다는 말이야?"

"그야 모르지. 김유영이 스스로 하겠다고 나섰을 수도 있고. 그보다는 이상이 들고 있는 팻말을 봐."

이상이 들고 있는 팻말에는 흐릿하지만 알아볼 수 있는 글자가 씌어 있었다. 本. 그것이 팻말에 쓰인 전부였다.

팻말을 응시하는 은표의 눈빛이 빛났다.

"본本? 대체 이게 뭘 뜻하는 거지?"

"이게 바로 우리가 만든 새로운 역사로 들어갈 비상구야."

"비상구?"

은표가 가방에서 분신처럼 들고 다니는 가죽 다이어리를 꺼냈다. 그리고 두 장의 그림을 내밀었다. 하나는 유화로 그려진 초상화 카피본이었고 다른 하나는 신문소설에 나오는 삽화였다. 야수파 마티스의 그림을 연상케 하는 초상화는 중절모를 쓰고 파이프 담배를 문 채 조금은 반항적인 눈매로 정면을 응시하는 남자를 표현주의적으로 그린 그림이었다.

한쪽 귀퉁이에 "조선중앙일보 1934년 9월 15일 字"라는 글씨가 선명한 삽화는, 얼굴은 생략된 채 다리를 꼬고 있는 원피스 차림의 여인이 중앙에 배치되어 있었고 그 옆에 마치 흐르는 눈물을 닦는 듯 손수건을 눈가로 가져간 여인의 얼굴이 만년필과 함께 노트 위에 놓여 있는 추상화였다. 은표가 유화를 가리키며 말했다.

"이건 이상과 절친했던 친구, 곱추 화가 구본웅이 1934년에 그린 그림으로 제목은 '친구의 초상'이야. 형도 알겠지만 구본웅은 이상이 시를 쓰면서 가장 절친하게 지냈던 친구야. 심지어 이상이라는 호도 구본웅이 어린 시절 선물했던 사생상寫生箱, 즉 스케치 박스에서 유래했을 정도로 가까운 사이였지. 이 그림은 구본웅이 일본의 다이헤이요 미술학교를 졸업하고 귀국한 직후에 그린 것인데 이 얼굴의 주인공은 바로 이상이야. 이상의 유일한 초상화지. 그런데 재밌는 건 그림에 있는 소품과 구도를 전부 이상이 직접 요구했다는 거야. 시기도 이상이 건축을 포기하고 시인으로 활동하기 시작한 것과 맞아떨어져. 당시 이상은 궐련을 즐기기는 했지만 단 한 번도 파이프 담배를 문 적이 없었고 모자 역시 즐기던 소품이 아니었어. 그런데 왜 유일하게 남게 될 자신의 초상을 그리는데 모자와 파이프를 선택했을까."

은표는 마치 화면 속의 이상에게 질문이라도 하듯 모니터를 바라보며 이야기했다.

"두 번째 삽화는 같은 구인회 멤버였던 박태원이 1934년 《조선중앙》에 연재했던 소설 『소설가 구보씨의 일일』에서 이상이 직접 그렸던 삽화야. 그런데 여기도 흥미로운 구석이 있어.

김해경은 이 삽화를 그리며 당시 사용하던 이상이라는 호 대신 하융이라는 필명을 사용했는데 이 하융河戎이라는 한자를 보면 물 하 자에 오랑캐 융 자를 썼어. 풀어보면 물 건너의 오랑캐, 즉 일본을 뜻하는 거지. 왜 하필 좋은 뜻을 지닌 단어를 제쳐두고 굳이 일본을 뜻하는 하융을 택했을까?"

은표는 또다시 자신만의 세계로 빠져들고 있었다. 그의 주변에 보이지 않는 얇은 유리막이 생겨났다.

"네 말은 이것들이 모두 어떤 암시를 하고 있다는 거야?"

내가 물었다.

"자, 이걸 봐."

은표는 다이어리에서 「건축무한육면각체」 시를 펼쳤다.

"만약 이 시가 이상이 고타니 컬렉션을 숨긴 보물의 위치를 알려주는 지도라고 가정한다면, 그리고 각 행이 미로를 통과하는 단서를 적어놓은 것이라고 가정한다면, 이것만 가지고 다른 사람들이 위치를 발견할 수 있을까? 그건 불가능해. 제아무리 암호 해독에 천재적인 사람이라도 해석할 수 있는 단서가 없으면 찾을 수 없어. 정말 이상이 비밀을 세상에 알리려 했다면 단서들을 어딘가 심어놨을 거란 거지. 그렇다면 이상이 단서를 어디에 숨겨놓았을까? 이상의 또 다른 시? 아니야. 그것 역시 너무나 난해해."

"그렇다면……?"

"맞아. 친했던 지인들의 작품 속에 좀더 구체적인 형태로 남겨둔 거야. 바로 이것처럼."

나는 은표의 설명을 들으며 화면 속의 이상이 들고 있는 팻말을 바라보았다.

"네 말은 이상이 구인회를 조직하고 구본웅에게 초상화를 부탁한 것이 모두 비밀의 열쇠를 담기 위해 의도적으로 계획한 거란 말이야?"

"그거야. 이상의 초상화를 잘 봐."

은표는 초상화에서 이상이 쓰고 있는 파이프와 중절모를 가리키고는 다이어리에서 낡은 사진을 꺼냈다. 그것은 이토 히로부미의 사진들이었다. 사진 속 이토 히로부미는 모두 중절모를 쓰고 파이프 담배를 물고 있었다.

"만약 「건축무한육면각체」의 첫 번째 행이 구체적인 장소를 지목하고 있다고 한다면 그 건물을 찾기 위해선 설계자 내지는 건축을 계획한 사람의 이름이 필요해. 일단 하융이라는 필명이 일본을 지칭한다고 가정해보자고. 일본인 중에 국내에 건축물을 지은 사람은 사십오 년간 수천 명이 넘어. 그럼 그 중 누가 지은 건축물을 가리키는 것일까?"

은표는 초상화와 이토 히로부미의 사진을 번갈아 보며 내게 물었다.

"이토 히로부미?"

"그렇지. 이 초상화에서 이상이 중절모와 파이프를 선택한 것은 바로 이토 히로부미를 가리키기 위한 거야."

은표는 사진들 중 유일하게 중절모와 파이프를 물지 않은 사진을 가리키며 말을 이었다. 사진은 상당히 젊은 시절의 이토 히로부미로 사무라이풍의 외모를 지니고 있었다.

"이토 히로부미는 1841년 가난한 농부의 아들로 태어났어. 그는 메이지유신 당시 들이닥친 수많은 서구 문명에 충격을 받고 요시다 쇼인의 도움으로 영국 유학을 가게 돼. 그곳에서 히로부미는 근대 국가의 기초를 공부하고 돌아와 일본 헌법의 기초자로 세상에 등장하게 되지. 그후 네 차례나 총리대신을 역임하면서 일본의 패권주의를 진두지휘했어. 그 첫 번째 희생 국가가 바로 대한제국이야. 그는 초대 조선 통감으로 임명받고 한국에 온 후 조선총독부 건물을 비롯하여 여러 개의 건물을 서양식 설계에 바탕을 두고 건축했는데 지금도 그 건물들이 남아 있어. 그렇다면 이상이 지목한 건축 발인자가 이토 히로부미라면……."

은표는 내가 다음 대답을 해주길 기다리고 있었다. 나는 화면에 이상이 들고 있는 팻말의 '本' 자를 바라보며 무의식적으로 대답했다.

"본本 자와 관련 있는 건물?!"

"그거야. 이상은 이토 히로부미가 발주한 건물 중 본本과 연관된 건물을 알려주고 있는 거야."

온몸에 전율이 흘렀다. 은표의 가설은 허무맹랑했지만 묘하게 설득력이 있었다. 그가 제시한 자료에서는 그의 가설을 설명하기에 충분한 아우라가 느껴졌다. 우리의 계획은 또 다른 국면으로 접어들고 있었다.

"내 계획은 이거야. 이상이 고타니 컬렉션을 숨긴 미로의 지도를 암호화해서 「건축무한육면각체」 속에 남겨두었고, 그 암호를 해석할 수 있는 단서를 자신과 함께 활동했던 구본웅과 구인회 멤버들의 작품 속에 하나씩 남겨둔 거지. 어때?"

"그럼 이제 김기림, 이효석, 이종명, 유치진, 조용만, 이태준, 정지용, 이무영에다가 나중에 가입하게 된 박팔양, 김유정, 김환태까지 총 열두 명의 작품 속에서 단서를 찾아야겠네."

이들의 소설과 시를 모두 읽고 분석할 생각을 하니 머리가 아팠다. 은표는 고기가 물을 만난 것처럼 신이 나 있었다.

"소설을 읽는 게 아니야. 비밀의 단서를 찾는 거지."

은표가 다이어리를 덮으며 말했다. 설계도 없이 영감만으로 출발했던 계획은 점차 구체적인 청사진이 되어가고 있었다. 그 청사진은 우리가 만든 것이 아닌, 오래전 누군가 이미 준비해놓은 고대 유적처럼 우리를 빛이 없는 깊은 곳으로 인도하고 있었다. 인도자는 다름 아닌 이상이었다.

뇌수는 부채와 같이 원에까지 전개되었다

유월이 끝날 무렵 은표와 나는 무르익기 시작한 더위에 속옷까지 적셔가며 이야기를 더욱 과장하여 왜곡하고 있었다. 우리는 수많은 일제 강점기의 야사들을 긁어모아 살을 붙여 엉뚱한 방향으로 몰아갔다. 아이러니하게도 우리의 왜곡이 심해질수록 '건축무한육면각체의 비밀'을 방문하는 사람 수는 늘어만 갔다. 결국 우리 동호회는 소설 카페 최고의 인기를 누리게 되었고 신문에도 소개되었다. 헤아릴 수 없을 만큼 많은 메일들이 연일 쏟아져 들어왔다. 이십 대 청년들이 대부분이었는데 고루한 역사를 종횡무진 휘젓고 다니는 우리의 행적을 통쾌하게 생각하는 듯했다. 하지만 언제나 그렇듯 세상 사람들이 전부 우리의 장난을 좋아하는 것은 아니었다. 가끔은 역사학자들이나 연구 단체에서 연재를 중지하라는 경고를 하기도 했고 거짓 역사를 조목조목 따져가며 비난하기도 했다.

하지만 은표와 나는 모니터를 바라보며 우리의 치기 어린 장난에 진지한 논리를 펴는 그들을 비웃었다. 그들이 우리를 가만두지 않겠다며 발버둥쳐봤자 사발면을 먹으며 깔깔거리는 우리를 찾을 수는 없었다. 은표는 애초에 이런 상황을 예상하고 노인정에서 만난 할머니의 이름과 주민등록번호를 사용하여 카페에 가입했는데 그 할머니는 얼마 전 돌아가셨다. 은표는 철저히 우리의 신분을 숨긴 채 인터넷을 이용했고 신분이 탄로 날 가능성을 제거했다. 은표와 나는 어둠 속에서 나타났다 사라지는 배트맨처럼 익명의 가면을 쓴 채 정보의 바다를 종횡무진 누볐다. 우리는 연재를 끝낸 후에도 세상에 정체를 드러낼 생각이 추호도 없었다. 세상을 발칵 뒤집어놓고 연기처럼 사라질 계획이었다. 그렇게 유월이 가고 칠월이 됐다.

은표와 나는 찜통더위 속에서 산더미 같은 자료와 우리가 만든 시나리오에 파묻혀 이야기를 미로 속으로 끌어들이고 있었다.

선풍기 바람으로 땀을 식히던 우리는 이효석의 『메밀꽃 필 무렵』에 나오는 곰보 허생원을 「건축무한육면각체」 19행의 가이드로 만들고 있었다.

"저 여자의 하반은 저 남자의 상반에 흡사하다……. 있는 그대로 해석하면 이건 성교할 때 체위를 나타내는 건데."

선풍기 바람으로 성이 안 차 부채를 펄럭이던 내가 지친 목소리로 말했다.

"이효석은 어떤 이유에선지 구인회 시절 활동이 거의 없었고 누군가의 강권에 의해 가입했다고 되어 있어. 굳이 강권이라고 쓴 걸 보면 안 하겠다는 걸 억지로 가입시켰다는 말인데, 누구의 강압이었을까? 재밌는 건 이효석이 경성 제국대를 졸업하고 처음 취직했던 곳이 이상이 근무했던 조선총독부라는 점이야. 그것도 1930년 같은 시기에. 게다가 이 소설에 등장하는 장돌뱅이 동이가 편모슬하에서 자란 인물로 그려져 있어. 그런데 이효석은 유복한 집의 자손으로 어려서부터 주위의 사랑을 받고 자란 인물이라는 거야. 반면 이상은 부모 곁을 떠나 엄격한 큰아버지 슬하에서 유년 시절을 보냈지. 동이처럼."

은표가 물수건으로 더위를 식히며 말했다. 어지간히 더운 날씨다.

"형. 메밀꽃에서 어떤 향기가 나는지 알아?"

"어떻게 생겼는지도 모르는데 냄새를 맡아봤겠냐?"

"정액 냄새가 나."

은표가 자신의 아랫도리를 가리키며 말했다.

"그게 19행을 암시한다는 거야? 그건 너무 비약 아닌가?"

"뿐만 아니라 19행을 보면 '나는 애련한 해후에 애련해하는 나'라는 말이 이어져. 「메밀꽃 필 무렵」의 줄거리와도 일맥상통하잖아. 곰보 허생원이 장돌뱅이 동이를 만나 달밤에 메밀밭을 지나다가 과거 자신과 처음 잠자리를 같이 한 봉평 처녀 얘기를 하게 되고 그 와중에 동이가 자신의 자식임을 깨닫게 된다는 줄거리니까."

"그렇지."

은표의 이야기가 점차 구색을 갖춰갔다.

"그리고 마지막에 동이가 왼손잡인 것을 알고 자신의 아들임을 눈치채게 되잖아. 이상도 왼손잡이였어."

나는 언뜻 봐서는 말도 안 되는 단서들을 주워 모아 더위마저 잊게 만드는 은표를 신기하게 바라보았다.

"왜? 내 얼굴에 뭐 묻었어?"

나는 은표에게 다가앉으며 물었다.

"너, 간첩이지?"

은표가 어이없다는 듯 다이어리로 눈길을 돌렸다.

"뭔 소리야. 뜬금없이."

"내 눈을 똑바로 보면서 대답해봐. 너 남파 공작원이지? 첩보원이 아니고서야 어떻게 이런 고리타분한 글 속에서 비밀 단서를 찾을 수 있느냔 말이야."

"말도 안 되는 소리 하고 있어. 직업을 맞히려면 제대로 맞혀봐. 그런 식으로 하다가는 한여름에 산타클로스가 돼야 할걸. 소설 얼마 안 남았어."

은표가 나를 밀치며 말했다.

"아니야?"

나는 기진맥진해서 소파에 몸을 던지며 중얼댔다.

"마무리지어봐. 난 더워서 아무 생각도 안 나니까."

내가 쿠션에 얼굴을 파묻은 채 말했다.

"그러니까 열아홉 번째 미로를 통과하기 위한 단서는 바로 메밀꽃이야. 아니 정확히 말하면 달빛에 빛나는 하얀 메밀꽃밭이지."

"말이 돼? 지하에 웬 꽃밭?"

나는 건성으로 은표의 논리를 반박했다. 하지만 은표는 진지했다.

"그야 모르지. 정말 지하 미로 속에 눈처럼 흰 꽃밭이 펼쳐져 있을지. 그것도 푸른 달빛 아래…….”

나는 머릿속으로 지하 미로 속에 펼쳐져 있을 푸른 달빛 아래 메밀꽃밭을 상상해보았다. 분명 논리적으로 불가능한 일이었지만 만약 있다면 지금껏 내가 보지 못한 멋진 광경일 것이다. 은표와 나는 누워서 각각의 꽃밭을 상상했다.

“은표야, 곰곰이 생각해봤는데.”

“생각해봤는데?”

은표는 아직 메밀밭에서 돌아오지 않은 목소리였다.

“이거 말이야, 책으로 내는 건 어떨까? 실체 없이 사라지기에는 아까운 발상이야.”

나는 머뭇거리며 말을 꺼냈다. 은표는 대꾸 않고 꽃밭에서 돌아와 모니터를 바라보았다.

“물론 싫은 줄은 알지만 책으로 내면 베스트셀러는 맡아놓은 거라니까. 내 말 듣고 있는 거야?”

그때 은표가 소리쳤다.

“형! 이것 봐!”

은표의 눈이 호기심으로 반짝였다. 그럴 때는 어김없이 뭔가 발견한 것이다. 그것은 순도 백 퍼센트의 흥미였다. 나는 모니터로 다가갔다. 거기에는 누군가 우리에게 보낸 한 통의 메일이 있었다.

당신들의 소설을 흥미 있게 읽고 있소. 어떤 계기로 그런 생각을 하게 됐는지 모르지만 재미있는 발상이오. 내가 메일을 보낸 건 흥미로운 제안이 있기 때문이오. 언젠가 들은 박 대통령에 관한 이야기요. 박정희 대통령은 일제 강점기에 일본군으로 만주에서 복무한 적이 있소. 널리 알려진 이야기죠. 박 대통령은 다카키 마사오라는 이름으로 만주군관학교를 졸업하고 1944년 12월 23일 일본 본토 마쓰야마 제14연대에 배속되었다가 모란강 부근 영안으로 전출되었소. 이후 화북 지방의 열하 보병 제8군단에 배속되어 중위로 복무하게 되지요. 그후 해방 전까지 계속 만주군으로 근무하는데 여기서 당신들의 이야기와 맞물리는 점이 있소.

박정희가 그 시절 근무했던 열하 보병대에는 당신들이 소설에서 언급한 고타니 게이스케의 보급 부대가 있었소. 틀림없는 사실이오. 만약 박정희가 고타니 게이스케와 만난 적이 있고 그의 임무에 관한 내용을 듣게 되었다면 어떻게 되었을까. 이것이 내 가정의 시발점이오.

해방 후 육군 소장으로 복무하던 중 쿠데타를 일으켜 정권을 잡게 된 박정희는 정권 말기에 이르러 돌파구가 없자 정치적 타결책을 찾기 시작하오. 하지만 그러기 위해선 많은 정치자금이 필요했소. 그때 박정희의 뇌리에 떠오른 게 바로 고타니 컬렉션이었던 것이오. 궁지에 몰린 박정희는 당장 중앙정보부 산하에 정보국장이었던 김재규도 모르는 비밀 부서를 설치하오. 그 부서에 일제 강점기 건축 전문가, 고고학자, 그리고 암호 해독 전문가등 각 분야 최고 실력자들을 영입하고 고타니 컬렉션을 찾으라고 명한 것이오. 그들은 각자의 전공을 살려 일제의 비밀 문헌과 단서 들을 수집해서 점차 비밀의 실체로 접근하고 있었소. 그러던 중 1979년 10월 26일 박 대통령이 암살을 당하자 부원들은 신분을 감춘 후 비밀의 내용을 안고 뿔뿔이 흩어지게 되오. 그리고 지금도 어디선가 비밀리에 컬렉션을 찾고 있다고 가정하는 것이오.

개인적으로는 흥미로운 요소가 있다고 믿고 있소. 이야기가 마음에 든다면 다음번 이야기에 포함시켜주시오. 어떤 조건도 없소. '건축무한육면각체의 비밀'에 내 이야기가 포함되는 것만으로도 영광으로 생각하겠소. 그럼 앞으로도 재밌는 발상을 기대하고 있겠소.

마지막으로 한 가지 덧붙이자면 지인을 통해 과거 중앙정보부의 문서 자료가 얼마 전 모두 데이터화되었다는 얘기를 들었소. 만약 그곳에 접속할 수 있다면 당신들의 상상력은 날개를 달게 될 것이라 믿어 의심치 않소. 당신들에게 그럴 배짱만 있다면 말이오. 그럼 수고하시오.

이것이 메일의 내용이었다. ID는 '거세된양'이었다. 이제 일제 강점기를 지나 해방 직후로 넘어가야 했던 우리에게 분명 매력적인 발상이었다. 하지만 동시에 어딘지 꺼림칙한 구석이 있었다. 나는 은표를 바라보았다. 녀석은 광분 직전의 눈빛이었다. 나는 고개를 설레설레 저었다. 이제 내가 어떤 말을 하더라도 녀석은 사고를 칠 것이다. 아니나 다를까.

"형. 미쳐본 적 있어?"

은표의 어린애같이 해맑은 미소가 내게 동의를 구하고 있었다. 녀석이 이런 미소를 지을 때면 나는 절대로 녀석의 부탁을 거절할 수 없었다. 은표는 그것을 십분 활용하여 자신의 의지를 관철시켜왔다.

"미친 짓이라면 지금도 충분하지 않니? 설마 너 진짜 국정원을 해킹하겠다는 건 아니겠지? 그건 범죄야. 국가보안법에 저촉되는 중죄라고. 여생을 감시받으면서 살아야 할지도 몰라."

나는 은표의 시선을 피하며 머뭇머뭇 말했다. 하지만 내 말은 아무런 소용이 없었다.

"따라와봐, 형!"

은표는 내 동의 따위는 필요 없다는 듯 나를 끌고 나갔다. 게임은 또 다른 스테이지로 넘어가고 있었다. 불행히도 이번 스테이지의 배경곡은 진혼곡이었다.

*

우리는 은표의 낡은 자동차를 타고 붐비는 올림픽대로를 달렸다. 은표는 운전을 하며 어디론가 정신없이 문자메시지를 보냈다.

"이번엔 또 어딜 가는 거냐? 가기 전에 말 안 해주면 내릴 거야."

은표의 깜짝쇼에 이골이 난 내가 뿌루퉁한 목소리로 물었다.

"걱정하지 마. 우리가 감옥을 갈 일은 절대 없을 테니까."

나는 설마 하는 심정으로 은표에게 물었다.

"정말 국가정보원을 해킹할 생각이야?"

"안 돼? 보안이 삼엄할 뿐이지 고작해야 컴퓨터에 불과해."

은표는 소풍을 가듯 태연했다. 그것이 더욱 나를 불안하게 만들었다. 지금 은표가 시도하려는 건 여태까지의 장난과는 수준이 달랐다.

"너 완전히 돌았구나. 미치려면 혼자 미쳐. 난 내릴래. 차 세워, 세우라고!"

내가 차문을 두드리며 소리쳤다. 갑작스러운 내 행동에 당황한 은표가 차를 노변에 주차시켰다. 차가 멈추자 나는 문을 열고 뛰어내렸다.

"잠깐 기다려봐, 형!"

은표가 뒤를 쫓아오며 소리쳤다. 나는 아랑곳 않고 빠른 속도로 달리는 차들 사이로 뛰어들어 무작정 길을 건너려 했다.

"넌 지금 제정신이 아니야. 난 소설을 쓰려고 참여했지 범죄자가 되려고 참여한 게 아니야."

그때 나를 발견하지 못한 승용차 한 대가 정면에서 달려들었다. 자동차의 경적 소리가 눈부신 헤드라이트 불빛과 함께 나를 덮치려는 순간이었다. 은표가 몸을 날려 나를 밀쳐내서 간신히 사고를 모면했다. 우리는 아스팔트 바닥을 뒹굴었다. 운전자는 알아들을 수 없는 욕을 잔뜩 해대고는 가던 길을 재촉했다. 은표와 나는 육 차선 도로 중앙에 주저앉았다. 우리 주위로 수많은 자동차들이 무심히 속력을 내고 있었다.

"알고 있어. 일단 내 말 좀 들어봐."

숨을 몰아쉬며 은표가 말했다. 나는 아직도 정신이 아득한 상태였다.

"조금 전에 내가 연락한 사람은 나와 함께 일하는 직원이야. 그 사람이 어떤 일을 하는지 말해줄 순 없지만 그 사람도 나처럼 합법적인 일을 하는 사람이야. 하지만 때로 불법인 걸 알면서도 정확한 정보가 필요할 때는 상대방의 정보를 몰래 엿보기도 해. 세상에는 정도만 고집해선 얻을 수 없는 것도 있으니까."

"대체 정체가 뭐야? 뭐하는 놈이야?"

나는 믿을 수 없다는 표정으로 은표를 바라보며 물었다.

"그건 말해줄 수 없어. 하지만 한 가지는 약속할게. 지금까지도 그랬고 앞으로도 형한테는 어떤 불이익도 생기지 않을 거야."

나는 아직도 의심이 풀리지 않은 표정으로 은표를 바라봤다. 은표가 시계를 보며 말했다.

"좋아. 그럼 이러면 어때. 정확히 십오 분 후 뉴스에서 중요한 발표가 있을 거야. 청와대 수석보좌관이 발표하는 기자회견인데 국민이 원한다면 대통령은 스스로 하야할 수도 있다는 내용과 함께 대통령제를 사 년 연임제로 개헌할 필요가 있다는 성명이 방송을 통해 보도될 거야. 우리나라에서 현재 이 사실을 아는 사람은 열 손가락 안에 들어. 물론 그중에 나는 포함되어 있지 않지. 하지만 그 사람의 도움으로 이틀 전 알게 됐고 우리가 안다는 걸 아는 사람은 아무도 없어. 이게 사실이라면 날 믿겠어?"

은표가 손을 내밀며 내게 말했다. 나는 반신반의하며 은표의 손을 잡고 일어섰다. 그리고 말없이 차에 올랐다. 은표는 시간을 확인하고는 라디오 주파수를 맞췄다. 이윽고 정시를 알리는 차임벨 소리와 함께 뉴스가 시작되었다. 놀랍게도 오프닝 뉴스는 은표가 방금 전 말했던 청와대 수석보좌관의 대통령 하야와 연임제 개헌 발표였다.

혼란스러웠다. 지금 내 옆에 있는 은표라는 사람을 신뢰해야 하는지, 내가 무심코 끼어든 이 장난이 옳은 것인지 판단이 서질 않았다. 나는 잠시 침묵을 지키며 창밖을 바라보았다. 은표도 잠자코 침묵을 응시하고 있었다. 그렇게 얼마간 차내에 정적이 흘렀다. 얼마나 지났을까 은표가 시동을 걸며 입을 열었다.

"정 불안하다면 이쯤에서 그만둬도 괜찮아. 말리지 않겠어. 하지만 나는 처음 형의 글을 읽고 이 사람은 나와 함께할 수 있는 사람이라는 확신을 가졌어. 때로는 이성보다 직관을 믿어야 할 때도 있다고 생각해."

자동차 엔진 소리가 우리 사이를 갈라놓고 있었다.

"국가정보원도 해킹한 적 있어?"

갈라진 목소리로 내가 물었다.

"아니, 거기는 처음이야. 들어가보고 싶던 곳이긴 해."

은표가 분위기를 풀 듯 장난스럽게 대답했다.

"정말 아무 일 없을 거라고 확신해?"

은표가 굳게 입을 다물곤 고개를 끄덕였다.

"너란 놈을 만난 것 자체가 잘못이었다."

은표가 미소를 지으며 차를 출발시켰다. 어쩐 일인지 은표의 낡은 차가 이전보다 가볍게 속력을 내고 있었다. 하지만 내 마음은 돌을 매단 채 가라앉는 시체처럼 무거웠다. 창밖으로 밤풍경이 스쳐지나갔다. 나는 지금 무엇이 중요한지 제대로 알고 있는 것일까.

*

우리가 도착한 곳은 창 너머로 국회의사당이 보이는 여의도의 어느 카페였다. 바깥은 퇴근 인파로 분주했지만 카페는 한적했다. 몇몇 직장인들이 업무와 관련된 사람들과 차를 마시고 있을 뿐이었다. 주문을 하고 잠시 자리를 비웠다가 돌아온 은표는 우편봉투와 장미 한 송이를 들고 있었다. 두툼한 봉투는 한눈에 보기에도 내용물이 만 원짜리 지폐라는 것을 알 수 있었다. 은표는 못 본 척하라는 듯 윙크를 하고는 내 옆에 자리를 잡았다.

차 한 잔을 다 마실 즈음 문이 열리며 감색 정장을 말쑥하게 차려입은 여자가 들어왔다. 이십 대 후반으로 보이는 여자는 비서실에 근무하는 직원처럼 단발머리를 단정하게 묶고 있었는데 언뜻 보기에도 상당한 미인이었다. 은표는 손을 들어 여자를 맞이했다. 그녀는 보일 듯 말 듯한 미소로 답하고 자리에 앉았다. 그녀는 더운 듯 핸드백에서 하늘색 손수건을 꺼내 이마의 땀을 닦았다. 손수건에서 라벤더 향기가 풍겼다.

"뭐 드시겠어요?"

은표가 정중하게 물었다.

"시원한 물 한 잔 부탁해요."

차분하고 맑은 목소리였다. 여러모로 느낌이 좋은 여자였다. 하지만 가까이서 보자 어딘지 냉철한 구석이 보였다.

은표가 종업원에게 얼음물을 주문했다. 종업원이 주방으로 가자 여자는 카페 안에 있는 사람들을 하나씩 살폈다. 그 행동이 매우 익숙해 보여서 임무 수행 전 정찰과도 같은 느낌을 주었다. 주변 손님들에게서 특별한 점을 못 찾자 그녀가 은표를 바라보며 말했다.

"지난번 일은 어떠셨나요?"

"덕분에 수월하게 끝났습니다. 언제나 느끼지만 대단하세요."

그녀는 겸연쩍은 듯 미소를 지었다. 그때 종업원이 얼음물을 내왔다. 그녀는 복숭아를 물듯 한 모금 베어 물고는 나를 바라봤다.

"이번에 같이 일하신다는 분이군요."

"네. 이런 일이 처음이라 오기 전에 설득시키느라 고생 좀 했습니다."

은표가 장난스럽게 내 어깨를 치며 말했다.

"걱정하실 필요 없습니다. 이 일은 스쳐가는 바람 같은 거니까요. 바람을 잡을 사람은 없습니다. 중요한 건 바람처럼 스쳐가야 한다는 거예요."

그녀는 마지막 문장에 힘을 주어 말했다.

"그런데 정말 이곳이 필요한가요? 이곳은 저로서도 권하고 싶진 않거든요. 제가 알려드린 대로 시간만 지키시면 별문제는 없겠지만요."

그녀가 마지막으로 돌다리를 두드리듯 은표에게 물었다.

"네, 필요합니다. 말씀하신 시간은 꼭 지키겠습니다."

그녀는 잠시 물잔을 바라보다가 입을 열었다.

"알겠습니다. 그럼 삼십 분만 시간을 주세요. 준비가 되면 연락드리겠습니다."

"감사합니다. 그리고 약소하지만 받아주십시오."

은표가 봉투 위에 장미 한 송이를 올려 조심스럽게 내밀었다.

"매번 감사합니다."

"아니요, 제가 오히려 감사한걸요. 그럼 부탁합니다."

그녀는 조용히 장미와 봉투를 핸드백에 넣고는 자리에서 일어났다. 라벤더 향기와 함께 그녀가 사라지자 나는 기다렸다는 듯 은표에게 물었다.

"저 여자야?"

"왜? 이런 일 하기에 너무 예뻐?"

은표가 남은 커피를 마시며 말했다.

"그렇다기보다, 내 상상이랑 달라서."

"사람을 겉모습으로 판단하면 안 되지. 형처럼 창작을 하는 사람이. 저 친구가 얼마나 대단한지는 삼십 분 후면 알게 돼."

은표는 그녀가 사라진 문을 바라보며 말했다. 은표의 목소리는 확신에 차 있었지만 불안감이 완전히 없어지지는 않았다.

*

그녀가 전화를 한 건 정확히 이십팔 분 후였다. 은표는 전화를 받자 곧바로 카페를 나섰다. 우리가 찾아간 곳은 어이없게도 근처 피시방이었다. 해킹이 이런 곳에서 이루어지고 있을 줄은 꿈에도 생각 못 했다.

"추적당했을 때를 대비하는 거야. 상대방이 우리를 발견한다 해도 여긴 하루에도 수백 명이 사용하는 곳이기 때문에 덜미 잡힐 일이 덜하지."

은표가 입구에 들어서며 말했다. 우리는 담배 연기를 연신 뿜어대며 게임에 몰두한 청소년들을 지나 그녀가 있는 자리로 향했다. 그녀는 맨 구석 자리에 있었는데 입구서 실내를 비추고 있는 보안용 카메라 때문인 것 같았다. 그녀는 얼굴을 찌푸리고 있었다. 담배 연기 때문인 듯했다. 우리를 보자 정중히 자리에서 일어나 맞이했다.

"스톱워치는 가져오셨죠?"

"네."

은표가 시계를 보여주며 말했다.

"지금부터 정확히 삼 분 안에 모든 자료를 검색하셔야 합니다. 그후는 위험해요. 정보원에는 역탐색 프로그램이 깔려 있어서 일정 시간마다 접속자 신원을 확인해요."

"걱정 마세요. 삼 분이면 충분합니다."

은표가 스톱워치의 시작 버튼을 누르며 대답했다. 그러자 그녀는 고개를 꾸벅하고 조용히 자리를 떴다. 은표와 나는 컴퓨터 앞에 앉아 모니터를 확인했다.

그녀는 다른 사람의 시선을 의식해 인터넷 창을 모두 팝업으로 만들어 메인 윈도 아래 숨겨놓았다. 우리는 조심스럽게 인터넷 창을 하나씩 확인했다. 잠시 후 로고와 함께 국가정보원 사이트가 나타났다. 윈도 형식의 인터페이스에는 모든 접속 코드를 통과해야만 볼 수 있는 아이콘들이 끝없이 나열되어 있었다.

1급 군사 비밀, 북한 군사 동향, CIA 정보 분석, 외교 관리 문서, 제3세계 동향, 인터폴 관련 자료 등등 실로 우리나라의 모든 정보를 관리하는 기관답게 없는 것이 없었다. 각각의 아이콘에는 기밀 정도에 따라 붉은색으로 등급이 매겨져 있어 자격이 되는 사람이 아니면 볼 수 없게 이중 보안이 되어 있었다. 그런 보안 장치마저도 해제된 상태였다. 은표 말대로 대단한 여자였다. 마우스만 클릭하면 이 나라의 모든 기밀이 눈앞에 펼쳐질 것이다.

"이런 세상에. 내 책상 밑에 붙여놓은 껌이 몇 개인지까지 나와 있겠는데."

나는 나열된 자료 목록을 보며 소리쳤다. 그러자 은표가 조용히 하라며 어깨를 쳤다.

“그런데 어딜 찾아봐야 되지?”

끝도 없이 나열된 목록을 보며 물었다. 은표는 대꾸 없이 검색창에서 지시를 기다리며 깜빡이는 커서를 응시하며 찾을 자료를 생각하고 있었다. 그러다가 문득 뭔가 떠오른 듯 자판을 두드렸다.

1979년 이전 자료

엔터키를 누르자 화면이 바뀌며 일렬로 자료들이 늘어섰다. 여전히 많은 목록이었지만 상당히 줄어 있었다. 스톱워치는 삼십 초를 지나 일 분을 향해 달려가고 있었다. 마음은 급했지만 나는 눈앞에 펼쳐진 지난 시대의 진실을 보고 감탄하지 않을 수 없었다.

10.26사건 관련 언론 보도용 자료, 부마 항쟁 관련 보고서, 5.16정변 당시 대대급 지휘관 보고서, 유신 개헌 초안, 인혁당 간첩 사건 최종 시나리오 등등.

공개된다면 엄청난 파장을 불러일으킬 자료 목록이 줄을 지어 등장했다.

“네가 왜 여길 들어오고 싶어 했는지 알겠다.”

나는 방대하게 펼쳐진 이면의 진실 앞에서 넋이 나간 얼굴로 중얼댔다. 하지만 은표는 이미 알고 있는 내용이라는 듯 관심도 주지 않고 커서를 움직이며 목록을 뒤졌다.

"뭘 찾는 거야? 말을 해야 도와줄 거 아냐?"

하지만 은표는 내 말을 못 들은 듯 커서가 가리키는 제목에 온 정신을 집중하고 있었다. 이제 스톱워치는 일 분을 지나 이 분을 향해 달려가고 있었다. 목록을 훑던 은표가 순간 커서를 멈췄다.

1979년 이전 근무 요원 명단

은표는 주저 않고 마우스를 클릭했다. 부서별로 나뉜 새로운 목록이 나타났다.

간첩 전담부, 대북 선전부, 해외 공관 정보부, 국내 정보 수집 담당부, 언론 전담부 등이 일렬로 이어졌다. 하지만 모두 은표가 찾는 부서가 아닌 듯했다. 그런데 목록이 끝날 무렵 시선을 끄는 아이콘이 있었다. 아무런 제목도 붙어 있지 않은 항목이었다. 이제 시간은 이 분 십오 초를 지나고 있었다. 은표는 반사적으로 제목 없는 목록을 클릭했다. 그러자 단출한 신상 기록이 나타났다.

강길준, 국태환, 김도훈, 남인기, 장경식, 서성인, 이연, 이가령. 부원은 모두 여덟 명이었다. 우리의 흥미를 끈 것은 그들의 경력과 임무였다.

김도훈 : 주민등록번호 430226-0000000

1943년 5월 27일. 경기도 평택 태생.

1959년 경기고등학교 수석 졸업

1960년 서울대학교 고고학과 수석 입학.

1965년 중앙박물관 고문서관리과 입사. 구 총독부 고문서 관리, 후쿠오카 현 시라타니 시청 발굴 참여, 서울대 규장각 고문서 정리 참여 등 다수의 일제 고고학 발굴.

1968년 영국 대영박물관 한국 유물 관리자로 선정.

1976년 중앙정보부 입사

1979년 사직

임무 :

그것은 과거 중앙정보부 요원에게 예상되는 신상 기록과는 여러 면에서 달랐다. 우선 부원들의 전공이 건축과, 고고학, 국문학 등으로 중앙정보부와는 어울리지 않는 것들이었고 또 하나는 그들이 맡고 있었던 임무에 관한 기록이 전혀 없었다. 부서원 모두 임무 항목이 빈칸으로 남아 있었다. 마지막으로 그들은 모두 1979년에 함께 사직을 했고 그 뒤로 충원이나 교대 등이 이루어지지 않았다. 나와 은표는 놀란 눈으로 서로를 바라봤다. 내가 뭔가를 말하려는 순간 은표가 소리쳤다.

"받아 적어."

우리는 재빨리 종이와 볼펜을 꺼내 요원들의 신상 기록을 적기 시작했다. 스톱워치는 이 분 삼십 초를 향해 달리고 있었다. 우리는 약속이나 한 듯 네 명씩 나눠 적었다. 55…… 56……. 나와 은표는 이제 마지막 요원의 신상을 적고 있었다. 57…… 58…… 59……. 은표는 컴퓨터 전원을 뽑았다. 퍽 하는 소리와 함께 모니터가 맥없이 꺼졌다. 우리는 전력으로 백 미터 달리기라도 한 듯 숨을 몰아쉬며 서로가 적은 것을 보여줬다. 그리고 웃기 시작했다. 간신히 여덟 명 모두의 기록을 받아 적은 것이다.

*

은표의 집으로 돌아온 우리는 침묵에 휩싸였다. 이 침묵은 모종의 불안감을 동반하고 있었는데 말은 안 했지만 우리 둘 다 이유를 알고 있었다. 불법으로 얻은 정보를 어떻게 할 것인지 결정해야 했다. 은표가 물을 끓이기 시작했다.

나는 입을 열었다.

"그 사람…… 우리보고 당신들이라고 했어."

"뭐라고?"

은표가 주전자를 가스레인지에 올리며 물었다.

"거세된양 말이야. 우리보고 당신이 아니라 당신들이라고 했다고."

은표는 머그잔을 씻었다.

"어떻게 우리가 둘인지 알았지?"

"혼자서 쓰기에는 벅찬 내용이라고 생각했나 보지."

은표가 애써 무시하려는 듯 담담하게 대답했다.

"그럼 이건? 이런 부서가 실재하고 있는지 그 사람이 어떻게 아느냔 말이야? 단순히 우연이라고 말할 수 있어?"

적어 온 요원들의 신상 기록을 가리키며 물었다. 은표는 끓기 시작한 물을 말없이 바라보고 있었다.

"거세된양이라는 ID도 그렇고 뭔가 찜찜해. 맘에 안 들어."

나는 불안한 마음을 추스르려고 담배를 물었다. 물이 끓자 은표는 커피를 두 잔 만들어 가져왔다.

"우리보다 먼저 해킹했나 보지. 정보원을 해킹하고 싶어하는 해커는 한둘이 아니니까. 그보다 나는 이 요원들이 실제로 무슨 일을 했는지가 궁금한데. 고고학자, 건축학자, 국문학자. 경력도 그렇고 임무 항목이 비어 있는 것도 그렇고. 설마 진짜 고타니 컬렉션을 찾고 있었던 건 아니겠지?"

"그걸 말이라고 하냐? 우리가 만들어낸 이야기일 뿐이야. 거세된양도 자기가 만든 가설이라고 했잖아. 어쨌든 맘에 안 들어."

커피 맛이 씁쓸했다.

"그래서 이제 어쩔 거야? 정말 이 내용을 인터넷에 올릴 거야?"

"글쎄. 난 올려도 괜찮을 것 같은데. 어차피 소설일 뿐이고 이들이 정말 박정희의 지시를 받아서 고타니 컬렉션을 찾았다 해도 잘못된 건 아니잖아."

은표는 거세된양의 가설이 맘에 든 모양이었다.

"난 싫어. 어딘지 구린내가 나."

"형이 오늘 일 때문에 예민해져서 그래. 푹 쉬고 나면 괜찮을 거야."

"그런 게 아니야. 설명할 순 없지만 불길해. 내키지가 않는다고."

내가 강하게 반대하자 은표도 한발 물러설 수밖에 없었다.

"정 그렇게 불안하면 일단 보류하자. 그럼 되겠어?"

내가 고개를 끄덕이자 은표가 내 어깨를 잡으며 말했다.

"오늘은 일단 쉬어. 나도 피곤하긴 하네."

은표는 기지개를 켜며 커피잔을 싱크대로 가져갔다. 나는 요원들의 신상 기록을 바라봤다. 그런데 은표가 적은 것 중 마지막 이가령이라는 요원의 신상 기록이 비어 있었다.

"은표야, 너 이거 빼먹은 거야?"

"뭐 말이야?"

"네가 적은 거 말이야. 마지막에 있는 이가령이라는 사람, 이름밖에 없는데?"

"그 사람은 이름밖에 없었어."

은표가 설거지를 하며 대답했다.

"그래?"

나는 잠시 이가령이라는 이름을 바라보다가 무심히 던져놓곤 집에 갈 차비를 했다. 그 이름이 이후 우리를 지옥의 문턱으로 인도하게 되리란 것을 우리는 꿈에도 몰랐다.

원내의 일점과 원내의 일점을 결부한 직선

그후 일주일 동안 우리는 각자의 일에 충실하기로 했다. 과열된 엔진을 식힐 필요가 있었다. 나는 일상으로 돌아가 시작도 못 한 졸업논문을 썼다. 소설 때문에 조사했던 자료들은 논문을 작성하는 데 상당히 도움이 됐다. 나는 일주일 만에 초안을 완성했다.

무더위를 피해 에어컨이 있는 도서관에서 작업을 하던 나는 초고를 끝내고 커피를 마시며 오랜만에 신문을 읽었다. 지난 몇 주간 미디어와는 담을 쌓고 지낸 터라 세상 소식이 낯설고 신선하게 느껴졌다. 어떤 외국 특파원이 말한 것처럼 우리나라만큼 특종이 많은 나라도 드문 것 같았다.

북한 핵 문제는 수위를 넘어서고 있었고 경기도 화성에서 이십 년 만에 연쇄살인범이 부활했다. 이라크에서는 자살 테러 때문에 사망한 미군 수가 2000명을 넘었다. 양대 노총이 파업을 준비했다.

세상은 내가 없는 사이에도 빠르게 돌아갔다. 나는 커피를 홀짝거리며 세상과의 괴리를 조금씩 줄였다. 그러던 중 사회면 구석에 실린 살인 사건 기사가 눈에 들어왔다. 피해자의 사진이 함께 게제된 기사에는 사망 원인이 특이하게도 심장을 관통한 화살 때문이라고 씌어 있었는데 내 관심을 끈 것은 피해자 이름이었다. 김도훈이었다. 나는 설마 하는 심정으로 기사를 읽었다.

가슴에 화살을 맞아 숨진 남성이 발견돼 경찰이 수사에 나섰다. 13일 오전 10시경 이웃에 의해 발견된 피해자는 김도훈(63세)으로 전직 고위 공무원으로 밝혀졌으며 범인이 쏜 화살에 심장을 관통당해 즉사한 것으로 경찰은 보고 있다. 경찰은 김도훈 씨가 퇴직한 후 정신적으로 불안한 상태였으며 외부인과의 접촉을 기피했다는 이웃의 증언과, 화살이 시중에서 구할 수 없는 사제품이라는 점, 그리고 범인이 살해 직후 피해자의 집에서 뭔가를 찾은 흔적 등으로 미뤄 원한에 의한 살인으로 보고 주변 인물들을 상대로 수사를 벌이는 한편 전직 고위 공무원인 점을 감안해 국가정보원에도 협조를 요청할 예정이라고 밝혔다.

나는 기사를 읽자마자 자리에서 벌떡 일어났다. 그리고 다시 한번 기사를 확인했다. 우선 김도훈이란 사람의 연령을 살펴봤다. 63세. 1943년생이다. 우리가 정보원에서 빼낸 김도훈의 주민등록번호 앞자리와 일치했다. 뿐만 아니라 기사에서는 그를 전직 고위 공무원이라고 전했다. 만약 그가 전 중앙정보부 요원이었다면 기사에서 직업을 언급할 수는 없었을 것이다. 그런데 기사 마지막 부분은 경찰이 국가정보원에 협조를 구할 계획이라고 씌어 있었다. 아직 확신할 순 없지만 살해당한 김도훈이 내가 생각하는 김도훈과 일치할 가능성은 꽤 높았다.

그렇다면……. 나는 설마 하는 심정으로 인터넷에 들어갔다.

"아닐 거야. 은표가 내게 말도 안 하고 그럴 리가 없어."

나는 기우이길 바라며 인터넷 소설 카페로 들어갔다. 내 우려는 현실이 되었다.

우리의 '건축무한육면각체의 비밀' 게시판에는 새로운 글이 올라와 있었고 또다시 조회 수 기록을 갈아치우고 있었다.

제목은 '박정희 대통령과 사라진 8명의 비밀 요원'이었다. 나는 정신없이 내용을 읽기 시작했다. 지난번 거세된양이 보낸 것과 동일했다. 더욱 나를 당황하게 만든 건 등장하는 요원들의 이름을 실명으로 사용하고 있다는 점이었다. 당연히 그중에는 김도훈이 있었다.

내 머릿속은 전원이 꺼진 TV처럼 아무것도 떠오르지 않았다. 지금 내 앞에 벌어진 상황을 어떻게 이해해야 할지 판단이 서지 않았다. 한 가지 분명한 것은 은표가 나와의 약속을 깼다는 것이다. 나를 속인 것이다. 은표는 처음부터 나를 안심시켜놓고 글을 올릴 계획이었다. 그보다도 더욱 나를 화나게 만든 것은 이성을 잃은 은표의 행동이었다.

은표는 '건축무한육면각체의 비밀'에 광적으로 집착하고 있었다. 녀석은 소설을 위해서라면 물불을 가리지 않았다. 어쩌면 녀석은 처음부터 사회가 허용하는 범위 안에서 일을 벌일 계획이 아니었을지도 모른다. 그는 제어 불능의 폭탄으로 변해 있었다.

잠시 후 조금 진정되자 나는 도서관을 뛰쳐나왔다.

내가 문을 박차고 들어섰을 때 은표는 태연하게 스파게티를 삶고 있었다. 녀석은 분노에 이글거리는 나를 보고도 전혀 당황하지 않았다. 오히려 태연히 물어왔다.

"형, 오랜만이야. 식사는 했어? 스파게티 만드는데 같이 먹을래?"

교활한 녀석. 예상했다 이거지. 나는 이렇게 생각하며 은표에게 들고 있던 신문 기사를 내밀었다.

"이건 뭐야?"

은표가 스파게티 면을 소쿠리에 담으며 말했다. 나는 말없이 은표를 노려보며 기사를 가리켰다. 마지못해 신문을 받아 든 은표의 표정이 굳어졌다.

"이게 어쨌다는 거야?"

신문을 밀치며 은표가 냉랭하게 대답했다.

"어쨌다니? 보고도 몰라서 물어? 사람이 죽었어!"

내가 소리쳤다.

"형이 화낼 만하다는 건 인정해. 약속을 어겼으니까. 사과하라면 하겠어. 하지만 이건 아니야. 이름이 같을 뿐 같은 사람이라고 판단할 수 있는 근거가 없잖아. 백 번 양보해 만약 같은 사람이라 치자고. 그게 우리와 무슨 상관이야? 우리가 죽였어?"

나는 분노를 참지 못하고 은표의 멱살을 잡았다.

"어쩌자고 실명을 썼어? 우리가 정보원을 해킹했다는 걸

온 세상에 광고라도 할 셈이야? 정보원에서 알기라도 하면 우리가 어떻게 되는지 몰라서 그래? 우린 꼼짝없이 철창신세야. 인생 종 치는 거라고."

그러자 은표가 어이없다는 듯 차분한 목소리로 대답했다.

"철창? 누굴 잡아넣어? 김복순 할머니를? 할머니는 석 달 전 저세상으로 가셨어. 소설을 우리가 썼다는 걸 증명할 수 있는 증거는 아무데도 없다고. 형한테 실망이야. 세상을 우리 마음대로 주물러보자고 할 땐 언제고 이까짓 말도 안 되는 신문 기사를 들고 와서 이 난리야?"

"이 자식, 정말 네가 무슨 짓을 벌였는지 몰라!"

나는 주먹을 불끈 쥐었다.

그때였다. 따르르릉……. 따르르릉……. 미동 없이 서로를 노려보던 우리 사이를 요란한 전화벨 소리가 파고들었다. 무거운 정적 속에 전화벨이 울렸다. 이윽고 은표가 내 손을 뿌리치며 수화기를 들었다.

"여보세요?"

은표가 대답했다. 하지만 상대방은 대꾸가 없었다.

"여보세요? 말씀하세요."

여전히 대답이 없었다. 수화기를 통해 숨소리만 전해왔다.

"이봐요. 전화를 걸었으면 말을 해야 할 거 아니에요."

은표가 짜증난 목소리로 물었지만 상대방은 묵묵부답이었다. 은표는 어이없다는 듯 수화기를 내려놓으려고 했다. 그때였다.

"당신들 실수한 거야."

상대방의 낮은 목소리가 전화선을 타고 들려왔다. 전화를 끊으려던 은표는 다시 수화기를 귓가로 가져갔다.

"뭐라고요? 다시 한번 말씀해주시겠어요?"

상대방은 잠시 머뭇거리다가 말했다.

"당신들…… 당신들 엄청난 일을 저질렀어."

상대방은 오십 대 전후의 남자였다. 목소리가 심하게 떨렸다.

"무슨 말씀이시죠?"

은표가 물었다.

"어떻게 그 사실을 알게 됐는지 모르겠지만 이제 돌이킬 수 없게 됐어."

"사실이라니 무슨 사실을 말하는 거죠? 당신 누구야?"

"그 비밀 말이야. 당신들이 세상에 퍼뜨린 비밀. 사람들이 죽기 시작할 거야. 많은 사람들이 죽을 거고 당신들도 머지않아 죽게 될 거야."

상대방은 흥분해 있었다. 그리고 두려움에 떨고 있었다.

"이봐요, 무슨 일인지 차근차근 말해봐요!"

은표가 수화기에 대고 소리쳤지만 상대방은 사라진 후였다.

"여보세요? 여보세요?"

수화기에서는 뚜 하는 신호음만 이어졌다. 은표는 심각한 표정으로 수화기를 내려놓았다.

"누구야? 무슨 일이야?"

은표는 말을 잇지 못하고 창밖을 멍하니 바라보았다. 밤이 깊어 있었다.

"무슨 일인지 말을 해봐!"

조바심에 큰 소리로 묻자 은표가 창밖을 보며 대답했다.

"뭔가 잘못되고 있나 봐."

저멀리 대형 전광판 위로 시커먼 먹구름이 몰려오고 있었다.

*

우리는 불을 끄고 벽에 기댄 채 앉았다. 가끔씩 번쩍이는 마른번개가 조명을 대신했다. 잠시 후 천지를 뒤흔드는 천둥소리가 이어졌다. 창문 너머로 몰려오는 먹구름은 우리를 심판하려고 다가오는 사천왕 같았다.

은표가 경찰과 연이 있는 인맥을 통해 알아본 결과를 기다리고 있었다. 죽은 김도훈이 우리가 소설에 등장시킨 전직 정보부 요원 김도훈과 일치한다면 일은 걷잡을 수 없는 방향으로 흐르게 된다.

나는 몰려오는 구름을 바라보며 생각했다. 지난 일을 돌이켜보면 예사롭지 않은 일이 일어나기 전 항상 복선과도 같은 강한 암시가 있었다. 대부분 일상에서 스쳐지나듯 흘려보내지만 나중에 불현듯 떠오른다. 그것은 의식을 비껴가는 와중에도 무의식 깊은 곳에 자리잡고 알을 까는 것이다. 나는 얼마 전부터 마음속에 자리잡고 있던 검은 눈동자의 어두운 감정들을 되돌아보았다. 이것이 얼마 후 어떤 복선이 되어 돌아올지 지금으로서는 알 도리가 없지만 불길한 징조를 내포하고 있음은 분명했다.

우리는 말없이 한 시간가량을 꼼짝 않고 앉아 있었다. 이대로 더 있다가는 침묵에 갇혀 두 번 다시 헤어나올 수 없을 것만 같았다.

"장난전화가 아닐까?"

정적을 깨며 내가 말했다.

"아니야. 장난은 아니었어. 마치 저승사자라도 기다리는 것처럼 떨고 있었어."

은표의 목소리가 주위를 더욱 무겁게 만들었다. 방안 공기는 찐득한 젤리처럼 주위를 감싸고 있었다.

"내가 뭐라고 했어. 그만두자고 했잖아."

나는 원망 섞인 푸념을 했다.

"그 얘긴 그만하자. 지금까지 지겹게 했잖아. 그리고 아직 모르는 일이야. 결과를 기다리자고."

은표가 지친 목소리로 대답했다. 또다시 우리 사이를 어두운 침묵이 갈라놓았다. 밖에선 섬광에 이은 하늘의 울부짖음이 들려왔다. 비가 쏟아지기 시작했다.

"객관적으로 볼 때 이건 말이 안 돼. 우리가 지난 한 달 반 동안 한 거라곤 그저 말도 안 되는 소설을 인터넷에 올린 게 전부야. 그까짓 내용이 뭐 그리 대단하다고 사람이 죽느냔 말이야."

나는 답답함을 참지 못하고 자리에서 일어나며 말했다.

"진위는 잠시 후면 판가름날 거야. 조금만 기다려."

시계를 보았다. 새벽 3시 15분이었다. 나는 부엌으로 가서 냉장고 문을 열고 맥주를 찾았다. 알코올이 필요했다. 하지만 맥주는 없었다. 대신 생수를 정신없이 들이켰다. 시원한 물이 위장으로 들어가자 조금 진정이 되었다.

"그 녀석이 또 뭐라고 했다고?"

"앞으로 많은 사람이 죽을 것이고, 또……."

은표가 말꼬리를 흐렸다.

"또 뭐?"

나는 신경질적으로 반문했다.

"우리도 죽게 될 거라고 했어."

"염병할 자식! 만약 이게 장난이면 지구 끝까지 쫓아가서 입을 찢어놓을 테다."

내 말에 은표가 미소를 지었다.

"넌 뭐가 좋아서 웃는 거야? 죽는다는데."

은표가 차분한 목소리로 말했다.

"형, 우리는 죽지 않아."

이런 상황에서도 은표는 여유를 잃지 않고 있었다. 은표의 말에는 묘한 설득력이 있었다. 누구나 할 수 있는 말이지만 은표 입을 통하면 강한 힘이 실렸다.

그때였다. 전화벨이 울렸다. 그 소리는 하늘을 점령하고 있던 천둥소리보다 크게 들렸다. 은표와 나는 얼어붙은 듯 전화기를 응시했다. 은표가 천천히 일어나 전화기로 다가갔다.

따르릉……. 따르릉……. 은표는 내게 조용히 하라는 몸짓을 취한 후 가만히 수화기를 들었다.

"여보세요?"

은표의 목소리는 차분했다.

"정은표 씨 댁인가요?"

우리가 기다리던 전화도, 조금 전 전화했던 사람도 아니었다. 처음 듣는 사십 대 남자 목소리였다.

"예. 그렇습니다만, 누구시죠?"

"저는 종로경찰서 강력계에 근무하는 문 형사라고 합니다. 급히 여쭤볼 게 있어서 전화드렸습니다."

"형사라고요? 무슨 일이죠?"

형사라는 말에 은표의 미간이 좁아졌다.

"사건에 관한 일입니다. 전화로 말하기는 그러니 늦은 시간인 건 알지만 지금 와주실 수 있을까요. 급한 일입니다."

형사는 피곤한 목소리로 말했다.

"무슨 사건이죠?"

은표의 질문에 상대방은 잠시 침묵을 지켰다.

"살인 사건입니다."

"예? 살인 사건요?"

내내 차분하게 대처하던 은표도 당황한 기색을 감추지 못했다.

"지금 오실 수 있죠? 장소는 낙원동 대화 호텔입니다."

"저와 관련 있는 사건입니까?"

"그렇다고 할 수 있죠. 자세한 건 오시면 말씀드리겠습니다."

"알겠습니다. 지금 가겠습니다."

수화기를 내려놓는 은표의 손이 떨리고 있었다.

"살인 사건이라니? 김도훈에 관한 거야?"

통화가 끝나자마자 내가 초조하게 물어봤다.

"모르겠어. 가봐야 알 것 같아."

일은 우리가 가장 우려하던 방향으로 흐르고 있었다.

"형은 여기 있어. 무슨 일인지 확인하고 바로 연락 줄게."

은표가 옷을 챙기며 말했다.

"아니, 나도 갈래. 이대로 못 기다리겠어."

내가 갈 차비를 하자 은표가 내 손을 잡으며 말했다.

"내가 벌인 일이야. 형은 상관없어."

"이제 정신이 돌아온 모양이네. 그런데 어쩌냐, 너를 만난 순간부터 나도 엮였으니."

나는 은표의 손을 뿌리치며 말했다. 은표가 한숨을 내쉬었지만 나는 이미 문을 나서고 있었다.

*

억수같이 쏟아지는 빗속을 달렸다. 조금씩 내리던 비는 이내 세상을 삼킬 듯이 퍼붓고 있었다. 3시가 지난 새벽의 도시는 무덤처럼 조용했다. 아스팔트를 때리는 빗소리만이 거리를 장악하고 있었다.

나는 정신없이 빗물을 걷어내고 있는 와이퍼를 하염없이 쳐다보고 있었다. 머릿속이 쓰다 버린 티슈로 가득찬 것처럼 멍했다. 하룻밤 사이에 우리는 죽음 예고장과 살인 현장 초대권을 동시에 받았다. 이제 터널을 지나 시청으로 접어들고 있었다.

"형, 잘 들어. 현장에 도착하면 경찰들이 여러 가지를 물을 거야. 나도 지금은 정확한 상황을 모르기 때문에 뭘 물을지 알 수는 없지만 어떤 일이 있어도 '건축무한육면각체의 비밀'에 대해서는 입을 다물어야 해. 우리는 논문을 쓰고 있었을 뿐이야. 인터넷에 글 같은 건 올린 적 없는 거야. 국정원 해킹은 당연히 존재하지 않는 일이고. 알았지?"

운전을 하며 은표가 말했다.

"나는 잠자코 있을 테니 네가 알아서 해."

쏘아붙이듯 대답하자 은표는 미안함을 감추지 못하고 입을 다물었다. 쏟아지는 비는 가뜩이나 심난한 밤을 더욱 암울하게 만들었다.

초행길이었지만 대화 호텔은 금방 찾을 수 있었다. 호텔 주위는 경찰차와 감식반, 그리고 구경꾼으로 북적였다. 대화 호텔은 말이 호텔이지 장급 여관에 불과했다. 주변에 줄지어 선 낡은 식당가에서는 밤늦게까지 술을 팔고 있었다. 우리는 대로에 차를 주차시키고 호텔로 향했다. 분주한 감식반과 경찰들을 지나 호텔 안으로 들어갔다. 허름한 로비에는 사람들을 취조하는 경찰과 잠옷 차림의 손님, 종업원 들로 북새통이었다. 한 남자 종업원이 경찰에게 열심히 설명을 하고 있었다. 하얗게 질린 얼굴이었다.

"처음부터 분위기가 이상했어요. 나흘 전, 그러니까 수요일 12시쯤 들어왔는데 다짜고짜 맨 위층 비상구 옆방을 달라는 거예요. 그 방은 이미 나갔으니 다른 방을 주겠다고 하니까 화를 내더라고요. 그 방이 아니면 안 된다고. 결국 그 옆방을 쓰기로 했어요. 제가 숙박계를 내밀었죠. 하지만 그 사람은 숙박계도 쓰지 않고 방으로 올라가버렸어요. 뭐 저런 사람이 있나 생각하고는 돈만 받았죠. 그런 종류의 사람은 건드리면 골치 아파지거든요. 그런데 이틀이 지나도록 방에서 꼼짝도 안 하는 거예요. 가끔 타월을 갈거나 물을 새로 채우려고 올라가면 문 앞에 놓고 가라며 소리를 질러댔죠. 그런 손님을 누가 좋아하겠어요. 그후로 관심을 두지 않았어요. 필요하면 찾겠거니 하고 말이에요.

그런데 오늘밤 1시경이었어요. 주말이라 방마다 손님들로 가득차서 정신을 차릴 수 없을 정도로 바빴어요. 저는 남녀 손님을 방으로 안내하고 돌아오는데 그 방에서 물이 새어 나오고 있더라고요. 저는 욕조에 물을 틀어놓고 잠이 들었구나 생각하고 문을 두드리는데 대꾸가 없는 거예요. 그래서 보조키를 꺼내 문을 열었는데…….”

종업원은 말을 잇지 못하고 몸을 부르르 떨었다.

“시체가 있었다?”

취조를 하던 경찰이 말을 이었다.

“예, 벌거벗은 채 목이 잘려 바닥에 쓰러져 있었어요. 욕실에서는 물이 넘치고 피범벅이 된 얼굴과 목…….”

종업원은 생각하기도 싫다는 듯 몸서리를 쳤다. 살인 현장을 제일 먼저 발견한 목격자인 모양이었다. 그 옆에는 담요를 두른 채 취조를 기다리던 손님들이 계속해서 불평을 늘어놓았다. 은표와 나는 문 형사를 찾기 위해 사건 현장인 방으로 올라가려고 했다. 그러자 계단에 서 있던 경찰이 우리를 막았다.

“통제 구역입니다. 무슨 일로 오셨죠?”

"문 형사라는 분의 연락을 받고 왔습니다."

은표가 대답했다. 그때 수염이 덥수룩하게 난 사십 대 후반의 남자가 은표의 어깨를 툭 치면서 물었다.

"정은표 씨?"

문 형사였다. 그는 우리가 상상했던 형사 이미지 그대로였다. 170센티미터가 안 될 것 같은 작은 키에 며칠 동안 집에 못 들어갔는지 누렇게 때가 탄 티셔츠를 입고 지저분한 머리를 하고 있었다. 그는 턱으로 나를 가리키며 물었다.

"이 친군?"

"같이 사는 형이에요. 걱정이 된다며 따라왔어요."

문 형사는 잠시 나를 바라보다가 필터만 남은 꽁초를 빨며 말했다.

"따라와요."

문 형사가 앞장서 위층으로 올라갔다. 우리를 막았던 경찰이 깍듯하게 경례를 붙였다. 은표와 나도 그 뒤를 따랐다.

우중충한 색깔의 카펫이 깔린 복도에는 수명이 다한 형광등이 깜빡이고 있었다. 경찰들이 단서를 찾으려고 이곳저곳을 유심히 관찰하고 있었다. 문 형사는 말없이 성큼성큼 사건 현장으로 다가갔다.

사건 현장은 407호실이었다. 방에 들어선 나는 코를 틀어

막았다. 피 냄새와 배설물의 악취가 방안을 가득 메웠다. 경찰들은 마스크도 안 쓰고 태연히 방안을 조사하고 있었다. 바닥은 종업원의 말대로 복도에서부터 흥건하게 젖어 있었다. 욕실에서 넘친 물은 시체에서 흘러나온 피와 섞여 초록색 카펫을 붉게 물들였다.

방안은 난장판이었는데, 슈트 케이스는 안의 내용물을 토해낸 채 입을 벌리고 있었고 서랍이란 서랍은 모두 바닥에 뒹굴고 있었다. 범인의 소행 같았다. 그 모습을 보자 아까 읽은 김도훈의 기사가 떠올랐다. 그의 방 역시 누군가에 의해 난장판이 되어 있었다. 시체는 흰 천에 덮여 처음 발견된 자리에 그대로 보존되어 있었다. 옆에서 두 명의 감식관이 흰 장갑을 낀 채 단서를 수집하고 있었다.

"도현식이라는 사람을 아나?"

문 형사가 은표에게 물었다.

"저 사람이군요."

은표가 흰 천에 덮인 시체를 가리키며 말했다.

"비극적이지만 그렇지. 그럼 이 얼굴을 본 적은?"

문 형사가 덮인 시트를 젖혀 피해자의 얼굴을 보여주며 물었다. 피해자는 오십 대 후반의 남자로 날카로운 칼로 목이 잘려 있었다. 나는 구토를 간신히 참으며 고개를 돌렸다. 은표는 담담히 시체를 바라보며 대답했다.

"모릅니다. 처음 보는 얼굴이에요."

문 형사는 그럴 줄 알았다는 표정을 지으며 주머니에서 수첩을 꺼냈다.

"좋아. 부른 이유를 말해주지. 우선 오늘 새벽 1시 25분 신고가 들어왔어. 살인 사건 신고였지. 열흘 만에 마누라 얼굴 좀 보려던 나는 덕분에 차를 돌려야 했지. 도착해보니 보시다시피……."

설명하기 귀찮다는 듯 시체를 가리키고는 계속했다.

"조사한 바에 의하면 살해당하기 전 범인과 몸싸움 흔적도 없고 단번에 기도와 경동맥을 잘렸어. 여러 정황으로 볼 때 피해자가 탕에 몸을 담근 채 쉬고 있는 틈을 타 반항할 시간도 없이 순식간에 해치운 거지. 단칼에. 이게 뭘 의미하는 줄 아나?"

문 형사는 설명을 하면서도 계속 나와 은표의 얼굴을 살피고 있었다.

"단순 살인범이 아니라는 거야. 어떤 놈인지 숙련된 칼 솜씨를 지녔어. 뿐만 아니라 상대방의 빈틈을 노리는 치밀함도 갖추고 있지. 이런 건 특수부대나 해병대 수색대처럼 훈련된 사람들이 아니고는 할 수 없다는 뜻이야."

문 형사의 날카로운 눈매가 우리의 미묘한 표정 변화를 주시하고 있었다. 나는 간신히 표정을 숨기며 어설픈 연기를 하고 있었지만 은표는 조금도 흐트러지지 않고 문 형사의 설명을 듣고 있었다. 문 형사는 증거 보관용 봉투에 들어 있던 피해자의 지갑에서 주민등록증을 꺼내며 말을 이었다.

"피해자의 이름은 도현식. 나이는 59세. 주소지는 동작구 본동으로 되어 있는데 문제는 이게 위조라는 거야."

문 형사는 증거물을 지나던 감식관에게 넘겨주고는 자신의 수첩을 펼쳤다.

"본명은 강길준."

강길준이라는 말을 듣는 순간 새어 나오려는 신음 소리를 겨우 틀어막았다. 강길준은 김도훈과 함께 중앙정보부에서 근무했던 여덟 명의 요원들 중 한 명이었다.

"구체적인 신상은 알려줄 수 없지만 국가기관에서 일했던 사람이다."

사건 경위를 설명하던 문 형사의 표정이 차갑게 변해 있었다. 그는 먹잇감을 발견한 매처럼 매섭게 나를 응시했다. 순간적으로 당황한 표정을 놓치지 않은 것이다. 나는 애써 태연한 척했지만 소용없었다. 그는 우리에게 뭔가가 있음을 간파하고 있었다.

"자네들 혹시 오늘 신문 읽었나?"

문 형사는 나를 바라보며 질문하고 있었다.

"아, 아니요. 요즘 바빠서요."

나는 무의식적으로 입을 열었다.

"그랬겠지. 바쁘셨을 테지."

문 형사는 발톱을 세우고 달려드는 매였고, 나는 궁지에 몰린 생쥐였다.

"저를 부른 이유를 아직 설명 안 하셨습니다."

은표가 내 앞을 가로막듯 물었다.

"자네를 부른 이유는 바로 이거 때문이야."

문 형사가 또 다른 증거물을 보여줬다. 여관에 비치된 메모지에 휘갈겨 적은 전화번호였다.

"이 방을 조사하던 중 이게 나왔어. 자네 집 전화번호야. 강길준에게 전화를 받았을 테지?"

은표는 잠시 머뭇거렸다. 나는 식은땀이 흐르는 손을 꼭 쥐었다. 이제 은표가 하게 될 대답에 우리 운명이 달려 있었다. 영원 같은 몇 초가 흐른 뒤 은표가 결심한 듯 입을 열었다.

"네, 전화는 왔습니다. 이 사람인지는 모르겠지만요."

은표는 정면 돌파를 선택한 모양이었다. 은표의 대답을 들은 문 형사의 눈빛이 달라졌다.

"무슨 말을 했지?"

은표는 또다시 침묵을 지켰다. 문 형사는 참을성 있게 기다렸다.

"경고를 했습니다."

"어떤 경고?"

"제가 위험하다고 했습니다."

나는 한숨을 내쉬었다. 모든 게 끝난 것이다. 문 형사가 제대로 걸렸다는 듯 팔짱을 끼며 말했다.

"자네와 난 뭔가 교환할 게 있군."

*

문 형사가 우리를 데려간 곳은 근처 해장국집이었다. 억수같이 내리던 비는 언제 그랬냐는 듯이 그치고 하늘에는 오랜만에 별이 빛나고 있었다. 문 형사는 친절하게 해장국을 권했으나 먹을 기분이 아니었다. 썩어가는 시체를 본 것만으로도 앞으로 일주일은 굶어야 할 것 같았다. 하지만 문 형사는 몇 끼나 거른 사람처럼 게걸스럽게 먹어댔다. 우리는 그가 자기 몫을 해치울 때까지 기다려야 했다. 그는 국물 한 방울 남기지 않고 깨끗이 비운 뒤 이쑤시개로 이빨을 쑤셨다.

은표가 말문을 열었다.

"저는 이 사건과 무관합니다."

"은표를 의심하시는 건 아니겠죠?"

내가 옆에서 거들었다. 하지만 은표는 가만있는 게 도와주는 거라는 듯 나를 보며 고개를 저었다. 문 형사가 주인에게 냉수를 부탁하면서 입을 열었다.

"자네가 범인이 아니라는 건 전화를 받자마자 알았어. 이런 직업에 오래 종사하다 보면 일종의 감이 생기지. 돗자리를 깔아도 될 정도야. 그러니까 긴장할 거 없어. 그리고 그런 눈으로 나를 보지 않았으면 좋겠는데. 외계인 보듯 쳐다보고 있잖아. 나도 월급 받고 일하는 사람이야."

주인장이 물을 가져왔다. 문 형사는 단숨에 들이켰다.

"일단 살해당한 강길준이 자네에게 경고를 했다고 했는데 구체적인 내용을 말해줬으면 하네."

은표는 앞에 놓인 물을 두고 가방에서 생수병을 꺼내 목을 축인 후 이야기를 시작했다.

"어젯밤 8시 30분경이었습니다. 저희는 저녁을 먹고 있었죠. 그때 전화가 왔습니다. 처음 듣는 목소리였어요. 그 사람이 지금 호텔 바닥에 누워 있는 사람인지 어떤지는 저도 모릅니다. 그가 다짜고짜 제가 위험하다고 했습니다. 갑작스러운 말에 당황한 제가 신원과 이유를 물었지만 그는 대답하지 않았습니다. 그리고 끊어버렸습니다. 저는 장난전화이겠거니 생각하고 잠자리에 들었는데 몇 시간 후 형사님께서 전화를 하셨습니다. 그게 전부입니다."

문 형사는 은표의 이야기를 수첩에 기록했다.

"강길준이라는 사람도 전혀 모른다, 이 말이지?"

"네, 본 적도 들은 적도 없습니다."

은표가 대답했다.

문 형사는 턱에 난 잔 수염을 문지르며 은표를 빤히 바라봤다. 마치 관상쟁이가 손금을 읽는 듯한 시선이었다.

"자네가 오기 전에 자네에 관해 조사를 좀 했어. 기분 나쁘게 생각 마. 그게 내 일이니까. 자네 상당히 특별한 일을 하고 있더군. 같이 일하는 그분은 어떤가? TV에서 볼 때는 점잖은 것 같던데. 자네는 항상 같이 있을 테니 잘 알 거 아냐?"

문 형사가 평소에 궁금했다는 듯 물었다. 내기를 하고 있는 나 역시 귀가 솔깃해서 은표를 바라봤다.

"평범하십니다. 가끔 신경질적일 때도 있지만요. 하시던 질문이나 계속하시죠."

은표가 어림없다는 듯 나를 바라보며 말했다.

"특별한 것이 없었어. 법을 위반한 것이라곤 주차 위반이 전부였으니까. 게다가 자네 말대로 강길준과는 전혀 연관성이 없었지."

문 형사는 볼펜을 돌리며 생각에 잠겼다.

"강길준이라는 분은 구체적으로 어떤 국가기관에서 근무하셨나요?"

은표가 물었다. 물론 은표는 그가 어떤 일을 했는지 잘 알고 있었다. 하지만 이 상황에서 빠져나가기 위해 뭔가를 꾸미는 모양이었다. 문 형사가 잠시 망설이다가 입을 열었다.

"말해줄 수 없어. 대외비거든. 하지만 자네처럼 나랏밥을 먹었던 사람이야. 물론 자네와는 전혀 상관없는 기관이지. 근무했던 기간도 그렇고 부서도 그렇고. 그런데 그 사람이 왜 자네에게 위험을 경고했을까. 숨기는 게 있으면 털어놓는 게 좋아. 자네 신상을 위해서도."

은표는 엉킨 실을 풀 듯 잠시 생각에 잠겼다.

"혹시 요즘 그분과 하는 일 중에 짚이는 거 없어? 예를 들어 특정 계층의 원한을 살 만한 집회에 참석했다든지……."

"죄송합니다만 저도 말씀드릴 수 없습니다. 대외비거든요. 하지만 저희가 하는 일이 워낙 계층 간의 이권이 얽힌 일이라 원한을 가질 가능성은 충분히 있습니다. 제가 이해할 수 없는 것은 그 사람이 저를 지목한 거예요. 그분이라면 모를까."

나는 더욱 은표의 직업이 궁금해졌다. 어찌된 일인지 은표의 직업이 우리를 수렁에서 구하고 있었다.

"자네를 지목한 게 맞나? 혹시 그분을 경고하는 건 아니야?"

"아니요. 분명히 저에게 경고를 했습니다."

문 형사는 이해할 수 없다는 듯 고개를 갸웃거리며 지금까지의 내용을 수첩에 꼼꼼히 적었다.

"일단 돌아가게. 하지만 사건이 종결될 때까지는 자네를 지켜볼 거야. 특별한 일이 생기면 연락해. 나도 물을 게 있으면 다시 찾을 테니."

말을 마친 문 형사가 명함을 주며 일어서려 했다. 그때 은표가 기다렸다는 듯 물었다.

"아까 교환하자고 하지 않으셨던가요?"

문 형사는 은표의 당돌함에 미소를 지었다.

"그래, 뭘 알고 싶은 거지?"

"지금까지 상황을 있는 그대로 얘기해주십시오. 특히 형사님의 사견을 듣고 싶습니다."

은표가 정중하게 물었다.

"좋아. 이 밤중에 불렀으니 몇 가지 말해주지. 나는 이 사건을 일반 살인 사건과는 다르게 보고 있네. 상부에서는 다른 견해를 갖고 있지만, 내 생각에 이번 사건은 연쇄살인 같아. 그것도 지난 몇 년 동안 계속된…….”

“연쇄살인이라고요?”

우리는 놀란 목소리로 동시에 말했다.

“그래. 이틀 전이었지. 김도훈이라는 사람이 살해된 사건이 있었어. 이미 기사화된 사건이지. 신문에서는 그를 단순히 공무원이라고만 소개했지만 아니야. 강길준과 함께 일했던 사람이었지. 그는 자신의 집에서 숨진 채 발견되었는데 가슴에 화살을 맞고 즉사했어. 그런데 묘한 건 시체가 왼손에 뭔가를 꽉 움켜쥔 채 죽어 있었다는 거야. 절대 빼앗기지 않으려는 것처럼. 시체의 손을 펴려고 했지만 쉽지 않았지. 펴보니 거기에 있던 것은 어떤 문양이 그려진 메모지였어.”

문양이라는 말에 우리는 서로를 바라봤다.

“그런데 이틀 뒤 오늘 현장에서 똑같은 문양이 나왔지. 바로 이거야.”

문 형사는 폴라로이드로 찍은 현장 사진 하나를 보여주었다. 그것은 녹색 카펫 위에 피로 그려진 데드 사인이었다. 그것을 본 우리는 또 한 번 놀라지 않을 수 없었다. 피로 그려진 문양은 세 개의 육면각체가 서로 직각으로 맞물리며 중앙의 국화 형태를 둘러싸고 있는 그림이었다. 삼종신기였다.

"피해자가 죽기 전 자신의 피로 그린 거야. 아직 이게 뭘 의미하는지는 알아내진 못했지만 두 사건을 연관시키기에는 충분하지."

문 형사가 사진을 집어넣으며 말했다.

"아까 몇 년에 걸친 연쇄살인이라고 하셨는데 이외에 다른 피해자가 더 있다는 말씀이신가요?"

은표가 물었다.

"지나치게 관심이 많군."

문 형사가 이상하다는 듯 물었다.

"이제 저도 연관됐으니까요."

"좋아. 조금 더 알려주지. 사건을 맡은 나는 죽은 김도훈의 주변 인물을 수사하다가 과거 직장 동료들을 찾게 됐지. 그 와중에 재밌는 사실을 알게 된 거야. 지금으로부터 십일 년 전에 일어났던 사건을 발견하게 된 거지. 정확히 오 일 간격으로 세 명의 남자들이 살해된 사건이었는데 전부 미결된 채 종결되었어. 그 세 명의 희생자가 바로 김도훈의 직장 동료다."

문 형사는 담담하게 이야기하고 있었지만 사건은 급류를 타고 전혀 예측할 수 없는 방향으로 흘러갔다. 문 형사가 새 담배에 불을 붙이며 말을 이었다.

"세 명 모두 드물게 총을 맞고 사망했는데 이상한 건 총탄이었어. 당시 국과수에서 보낸 자료를 보면 세 탄환 모두 1930년대 생산된 것으로 일본군이 태평양전쟁 당시 사용했던 38식 소총의 6.5밀리미터 탄환이었어. 살상률 98퍼센트로 국제 무기 금지 조약에 걸려 현재는 생산이 금지됐지."

말을 마치며 문 형사는 담배를 깊이 빨았다. 은표와 나는 허공으로 퍼지는 문 형사의 담배 연기를 넋이 나간 사람처럼 응시했다. 단 하룻밤 만에 우리는 전혀 다른 세계에 들어서 있었다. 그 세계는 죽음의 사신처럼 우리를 점점 더 깊은 수렁으로 끌어들였다.

그때 문이 열리며 앳돼 보이는 형사가 들어왔다. 형사는 우리를 힐끗 보더니 문 형사에게 귀엣말로 뭔가를 보고했다. 새로운 증거물이라도 발견된 모양이었다. 문 형사가 마지못해 아침 잠자리에서 일어나듯 기지개를 켜며 말했다.

"자네들이 나한테 말 안 한 게 있다는 걸 알고 있어. 당장은 보내주겠어. 하지만 조만간 불게 될 거라는 걸 장담하지. 그게 자네들을 위해서도 좋을 거야."

문 형사가 밥값을 치르고 가게를 나섰다. 은표와 나도 함께 일어났다. 서서히 아침이 밝아왔다.

"또 정신없는 세상이 시작되겠군. 자, 그럼 또 보자고."

문 형사는 현장으로 향했다. 문 형사가 사라지고 난 후 우리는 조용히 마주보며 서 있었다. 말없이 수많은 대화를 나눴다. 사건이 점점 미궁 속으로 빠져들었다. 그리고 우리는 발 가벗겨진 채 미궁 한가운데 서 있었다.

하늘은 시각의 이름에 대하여서만 존재를 명백히 한다

나는 커다란 극장에 홀로 앉아 있었다. 극장은 낡았지만 잘 손질되어 있었으며 좌석도 비교적 깨끗했다. 나는 극장 맨 앞자리에 앉아 팝콘을 먹으며 연극이 시작되길 기다렸다. 잠시 후 막이 오르고 배우들이 무대로 나왔다. 배우들은 서커스의 어릿광대처럼 요란하게 분장을 하고 일렬로 서서 내게 인사를 했다. 나는 팝콘을 옆으로 치우고 박수를 보냈다.

연극이 시작되었다. 팬터마임이었다. 배우들은 두 편으로 갈라 테니스를 치기 시작했다. 두 명은 무대 위에서 테니스를 쳤고 나머지는 양옆에서 관전을 했다. 물론 공이나 라켓 없는 시합이다. 두 선수가 테니스공을 상대방에게 넘기면 모든 배우들의 시선이 정확히 공을 따라 움직였다. 가끔씩 서비스 포인트나 멋진 스매싱으로 점수를 딸 때면 아낌없이 박수를 보내곤 했다.

상당히 숙련된 연기였기 때문에 실제로 공이 코트 위를 날고 있는 것만 같았다. 그러다가 갑자기 공중에 높이 뜬 발리볼이 관중석에 떨어졌다. 무대 위의 관중석이 아닌 실제 관중석에 말이다. 배우들이 마임을 중단하고 나를 바라보았다. 경기가 중단된 것이다. 나는 갑작스러운 상황에 어쩔 줄을 몰랐다. 잠시 후 당황한 나에게 배우 한 명이 공을 던져달라는 제스처를 취했다. 나는 엉성하게 공을 줍는 시늉을 하곤 무대 위로 공을 던져주었다. 공을 받은 배우는 잠시 공을 바라보더니 고개를 갸웃거렸다. 공이 마음에 안 드는 모양이었다. 그는 다시 나에게 공을 달라는 제스처를 보냈다. 테니스공이라는 것을 표현하고 던져주기를 바라는 것 같았다. 나는 다시 공을 주워 바닥에 몇 번 튕기는 시늉을 한 뒤 무대로 던졌다. 공을 받은 배우는 만족스러워하며 나를 바라보았다.

그런데 이상하게도 공을 받은 배우들은 다시 테니스 시합을 계속하지 않았다. 그들은 계속 나를 바라보았고 서로 쑥덕거리더니 그중 한 명이 나를 향해 공을 던지는 것이었다.

물론 무언극이었으므로 그가 던진 공 역시 상상일 뿐이었다. 그런데 허상의 공이 그의 손을 벗어나는 순간 실제 공으로 변하더니 나를 향해 날아왔다. 공은 정확히 내 머리에 명중했다. 나는 공에 맞은 이마를 어루만지며 놀란 얼굴로 그를 바라보았다.

배우들은 당황한 내 모습이 우스꽝스러웠는지 배꼽을 잡고 웃었다. 그러더니 배우들이 전부 나를 향해 공을 던지기 시작했다. 마치 장난꾸러기 요정들이 장난을 치듯 낄낄거리며 나를 향해 일제히 공을 던졌다. 그것은 방금 전처럼 실제 공이 되어 날아왔다. 이번에는 다양한 종류의 공이었다. 야구공, 테니스공, 고무공 등 실제 부피와 무게를 가진 공들이 정면으로 날아왔다. 나는 공의 세례를 맞으면서 비명을 질렀다. 공의 수가 점점 늘어났다. 피하려고 안간힘을 썼지만 몸이 말을 듣지 않았다. 그런 내 모습을 보며 배우들은 깔깔거리며 웃었다. 불어나는 공의 수와 함께 그들의 웃음소리도 점점 커졌다.

그때 저멀리서 누군가 나를 부르는 목소리가 들렸다.

"형! 일어나!"

은표 목소리였다. 나는 공에 맞은 이마를 어루만지면서 자리에서 일어났다. 깨어난 곳은 낡은 극장이 아니었다. 은표의 집 소파였다. 해가 중천에 떠 있었다. 은표의 집에 돌아오자

마자 쌓였던 긴장이 풀리며 곯아떨어졌던 것이다.

"꿈꿨어? 잠꼬대를 심하게 하던데?"

"기분 나쁜 꿈이었어. 재수없는 광대들이 나오는."

나는 욕실로 들어가 찬물로 세수를 했다. 아직도 공에 맞은 머리가 띵하니 아팠다. 마지막으로 맞은 게 야구공이었던 모양이다.

"빌어먹을 광대 놈들."

아직도 광대들의 장난기 섞인 웃음소리가 들리는 듯했다. 은표는 책상에 앉아 열심히 뭔가를 적고 있었다.

"이제부터 어떻게 할 거야?"

나는 수건으로 물기를 닦으며 말했다. 은표는 잠자코 다이어리에 내용을 정리하고 있었다.

"형은 이제 빠져. 더이상 형을 이 사건에 휘말리게 하고 싶지 않아. 다행히 아직까진 형이 연관됐다는 사실을 아는 사람은 나뿐이야. 이제 돌아가서 아무 일 없었던 것처럼 논문을 마치고 졸업장을 받으면 될 거야."

사실은 나도 손을 뗄 생각이었다. 지금까지 벌어진 일만도 내게는 벅찼다. 하지만 마음 한구석에 찜찜한 뭔가가 남아 있었다.

나는 담배를 물었다.

"넌 어쩔 건데?"

한숨과 함께 푸른 담배 연기가 공중에 흩어졌다.

"형이 신경쓸 문제가 아니야."

은표가 다이어리를 가방에 넣으며 말했다. 어딘가로 갈 차비를 하고 있었다. 나는 달력에서 오늘 날짜를 확인했다. 새로운 일주일이 시작되었다. 하지만 은표의 차림은 출근 준비를 하는 샐러리맨과는 거리가 있었다.

"출근 안 해?"

"병가 냈어. 아니, 솔직히 말하면 그만둘지도 몰라. 더이상 다니고 싶은 마음이 사라졌거든."

가방을 둘러메는 은표의 표정은 진지했다.

"잠깐만. 그럼 뭘 할 건데?"

"형이 상관할 문제가 아니라니까. 문단속이나 잘하고 가. 열쇠는 나중에 돌려주고."

말을 마치고 은표는 집을 나섰다.

"잠깐 기다려!"

나도 헐레벌떡 옷을 챙겨 입고는 은표를 따라 나섰다. 비가 갠 하늘은 구름 한 점 없이 맑았다. 어제 일만 없었다면 더없이 상쾌한 오전이었다. 은표는 입구를 나서자마자 차에 올라 시동을 걸었다. 녀석은 두 번 다시 볼 생각 없는 것처럼 냉정하게 굴었다.

“어쩔 셈인데? 혼자 사건이라도 해결할 작정이야?”

나는 운전석 창문을 두드리며 소리쳤다. 은표가 창문을 내리며 나를 바라봤다. 녀석의 표정은 마음이 떠나버린 옛 애인을 보듯 차갑고 형식적이었다.

“형, 잘 지내. 논문 잘 쓰고.”

이 말만 남기고 은표는 차를 출발시켰다. 나는 차를 뒤쫓으며 기다리라고 외쳤지만 은표는 그대로 사라졌다. 나는 버림받은 여인처럼 처량하게 주차장에 홀로 남아 있었다.

“그래, 가라. 가서 네 맘대로 해봐!”

은표가 사라진 방향을 향해 소리쳤지만 공허한 메아리만이 돌아올 뿐이었다.

*

나는 한 시간째 깜빡이는 커서만 바라보고 있었다. 내 옆에는 졸업을 앞둔 학생들이 취업 서적을 잔뜩 쌓아놓고 코앞에 닥친 현실을 준비하고 있었다. 파란만장한 여섯 주를 보낸 나 역시 그들 틈에서 발등에 떨어진 불을 끄기 위해 안간힘을 쓰고 있었지만 소용없었다. 지금의 나는 이전의 나와 많은 것이 달라져 있었다. 나는 일상의 강을 건너 두 번 다시 강 저편으로 돌아갈 수 없었다. 지웠다 썼다를 수없이 반복하고 있던 내 마음은 현실적인 열기로 가득한 도서관을 떠나 있었다. 머릿속은 온통 지난밤 사건에 대한 끝없는 추측과 은표에 대한 걱정으로 가득차 있었다.

머리가 지끈지끈 아팠다. 나는 노트북을 덮고 미간을 주무르며 도서관 로비로 향했다. 로비는 휴식을 취하러 나온 학생들로 가득했다. 신문을 보거나 친구들과 잡담을 나누며 한가한 시간을 보내고 있었다. 나는 자판기에서 음료수 하나를 뽑아서 구석에 있는 벤치에 앉았다.

"잊어버려. 이제 너와 상관없는 일이야."

나는 로비에 비치된 TV를 켰다. 요즘 한창 인기를 얻고 있는 코미디 프로그램이 화면에 나왔다. 괴상하게 차려입은 개그맨들이 웃음을 끌어내기 위해 과장된 연기를 하고 있었다. 채널을 돌렸다. 나는 예능 프로그램과는 거리가 멀었다. 다른 채널에서는 체중 감량으로 유명해진 여배우가 다이어트 강의를 하고 있었다. 내 몸은 트랜스 지방과 전쟁을 벌일 만큼 비참한 상태는 아니었다. 다시 무심히 채널을 돌렸다.

바뀐 채널에 낯익은 얼굴이 등장했다. 문 형사였다. 간밤에 있었던 살인 사건에 대한 경위를 설명하고 있었다. 나는 얼른 다른 채널로 돌렸다. 세상이 온통 강길준 사건으로 가득 찬 것 같았다.

"나랑 상관없는 일이야. 암, 그렇고말고."

나는 계속 채널 버튼을 눌러댔다. 하지만 그 이후에 돌린 채널에서 무엇을 하고 있는지는 머릿속에 들어오지 않았다. 그것들은 스쳐지나는 영상에 지나지 않았다. 다른 채널을 보는 중에도 내 머릿속에는 문 형사가 발표할 내용에 대한 궁금증으로 가득차 있었다. 결국 뉴스 채널로 돌아갔다.

문 형사는 아직 그곳에 있었다. 문 형사의 발표 내용은 이러했다. 이번 사건은 단순한 살인 사건이 아니며 이틀 전 발생했던 김도훈 살해 사건과 연관이 있다. 이들은 국가기관에서 근무했던 인물들로 정확한 근무 내역을 알 수는 없지만 당시 있었던 일과 연관이 있다고 추측하고 있다. 하지만 아직 그 내용이 어떤 것인지 파악하지 못했으며 결과가 나온다 해도 그 내용을 발표할 수 있을지는 정부 당국과 협의를 해야 한다는 내용이었다. 마지막으로 문 형사는 여운 있는 한마디를 남겼다.

"이번 사건과 관련 있는 중요 인물들을 확보한 상태이고 그들의 행방을 지금 수소문하고 있습니다."

기자들의 질문이 쏟아졌지만 문 형사는 부리나케 기자회견

장을 빠져나갔다.

TV 전원을 껐다. 그리고 검은 브라운관을 바라보며 생각했다. 문 형사는 어떤 새로운 증거를 찾은 것일까. 과연 누가 강길준과 김도훈, 그리고 십일 년 전 함께 근무했던 요원들을 살해한 것일까. 강길준은 왜 우리에게 경고를 했으며 우리가 세상에 퍼뜨린 비밀은 과연 무엇인가. 꼬리에 꼬리를 물고 수많은 추측이 뇌리를 스쳤다. 나는 휴대전화를 꺼내 은표의 전화번호를 찾았다. 잠시 망설이다가 발신 버튼을 눌렀다.

"고객님의 전원이 꺼져 있어 음성 사서함으로……."

전화를 꺼놓은 모양이었다. 뭘 하는진 모르겠지만 단단히 벼르고 뛰어다니는 모양이었다. 나는 도서관을 빠져나와 담배를 물었다. 칠월의 캠퍼스에는 본격적인 여름이 시작되고 있었다. 푸른 이파리를 늘어뜨린 채 시원한 그늘을 만들고 있는 버드나무 아래에는 젊은 연인들이 즐거운 대화를 나누고, 여학생들의 싱그러운 웃음소리가 교내에 울려 퍼졌다. 나는 그 풍경을 바라보며 담배를 다 태우고는 도서관으로 돌아가 노트북을 챙겼다. 그리고 은표의 집으로 향했다.

인정하지 않을 수 없었다. 나는 은표와 마찬가지로 '건축무한육면각체의 비밀'에 중독되어 있었다.

*

은표가 돌아온 것은 밤 10시가 넘어서였다. 나는 기다리다 지쳐 냉장고에 있는 밑반찬과 찬밥으로 대충 배를 채우던 중이었다. 은표는 나를 보고도 그다지 놀라지 않았다. 언제나처럼 담담하게 옷을 벗고 샤워를 했다.

"자식, 쌀쌀맞긴. 인사 한마디 없네."

설거지를 하는데 은표가 수건으로 물기를 닦으며 나왔다. 우리는 오래된 연인처럼 익숙하게 각자의 일을 했다. 은표가 TV를 틀며 입을 열었다.

"웬일이야? 열쇠 주려고 온 거야?"

빌어먹을 자식. 끝까지 고자세네.

"네 녀석이 걱정돼서 와봤다. 다행히 별일 없는 것 같네."

은표가 피식 웃으며 대답했다.

"고맙네. 걱정을 다 해주고. 근데 이건 뭐야? 누가 인터넷 브라우저에 우리 사이트를 띄워놨네?"

나는 그제야 인터넷 브라우저를 안 끈 걸 기억해냈다.

"그래, 네놈 덕분에 나도 미쳤다. 속이 후련하냐?"

달려들어 코를 비틀자 은표가 알았다며 웃었다. 우리는 그렇게 하루 만의 갈등을 해소하고 나란히 앉았다.

“형, 이제부터 생길 일은 나도 장담 못 해. 위험할 수도 있어. 솔직히 형이 돌아오길 바랐지만 막상 형을 보니 잘된 일인지 모르겠어.”

은표의 목소리는 진지했다.

“처음에는 손을 뗄 생각이었어. 네 말대로 논문이나 쓸 생각이었지. 그런데 그럴 수가 없더라. 일이 이렇게 된 데는 나도 책임이 있다는 소리야. 어찌됐건 나도 동의를 해서 여기까지 온 거니까. 하지만 그런 이유가 아니더라도 그냥 아무 일도 할 수가 없었어. 아까 말했던 너에 대한 걱정 때문이 아니었어. 그저 순수하게 이끌렸던 거야. 이 이야기가 어떻게 끝날지 보고 싶었어.”

은표와 나는 잠시 서로를 바라보았다. 그리고 동시에 미소를 지었다. 우리는 다시 파트너가 되었다.

“그래서 이제부터 어쩔 셈이야?”

“직접 조사를 할 생각이야.”

“그럴 줄 알았어.”

예상대로였다. 나는 은표 전문가인 것이다. 은표는 계속 말을 이었다.

“강길준은 전화로 우리가 비밀을 퍼뜨렸다고 했어. 그 비밀이 이번 살인 사건의 중요한 열쇠야. 내 생각에는 ‘건축무한육면각체의 비밀'을 말하는 것 같아. 그것 말고는 특별히 비밀이랄 게 없어."

"거세된양이 보낸 가설이 진짜라는 거야?"

"난 그렇게 믿고 있어. 그뿐만 아니라 우리가 만들어낸 이야기 속에 그들을 죽음으로 몰고 간 진짜 비밀이 있다는 것이 내 생각이야."

그럴듯한 이야기였다.

"그 말은 고타니 컬렉션 역시 실존한다는 얘기군."

"아마도."

은표는 소풍을 앞둔 어린아이처럼 들떠 있었다.

"누가 이들을 살해한 걸까?"

"그야 모르지. 이들 중 아직 살아 있는 누군가일지도 모르고, 아니면……."

"아니면?"

은표는 불길한 주문을 외우려다 삼키듯 입을 다물었다.

"그래서 계획은?"

"계획은 이래. 문 형사가 언급한 십일 년 전 살해된 세 명의 희생자와 김도훈, 강길준 둘을 합하면 다섯 명이 되지. 전체 부원의 숫자가 여덟 명이었으니까 아직 세 명이 살아 있다는 결론이 나와. 우선 그들을 찾는 거야. 그들을 찾아서 실제로 당시 중앙정보부에서 조사했던 것들이 어떤 것들이었고 우리의 가정과 일치하는 것이 무엇인지를 조사하는 거야. 그것이 첫 번째 할 일이야."

은표는 다시 시작된 게임에 흥분했다.

"그러면 살해된 사람이 어떤 사람인지를 먼저 알아봐야겠군."

새 담배에 불을 붙이며 내가 말했다. 그러자 은표가 가방에서 다이어리를 꺼내며 말했다.

"이미 조사해놨어."

다이어리에는 이들의 현 주소와 가족 사항 등이 자세히 적혀 있었다. 은표가 오전에 가방을 메고 나섰던 것은 이것을 조사하기 위해서였다. 은표는 조사한 내용을 읽기 시작했다.

"오늘 조사한 바에 의하면 십일 년 전 살해당한 요원은 남인기, 국태환, 장경식이야. 문 형사 말대로 모두 오 일 간격으로 총에 맞아 사망했어."

"남은 건 서성인, 이연, 이가령이군."

"문제는 이가령이라는 인물이야. 국정원에도 아무런 기록이 남아 있지 않기 때문에 현재로서는 찾을 방법이 없어."

은표가 다이어리에 적힌 이가령을 가리키며 말했다.

"일단 이가령은 제외하고 조사할 명단을 나눠야지."

“나는 십일 년 전 죽은 남인기, 서성인, 그리고 김도훈을 맡을 테니 형은 강길준에 관한 정보와 국태환, 이연, 장경식에 관해 조사해봐.”

은표가 주소와 인적 사항이 적힌 명단을 건네주며 말했다.

“왜 내가 한 명 더 많아?”

명단을 받으며 장난스럽게 물었다.

“난 이가령을 조사할 거야. 이 방면에는 내가 형보다 한 수 위니까.”

은표가 자신만만한 얼굴로 말했다. 나는 은표의 어깨를 툭 치며 웃었다.

“그런데 중요한 사람이 빠졌어. 거세된양. 이 사건의 발단은 그놈이잖아.”

은표가 불길한 고양이를 본 듯 미간을 찌푸리며 말했다.

“나도 녀석의 정체를 알아보려고 했지만 쉽지 않았어. 모든 사이트를 가명과 가짜 주민등록번호로 등록했더라고. 일단 이들을 조사하다 보면 놈이 나타날 거야. 우리에게 어떤 의도가 있어서 접근했다면 말이지.”

은표와 나의 모험은 다시 시작되었다. 이번 모험은 가상의 소설이 아닌 실제 현실에서 벌어지고 있었다.

*

우리는 곧바로 조사에 착수했다. 나는 먼저 이틀 전 살해당한 강길준을 조사하기로 했다. 기록에 의하면 강길준은 1945년생으로 서울대 건축학과를 중퇴하고 도쿄예대로 옮겨 건축과 학부와 대학원을 졸업했다. 그후 한국으로 돌아와 당시 스승처럼 따르던 건축가 김수근과 함께 국회의사당, 자유센터 등 우리나라를 대표할 만한 건축물들을 설계하며 이름을 떨친다. 그러던 중 어떤 계기에선지 고대 건축물에 관심을 갖기 시작하면서 다시 도쿄대 고고학과에 입학하여 동양 고대 건축 전공으로 박사 학위를 받았다. 그후 1970년 중앙박물관 유적관리부에 입사하여 중국과 일본, 한국 등의 건축물 재건 및 복구를 하며 명성을 쌓게 된다. 그러던 1973년 갑자기 중앙정보부에 발탁된 것이다. 여기까지가 기록의 전부였다. 박 대통령 사망과 함께 정보부를 그만둔 후의 종적은 알 수가 없었다. 강길준은 칠 년 전 상처하고 사망 직전까지 홀로 지냈다.

강길준의 시신은 부검을 마친 후 국립의료원 영안실에 안치되어 있었다. 나는 국립의료원으로 향했다.

병원 영안실에는 출가한 외동딸과 사위만이 자리를 지키고 있었다. 나는 잡지사 기자라고 속이고 정보를 얻으려고 했지만 접근할 수가 없었다. 부검을 반대했던 딸은 경찰의 설득에 못 이겨 승인할 수밖에 없었는데 방금 전 부검실에서 돌아온 아버지의 시신을 붙들고 오열하고 있었다. 게다가 문 형사마저 조의를 표하려고 도착한 터라 나는 한마디 질문도 못 하고 돌아올 수밖에 없었다. 그래서 일단 강길준을 보류해놓고 다음 인물로 넘어갔다.

다음은 국태환이었다. 국태환은 1969년 당시 최연소로 국문학과 정교수 자리까지 올랐던, 학계에서 인정한 고시와 향가 해석의 일인자였다. 그는 열두 살 나이에 「이두전기」라는 자작 한시로 《조선일보》 신춘문예 시조 부문에서 1등으로 당선되며 문학계에 등단한 후 서울대 국문학과에 입학, 『초단병총』과 『향가전기』라는 고시조 및 향가 해독에 관한 논문을 발표한다. 이 두 논문은 학계에 엄청난 반향을 불러일으키며 최연소 정교수에 오르는 계기가 되었다.

그후 국태환은 당시 고시조와 향가 해석의 원류로 일컬어지던 일본인 아케야마 도이쇼(최초의 경성제국대 인문대 학장)의 권위에 도전해 무려 120편에 달하는 논문을 발표하면서 정점에 이르게 되는데 그의 해독은 정확성과 감성, 논리의 완벽한 분석으로 아케야마를 압도한다. 당시 명성을 떨치던 양주동 박사까지도 그의 논문을 입이 닳도록 칭찬했다고 전해진다. 그런데 1976년 돌연 학계를 떠나 중앙정보부에 입사한다. 갑작스러운 그의 행보에 학계가 술렁였으나 시대적 분위기 때문에 언론에서조차 거론되지 않았다. 그 역시 다른 요원들과 마찬가지로 박 대통령이 사망하자 정보부를 퇴직한 것으로 나와 있었다.

그후 교직에 복귀한 국태환은 예전의 열정을 잃어버린 채 논문 한 편 발표하지 않고 근근이 교직 생활을 이어갔는데 1996년 정년퇴직을 며칠 앞두고 밤늦게 귀가하던 중 교내 주차장에서 누군가의 총에 맞아 살해됐다. 문 형사가 말했던 십일 년 전 사건의 두 번째 피해자였다. 가족은 교통사고로 사망한 아들 외에 부인이 전부였다.

다음날 나는 같은 시행착오를 겪지 않기 위해 먼저 국태환의 집에 전화를 걸었다. 집에는 아무도 없는지 받을 기미가 보이지 않았다. 끊으려는 순간이었다.

"여보세요?"

점잖은 노부인의 목소리였다. 국태환의 부인이었다.

"안녕하세요? 거기 국태환 교수님 댁 맞죠?"

"네, 그런데요. 누구시죠?"

"저는 김지우라고 국문학을 공부하는 학생입니다. 다름이 아니라 향가에 관한 졸업논문을 준비하다가 선생님께서 과거에 쓰신 『향가전기』라는 논문을 읽게 됐습니다. 정말 대단한 글이었습니다. 그런 분이 계신 줄도 몰랐던 제가 부끄러울 정도였으니까요. 그래서 선생님이 어떤 방식으로 향가에 접근하셨는지, 어떤 삶을 사셨는지 궁금해서 참을 수가 없었습니다. 가능하다면 찾아뵙고 말씀을 들을 수 있을까 해서 전화드렸습니다."

나는 준비한 대사를 읊었다. 부인은 잠시 침묵을 지켰다.

"그이는 안 계세요. 십일 년 전 먼 곳으로 떠나셨죠."

부인 목소리에서 슬픔이 묻어났다. 그 목소리는 거짓 연기를 하던 내게 조금의 가책감을 안겨줬다. 하지만 여기서 멈출 수는 없었다.

"그렇습니까? 몰랐습니다. 뭐라고 위로의 말씀을 드려야 할지……."

"괜찮아요. 이미 오래전 일인데요. 그이 논문이 맘에 드셨나요?"

"예, 정말 놀라웠습니다. 아니, 감명받았습니다."

내가 봐도 어색한 연기였다. 그 때문인지 전화 저편에서 침묵이 흘렀다.

"괜찮으시다면 찾아오시죠. 그이는 없지만 한번 뵙고 싶네요. 지난 십 년 동안 그분을 찾은 사람은 학생이 처음이거든요. 오랜만에 그분 이야기도 할 겸 오세요."

나는 속으로 쾌재를 불렀다. 각본대로 진행되고 있었다.

"예, 괜찮으시면 오늘이라도 당장 찾아뵙겠습니다."

"그렇게 하세요. 나는 항상 집에 있으니까."

"그러면 오늘 오후 3시쯤 찾아뵙겠습니다."

"그래요. 그때 봐요."

나는 정중히 인사를 하고 전화를 끊었다. 처음 한 연기치고는 나쁘지 않은 것 같았다. 하지만 진짜는 이제부터였다.

북아현동에 위치한 국태환의 집은 대로에서 떨어진 언덕에 위치해 있었다. 고풍스러운 건물들이 늘어선 비교적 고상해 보이는 동네였다. 그중에도 그의 집은 동네 전경이 내려다보이는 좋은 곳에 자리잡고 있었는데 도색을 한 지 얼마 안 된 듯 깔끔한 외관을 지니고 있었다.

집을 찾기는 어렵지 않았다. 대부분의 동네 사람들이 그 집을 잘 알고 있었기 때문이었다. 나는 인근 가게 아저씨에게 상세한 약도를 받을 수 있었다.

도착한 것은 정각 3시였다. 나는 옷매무새를 가다듬고 초인종을 눌렀다. 잠시 후 안에서 부인의 목소리가 들렸다.

"누구세요?"

"오전에 전화드렸던 사람입니다."

문이 열리며 부인이 나타났다. 부인의 모습은 상상했던 그대로였다. 자그마한 키에 단아한 한복을 입고 나를 맞이했다.

"어서 와요."

부인은 예전부터 안면이 있던 것처럼 친근하게 대해주었다.

"초대해주셔서 감사합니다. 꼭 찾아뵙고 싶었습니다."

부인은 나를 집안으로 안내했다. 집에 들어서자 70년대 주택에서 기대할 수 있는 작고 깔끔하게 정돈된 정원이 있었다. 노부인이 키우는 듯한 화초와 분재 들이 가지런히 늘어서 있었으며 작은 연못에는 금붕어가 여유롭게 노닐었다. 한 사람이 오랜 시간 애정을 가지고 돌본 흔적이 곳곳에 남아 있는 집이었다.

"이쪽으로 와요."

부인은 저택 안으로 인도했다. 현관에 들어서자 한약 냄새가 물씬 풍겼다. 아마도 노부인이 복용하는 약인 것 같았다. 사람은 나이가 들면서 신체의 일부가 하나둘 고장나기 시작한다. 냄새가 나쁘지 않았다. 외할머니 댁에 온 것처럼 포근하게 느껴졌다. 집안에는 창마다 대나무로 된 발이 쳐져 있었고 바닥에는 보기에도 시원한 무릉도원이 수놓인 돗자리가 펼쳐져 있었다. 가구들은 오래되었으나 깨끗이 손질되어 있었다. 부인은 내게 방석을 권하고는 부엌으로 갔다. 차를 내오려는 것 같았다. 잠시 후 돌아온 부인의 손에는 예상대로 소반이 들려 있었다. 정갈한 다기에 담긴 수정과였다.

"우리집에는 커피를 마시는 사람이 없어서. 수정과 좋아하나?"

"예, 잘 마시겠습니다. 그런데 자녀분은 같이 안 사시나 봅니다."

노부인의 안색이 어두워졌다. 나는 아차 했다. 아들이 교통사고로 오래전 사망한 것을 잊고 있었던 것이다.

"내게는 자식이 없다네. 그분의 제자들이 자식이라면 자식인 게지."

부인의 목소리가 가라앉아 있었다.

"죄송합니다."

나는 스스로를 자책하며 조용히 수정과를 마셨다.

"용건이 있는 것 같은데 무슨 일이지?"

나는 약간 놀랐다. 부인이 내 생각을 읽고 있는 눈치였다.

"아니요. 용건 같은 건 없습니다. 전 그저 선생님 글이 너무 훌륭해서……."

내가 봐도 형편없는 연기였다. 부인은 인자한 미소를 머금으며 말했다.

"집주소와 전화번호까지 알아낸 사람이 당신께서 돌아가신 것도 모를 리 없잖나. 게다가 자넨 향가를 연구하기에는 너무 자유분방해. 소설이라면 모를까."

부인은 나를 정확히 파악하고 있었다. 역시 나는 연기에는 소질이 없었다.

"그런 줄 아시면서 왜 저를 초대하셨습니까?"

"첫째는 나이가 들면 누군가 만나고 싶기 때문이고, 둘째는 자네의 어수룩함 때문이었지. 의도가 뭔지는 몰라도 악의는 없을 것 같았어. 내 말이 맞지?"

"절대적으로 옳으십니다. 부인께는 어떤 거짓말도 안 통하겠군요."

내 말에 노부인은 소리 내어 웃었다.

"그건 그렇고, 찾아온 진짜 목적이 뭐지?"

"솔직히 말씀드리겠습니다. 혹시 뉴스 보셨습니까?"

내 말에 부인의 표정이 굳어졌다.

"이틀 전 강길준이라는 분이 살해당했습니다. 나흘 전에는 김도훈이라는 분이 살해당했고요. 예전에 선생님과 함께 정보부에서 근무했던 사람들이죠. 그래서 선생님이 살해되기 전 있었던 일과 정보부에서 맡으셨던 일에 대해 듣고 싶습니다."

부인은 조용히 잔을 내려놓았다.

"그게 자네와 무슨 상관이 있지?"

나는 그간 있었던 자초지종을 자세히 설명했다. 부인은 이야기가 끝날 때까지 조용히 경청했다. 이윽고 설명이 끝나자 부인은 호수와도 같이 잔잔한 얼굴로 조용히 수정과를 마셨다. 처마에 걸린 풍경 소리가 여름 햇살을 뚫고 들려왔다.

부인이 입을 열었다.

"나는 그분과 삼십오 년을 같이 살았지만 그분이 한 일에 대해서는 전혀 아는 게 없어요. 유쾌하고 즐거운 분이셨지만 집에서 밖의 일을 말씀하는 일은 거의 없었거든. 알고 있겠지만 초년에는 교편을 잡으셨지. 그 시절 남편은 굉장히 쾌활하셨어. 항상 미소를 잃지 않으셨으니까. 아무리 언짢은 일이 있어도 화내는 법이 없으셨어. 가끔 제자들을 한 무더기 집으로 데리고 와서 밤새 토론을 하기도 하셨지. 학생들을 무척 아끼셨네. 내 생각에 그분은 교직이 천직 같았어. 옆에서 지켜보는 나까지도 행복했으니까.

그러던 어느 날 한 남자가 찾아왔네. 척 보기에도 나랏일을 하는 사람인 걸 알 수 있었지. 그가 한 통의 편지를 전해줬어. 박 대통령의 친서였네. 중앙정보부에서 일을 하라는 내용이었어. 말이 제의지 그 당시는 무슨 사정이 있어도 절대 거절할 수 없는 시절이었지. 남편은 내키지 않았지만 수락할 수밖에 없었네. 그리고 만 삼 년 동안의 정보부 생활이 시작되었어.

그런데 그분이 맡으셨던 일이 뭔지는 몰라도 정보부에 출근한 후로 성격이 변하기 시작했어. 그전까지 술이라고는 전혀 못 하시던 양반이 자주 술에 취해 들어오셨고 밤에는 잠을 못 이뤄 수면제를 복용하셔야만 했네. 말도 점점 없어지셨어. 일요일에도 어두운 서재에 틀어박혀 문을 잠그고 뭔가를 하셨지. 중요한 비밀이라도 있는 듯 언제나 서재 문을 잠그고 외출하셨어. 정보부 생활에 문제가 있다는 건 짐작할 수 있었지만 그 이상은 알 수가 없었네.

하루는 남편이 출근한 후 청소를 하려고 서재 문을 열고 들어갔는데 방안이 난장판이었어. 책상이며 바닥 할 것 없이 온통 서류투성이였지."

"무슨 서류였는지 기억나십니까?"

"글쎄……. 한자와 일본어로 되어 있어서 잘은 모르겠지만 운율이 있는 것으로 보아 시를 해석하고 계셨던 것 같아."

"시라고요. 계속하시죠."

부인은 헛기침을 한 후 이야기를 계속했다.

"나는 정리할 요량으로 방안에 널린 종이들을 한곳에 모아 깨끗이 청소를 했지. 그런데 저녁에 퇴근한 남편이 서재를 보더니 소리를 지르기 시작하는 거야. 왜 방에 들어갔느냐면서. 나는 사실대로 말했지. 그러자 남편이 뺨을 때리면서 다시는 이 방에 있는 물건을 만지지 말라고 화를 냈다네. 그전에는 폭력이라고는 써본 적이 없는 사람이었어. 그러니 내가 얼마나 놀랐겠는가. 그후로 나는 두 번 다시 서재에는 들어가지 않았네. 그 일이 있은 지 석 달 후 박 대통령 시해 사건이 터졌지. 남편은 거의 한 달 동안을 집에 안 들어왔어. 비상시였으니 어쩔 수 없겠거니 생각했지. 그런데 이상했던 건 어느 날 정보부에서 남편을 찾는 전화가 온 거야. 남편은 정보부가 아닌 다른 곳에 있었던 거지. 그로부터 넉 달 후 남편은 정보부 일을 그만두고 집으로 돌아왔네. 서류 몇 상자를 들고서 말이야."

부인은 숨을 고르듯 수정과로 목을 축였다.

"선생님께서 정보부를 그만둔 것은 자의였습니까, 아니면 타의였습니까?"

부인의 이야기를 수첩에 적으며 물었다.

"자세한 건 모르지만 자의 반 타의 반이었던 것 같아. 동료들이 같이 그만둔 사실은 처음 듣는 얘기야."

"제가 조사한 바에 의하면 선생님께서 근무한 부서는 명칭도 없었습니다. 대략이라도 어떤 일을 하는 부서인지 알고 계십니까?"

나는 남은 수정과를 비웠다.

"그것에 관해서는 아는 바 없다네. 처음에 말한 대로 남편은 밖의 일을 집에서 말한 적이 없었으니까."

"그후에는 어떻게 됐나요? 정보부를 그만둔 다음 말입니다."

나는 잉크가 떨어졌는지 안 나오는 볼펜을 흔들며 물었다.

"천천히 하지. 나 어디 안 달아나니까. 수정과 좀더 줄까?"

부인이 웃으며 말했다. 나도 모르게 흥분한 모양이었다.

"아닙니다. 더이상 폐를 끼치고 싶지 않습니다."

부인은 안 좋은 기억을 떠올리기 싫은 듯 잠시 망설이다가 입을 열었다.

"남편은 정보부를 그만둔 후 한동안 집에만 계셨네. 다른 일자리를 알아보지는 않았어. 그러다가 전에 다녔던 대학에서 강의를 나와달라는 제의가 들어왔지. 처음에 남편은 거절했어. 하루 종일 서재에 틀어박혀 뭔가를 연구했지. 식사도 걸러가면서 말이야. 정보부에서 가져온 자료들을 연구하는 것 같았어. 가끔씩 방에서 나오는 쓰레기들을 보면 전에 봤던 것과 흡사한 한자와 일본어로 된 시였으니까. 그 당시 남편은 폐인이나 다름없는 모습이었어. 어느 날 나는 참다못해 울면서 부탁했지. 제발 몸을 추스르라고. 일도 좋지만 사람이 살아야 되지 않겠느냐고.

내 눈물을 본 남편은 그제야 정신이 들었는지 예전의 모습으로 돌아가려고 애쓰기 시작했어. 학교도 나가기 시작했지. 나는 안심했지만 이미 예전의 남편이 아니었어. 뭔가 중요한 걸 잃어버린 사람처럼 눈동자에 초점이 없었고 가끔씩 멍하니 앉아 계신 시간이 많았지. 학교에서도 마찬가지였어. 그렇게 좋아하시던 제자들도 수업 시간 외에는 만나지 않으셨으니까."

부인의 이야기를 듣고 있는 동안에 시원한 산들바람이 발을 지나 마루로 불어왔다. 담 너머로 두부 장수가 종을 울리며 지나갔다. 더없이 평화로운 곳이었다. 하지만 부인의 이야기를 듣는 내 손에는 땀이 흥건히 배어 있었다.

"혹시 정보부를 은퇴하신 후에 누군가 찾아온 사람은 없었습니까. 어딘지 수상한 사람이라든가……."

부인이 기억을 더듬다가 말했다.

"전화가 왔었지."

"어떤 전화였습니까?"

내가 바짝 다가앉으며 물었다.

"남편이 돌아가시기 한 달 전쯤이었네. 이상한 전화가 걸려 오기 시작했어. 전화벨이 울려서 받으면 대꾸도 않고 끊어버렸어. 처음에는 잘못 걸렸겠거니 생각했지만 다음날에도, 그다음 날에도 계속 걸려 왔지. 그러던 어느 날이었어. 이번에는 호통을 쳐야겠다 생각하고 수화기를 들었는데 상대방의 목소리가 들렸어. 굵은 목소리의 남자였지. 남편을 바꿔달라고 했어. 용건을 물었지만 남자는 다짜고짜 남편을 바꿔달라고만 했어. 기분 나쁜 사람이었지. 나는 어쩔 수 없이 남편을 바꿔줬는데 전화를 받은 남편 얼굴이 백지장처럼 하얗게 변하더니 서재로 들어가 은밀하게 통화를 했지.

남자는 그후에도 계속 전화를 해 왔어. 남편은 전화를 받으면 집을 나가 며칠씩 안 들어왔지. 무슨 일인지는 몰라도 정보부 시절로 다시 돌아간 모습이었어. 항상 불안에 떨고 담배도 다시 피우기 시작했지."

"전화를 건 남자가 누군지 혹시 아십니까?"

"기억이 가물가물하지만 남편은 이가령 씨라고 부르는 것 같았어."

"이가령이라고요?"

이가령이라면 정보부 리스트의 마지막에 아무런 기록도 갖고 있지 않던 부원이다.

"왜? 아는 사람인가?"

놀라는 나를 보고 부인이 물었다.

"아닙니다. 계속하시죠."

부인은 말을 이었다.

"남편이 살해되기 며칠 전에도 그 남자로부터 전화가 왔어. 전화를 받은 남편은 나갈 차비를 했어. 나는 불길한 예감을 떨칠 수가 없어서 물었지. 대체 어딜 가는 거냐고. 그 남자는 누구고 왜 당신을 찾는 거냐고. 그러자 남편은 나를 끌어안으면서 말씀하셨다네. 지금은 말해줄 수 없지만 이번 일만 해결되면 모든 게 괜찮아질 거라고. 그리고 집을 나서셨네. 그게 마지막 모습이었어."

말을 마친 부인의 눈시울이 붉어져 있었다. 나는 부인이 진정할 때까지 잠자코 기다렸다.

"미안하이. 오랜만에 그분 생각을 하니 눈물이 나는구먼."

"괜찮습니다. 제가 괜한 질문을 드린 것 같군요. 그런데 선생님께서 살해당하신 후 누가 집을 방문하거나 침입했던 적은 없었습니까?"

"아니, 없었네. 그후로 남편의 서재는 지금까지 잠겨 있어."

부인이 감정을 추스르며 말했다.

"괜찮으시면 서재를 볼 수 있을까요?"

나는 염치 불고하고 부탁을 드렸다.

"그러게나. 오랫동안 안 쓴 방이라 지저분할 테지만."

부인은 2층으로 안내했다. 부인의 말대로 2층은 사용하지 않는 것 같았다. 커다란 창에서 들어오는 오후 햇살이 흰 천에 덮인 가구들을 비추고 있었다. 서재는 2층 가장 구석에 있었다. 세월에 칠이 벗겨진 놋쇠 문고리가 굳게 잠겨 있었다. 퇴색되어 검게 변한 문은 잔뜩 비밀을 머금고 있는 듯 보였다. 부인은 열쇠를 찾아 문을 열어주었다.

서재는 상당히 넓었다. 바닥에는 양털로 된 카펫이 깔려 있었고 벽면은 책장으로 둘러싸여 있었다. 책장은 수많은 책들로 가득했는데 데카르트에서 장자에 이르기까지 실로 어마어마한 양의 책들이 꽂혀 있었다. 책장 위와 바닥까지 책들이 쌓여 있었다. 북향으로 난 창에는 70년대 유행했을 법한 커튼이 쳐져 있었고 그 아래 아담한 책상과 구식 회전의자가 놓여 있었다. 학자 냄새가 물씬 풍기는 방이었다.

나는 방을 둘러보며 물었다.

"혹시 선생님께서 연구하셨던 자료들은 없습니까?"

"미안하지만 없네. 남편은 죽기 전날 밤에 그것들을 모두 불태웠어. 지금에서야 드는 생각이지만 자신의 죽음을 예견했던 것 같아."

"아, 그렇군요."

아쉬웠지만 할 수 없었다. 나는 이 방 어딘가에 중요한 단서가 있을 것 같은 느낌을 지울 수 없었다.

"방을 좀더 둘러봐도 되겠습니까?"

"천천히 둘러보게. 이 방에 사람이 들어온 게 십 년 만이야. 집이라는 건 사람이 살아야 생기가 도는 법인데."

부인은 나를 남겨둔 채 방을 나갔다. 나는 천천히 방을 둘러보기 시작했다. 수많은 책들이 아무렇게나 꽂혀 있었다. 특별히 정리를 위해 노력한 흔적은 없는 듯했다. 하지만 설명할 수 없는 신비로움이 방안 전체에 충만했다. 서재는 이전에 보았던 어떤 서재와도 구별되는 독특함을 지니고 있었다. 방안 공기는 풀지 못한 채 죽어버린 주인의 비밀을 조금씩 내뿜고 있는 장서들의 숨결로 달아올라 있었다.

나는 꽂혀 있는 책들을 차근차근 관찰하며 생각했다.

'국태환은 연구하던 자료들을 죽기 바로 전날 태워버렸다. 내가 만약 국태환이었다면 과연 몇십 년 동안이나 모든 것을 바쳐 연구하던 것들을 하루아침에 불태울 수 있었을까? 과연 그날 태운 것이 자료들의 전부였을까?'

아니다. 내가 국태환이었다면, 내가 내일 죽게 될 것을 알고 있었다면 모든 자료를 파기했을까? 아니다. 분명 어떤 이유에서인지—아마도 현재 벌어진 살인 사건과 연관된 음모 때문이었으리라—자신의 연구 자료를 전부 태운 것처럼 보이려 했겠지만 핵심 자료는 어딘가에 보관했을 것이다.

'분명 이 방 어딘가에 있다. 누군가 찾기를 기다리며 숨어 있다.'

꽂혀 있던 장서들을 하나씩 눈여겨 살폈다. 어디에 보관되어 있을까. 영화에서처럼 자화상 뒤에? 하지만 방에는 자화상커녕 흔한 영화 포스터조차 없다. 그렇다면…….

나는 혹시나 싶어 책장 뒤를 훑어보려고 책장에 꽂힌 책들을 하나씩 들춰보았으나 허사였다. 십 년간 쌓인 먼지만이 나를 맞이할 뿐이었다. 나는 책장 위와 서랍 등을 뒤졌지만 이렇다 할 단서는 발견되지 않았다. 바닥에 깔린 카펫 아래도 살펴봤지만 헛수고일 뿐이었다.

부인의 말대로 국태환은 자신이 연구했던 비밀의 단서를 모두 태워버리고 세상을 떠난 모양이었다. 맥이 풀렸다. 나는 국태환이 비밀을 연구했던 회전의자에 앉아 커튼 너머로 펼쳐진 풍경을 바라보며 생각을 정리했다.

국태환이 남긴 단서는 찾을 수 없었지만 허탕을 친 것은 아니었다. 부인에게 그 당시의 상황에 대해 자세히 설명을 들었고 이가령이라는 자가 실제로 존재한다는 사실도 알아냈다. 나는 부인의 증언을 적은 수첩을 확인하며 방을 나서려 했다. 그 순간 책장 한구석에 나의 시선을 잡는 책 한 권이 있었다.

1936년 10월에 발간된 《조광朝光》이었다. 《조광》은 1935년 발간을 시작한 문학과 비평을 다룬 월간지다. 그중 36년 10월판에는 그 유명한 이효석의 「메밀꽃 필 무렵」이 처음으로 게재되었다. 나는 얼마 전 은표와 얘기를 나눴던 「건축무한육면각체」 19행을 떠올리며 책을 꺼내들었다. 칠십 년의 세월을 고스란히 머금은 겉표지는 당시 장정 그대로 '朝光'이란 글자가 선명했다. 책 한쪽 귀퉁이에 푸른색 도장 하나가 찍혀 있었다.

校正本

놀랍게도 가편집본이었다. 책이 출판되기 전 마지막 교정을 위해 시험적으로 뽑는 것으로 희귀한 책이었다. 어쩌면 일제에 검열을 받기 위한 용도였는지도 모른다.

나는 차례를 펼쳐 차례를 살펴봤다. 예상대로 이효석의 「메밀꽃 필 무렵」이 책 중반에 자리잡고 있었다. 나는 시대 냄새가 물씬 풍기는 문체들을 음미하며 책장을 넘겼다. 잡지에는 알려지지 않은 작가들의 단편들과 문학비평 등이 조악한 활자로 실려 있었다. 가끔씩 틀린 단어나 일제로부터 검열을 당한 것으로 보이는 삭제 문구들이 드문드문 보였다.

'난 언제쯤 내 소설을 발표할 수 있을까.'

나는 이제는 타개하고 없을 과거의 작가들을 질투하며 이효석 선생을 향해 다가갔다. 그리고 드디어 「메밀꽃 필 무렵」이 나타났다. 나는 소설을 발표할 당시 이효석 선생의 심정을 상상하며 그때의 온기가 가시지 않은 교정본을 읽기 시작했다.

여름장이란 애시 당초에 글러서, 해가 아직 중천에 있건만 장판은 벌써 쓸쓸하고 더운 햇발이 벌여놓은 전 휘장 밑으로 등줄기를 훅훅 볶는다. 마을 사람들은 거의 돌아간 뒤요, 팔리지 못한 나무꾼패가 길거리에 궁깃거리고들 있으나, 석유병이나 받고 고깃마리나 사면 족할 이 축들을 바라고 언제까지든지 버티고 있을 법은 없다. 칩칩스럽게 날아드는 파리떼도 장난꾼 각다귀들도 귀찮다…….

이전에도 읽었던 고전이었지만 원본을 읽고 있자니 더욱 구수하고 정감 어렸다. 적당히 읽고 덮으려는 요량으로 책을 펼쳤던 나는 내친김에 계속 읽어나갔다. 교정본답게 오자와 적절치 못한 단어들에 표시가 되어 있었다. 나는 그 단어들을 무심히 읽어나갔다.

소설을 읽던 나는 허생원이 메밀밭을 지나며 물레방앗간에서 밤을 지새운 이야기를 하는 대목에서 멈췄다.

꼬집어 말할 수는 없었지만 이전 읽은 내용과 뭔가 조금씩 달랐다. 그것은 단순히 잘못된 철자에서 오는 차이와는 근본적으로 다른 것이었다. 나는 다시 처음부터 읽기 시작했다. 이번에는 단어 하나하나를 살피며 읽어나갔다. 그러다가 나는 중요한 사실을 발견했다. 교정을 위한 표시들이 여타 페이지에 사용된 잉크와 달랐다. 다른 것들은 검은 잉크를 사용하여 표시를 했지만 이효석의 소설은 모두 붉은 잉크를 사용했던 것이다. 붉은색 사인펜이었다. 《조광》 편집자가 표시한 것이 아니었다. 국태환의 표시였다.

나는 책상으로 책을 가져가 본격적으로 내용을 살피기 시작했다. 붉은색 표시는 총 다섯 개였다. 나는 표시 위주로 세상에 알려진 내용과의 차이점을 확인했다. 그리고 놀라운 사실을 발견했다. 이효석이 넘긴 초고에는 장터에서 만난 장돌뱅이 '동이'가 '기중'이라는 다른 이름으로 사용되고 있었다. 뿐만 아니라 메밀밭에서 나누는 대사 역시 상당 부분 달랐는데 그 부분에 집중적으로 붉은 표시가 되어 있었다.

나는 이것이 국태환이 남긴 단서라고 확신했다. 국태환은 누군지 모르는 적에게 비밀의 단서를 넘겨주지 않기 위해 자료를 태운 것처럼 위장했지만 핵심 단서만은 비밀리에 서재에 보관하고 있었던 것이다.

"이런 세상에……."

모골이 송연해졌다. 만약 내 추측이 맞는다면 이상이 비밀의 열쇠를 남기기 위해 구인회를 결성했다는 은표의 가설이 맞아떨어진다는 얘기다. 나는 죽기 전날 밤 걸려 왔던 강길준의 경고를 떠올렸다. 그는 우리가 세상에 알려서는 안 될 비밀을 퍼뜨렸다고 했다. 그가 말한 비밀은 우리 소설 전체를 말하고 있는지도 모를 일이었다.

부인이 올라오는 소리가 들렸다. 나는 들고 있던 《조광》 교정본을 어쩔까 망설였다. 지금 상황에서 이 책은 우리에게 없어서는 안 될 귀중한 단서였다.

문이 열리며 부인이 들어왔다.

"그래, 뭐 특별한 게 있었어?"

"아니요. 말씀대로 전부 소각하신 모양이네요."

나는 태연하려고 애쓰며 대답했다.

"그럴 게야. 돌아가신 다음 정리를 했지만 없었으니까. 저녁을 하고 있으니 식사하고 가게나."

지금은 한가하게 저녁을 먹고 있을 때가 아니었다.

"약속이 있어서요. 지금 출발해야 시간 내에 도착할 수 있을 것 같아요."

나는 황급히 방을 나오며 말했다.

"이거 섭섭해서 어쩌나. 오랜만에 온 손님인데."

부인이 아쉬운 듯 말했다.

"말씀만이라도 감사합니다. 오늘은 정말 실례가 많았습니다."

나는 부인께 인사를 드리고 달아나듯 집을 나섰다. 언덕을 한달음에 뛰어 내려갔다. 어느새 햇살은 붉게 변해 있었다. 노을 속을 달리는 내 마음은 불안한 호기심으로 가득했다. 뒤춤에는 새로운 비밀의 실마리가 감춰져 있었다.

*

은표는 혜화동 한옥촌을 지나고 있었다. 그곳에는 김도훈의 자택이 있었다. 방금 전 사적으로 알고 있는 정보원이 알려준 경찰 수사 자료에는 문 형사가 말해준 것 외에 특별한 내용은 없었다. 하지만 은표는 그들이 모르는 사실을 알았다. 그리고 그들과 전혀 다른 방향에서 이 사건을 바라보고 있었다. 그러므로 현장에는 경찰이 발견 못 한 다른 단서가 있을 가능성이 충분했다. 도착한 김도훈의 집은 전통 한옥으로, 겉에서 보기에도 공들여 보존한 흔적이 역력했다. 고고학자의 집다웠다.

대문으로 들어서려던 은표는 잠시 멈칫했다. 입구에 폴리스 라인이 쳐져 있었고 의경 두 명이 현장 보존을 위해 보초를 서고 있었다. 의경들은 잡담을 나누며 담배를 피우고 있었다. 다른 경찰들 모습은 보이지 않았다. 아마도 현장 조사는 끝난 모양이었다. 은표는 당황하지 않고 다가갔다. 은표가 나타나자 의경들은 자세를 바로잡으며 은표의 앞을 막아섰다.

"무슨 일이시죠? 여긴 출입 금지 구역입니다."

고참으로 보이는 의경이 말했다. 은표는 대꾸 없이 주머니에서 신분증 하나를 꺼내 보여줬다. 신분증을 본 의경들은 당황하는 기색이 역력했다.

"돌아가신 분이 전 중앙정보부 요원이었다는 걸 알고 있나?"

은표는 취조를 하듯 건조한 목소리로 당당하게 물었다.

"아니, 저희들은 잘……."

입장이 바뀌어 있었다. 의경들은 갑작스러운 질문에 어쩔 줄을 몰라 했다.

"의원님과 예전부터 친분이 있으셨던 분이야. 직접 내게 어떻게 된 건지 알아보라고 하셨다."

말을 마치자 은표는 의경들을 밀치며 집안으로 들어섰다. 의경들은 막지 못하고 어디론가 전화를 걸었다. 상부에 상황을 보고하고 지시를 받으려는 모양이었다. 그들은 명령에 의해 어쩔 수 없이 움직이는 수동적인 단기병일 뿐이다. 그들이 상황을 파악했을 땐 은표가 현장을 모두 둘러보고 난 후일 것이다. 은표는 지루한 지휘 체계를 밟고 있는 단기병들을 뒤로하고 천천히 대청마루를 향해 들어갔다.

집은 장독대가 있는 마당을 중심으로 기역 자 모양을 하고 있는 전통적인 한옥 구조였다. 대문 바로 옆에는 사랑방이 자리잡고 있고 미닫이문이 달린 부엌을 지나면 안방과 대청마루가 연결되어 있었다. 은표는 다이어리를 꺼내들었다.

김도훈은 당대 최고의 고고학자였다. 그는 서울대 고고인류학과를 졸업하고 국립민속박물관 관장을 역임하면서 백제 무령왕릉과 성산패총, 익산미륵사지 터 등 수많은 고대 유적지를 발굴하면서 학계를 주도했던 실력자였다. 뿐만 아니라 김원룡 교수와 경기도 전곡의 구석기 유적을 세계적으로 공인받는 데 큰 역할을 한 고고학의 선구자였다. 그러던 어느 날 다른 요원들과 마찬가지로 박 대통령의 부름을 받았고 그 이후 은둔하다시피 이 집에 숨어살았다. 그에게는 가족이 없었으며 친척과도 연락을 끊고 살았기 때문에 그 이후의 행적은 미스터리에 싸여 있었다.

경찰이 조사한 바에 의하면 그는 외부와의 접촉을 기피하고 대부분의 시간을 집안에서 보냈다. 식료품을 살 때도 항상 마스크와 중절모를 쓰고 외출한 모양이었다. 살해당한 마지막 순간조차도 그는 마스크와 모자를 쓰고 있었다. 은표는 그 부분이 마음에 걸렸다. 그는 어딜 가려던 참이었을까. 문 형사의 말대로 십일 년 전 사건과 이번 사건이 연결된 살인이라면 범인은 왜 십일 년이 지난 지금 다시 살인을 시작했을까. 의문이 꼬리에 꼬리를 물고 이어졌다. 현장을 직접 확인하려는 것은 바로 그 때문이었다.

"뭔가 있다. 현장에 뭔가 남아 있다."

은표는 혼잣말을 중얼거리며 툇마루를 지나 안방으로 향했다. 정보원이 보내준 자료에 의하면 김도훈은 안방에서 살해당해 바닥에 쓰러져 있었다. 은표는 방문을 열었다. 역한 피비린내가 코를 쑤셨다. 언젠가 들은 적이 있었다. 살해당한 사람의 피 냄새는 쉽게 사라지지 않는다고. 김도훈이 살해당한 지 나흘이 지났지만 현장에는 아직도 진한 피 냄새가 남아 있었다. 은표는 손수건으로 코를 막으며 방안을 살폈다.

방안은 신문에 실린 것처럼 난장판이었다. 범인은 장롱과

문갑 서랍 등을 뒤져 뭔가를 찾은 듯 내용물들이 바닥에 널려 있었다. 방안 한가운데 살해당한 모습을 그대로 본뜬 시체 라인이 그려 있었고 심장 부근의 바닥에는 산화되어 검게 변한 핏자국이 선명했다. 은표는 차분히 죽은 김도훈의 마지막 모습을 살폈다. 김도훈은 가슴에 화살을 맞고 즉사한 모양이었다. 어디에도 쓰러질 때 부딪힌 흔적이나 핏자국은 보이지 않았다. 바닥에 널린 물건들 중에도 특별한 것은 없어 보였다. 은표는 인내심을 가지고 시체 라인 주위를 돌며 단서가 될 만한 것을 찾았다. 그중 은표의 시선을 잡는 게 있었다. 그것은 시체 오른손 옆에 놓여 있던 전화기였다. 전화기는 원래 있어야 할 탁자에서 떨어진 채 바닥에 놓여 있었는데 신기하게도 누군가 일부러 세워놓은 듯 바로 서 있었다. 수화기도 가지런히 제자리에 있었다. 은표는 조심스럽게 수화기를 들어 시체 오른손까지 가져가보았다. 그러자 시체의 오른손은 수화기를 든 것처럼 자연스럽게 연결되었다.

은표는 통화 기록을 살펴보다가 김도훈이 마지막으로 통화한 상대의 전화번호를 반사적으로 받아 적었다. 그리고 수화기를 내려놓았다. 김도훈은 마지막 순간 외출 준비를 하며 누군가와 통화를 하고 있었다. 그때 범인이 들이닥쳤고 반항할 여유도 없이 일격에 당했다. 김도훈이 죽자 범인은 손에 들려 있던 수화기를 내려놓은 것이다. 경찰은 이 내용을 모르고 있었다. 은표는 받아 적은 전화번호를 주머니에 넣고 방을 빠져나갔다. 더이상 여기 있을 이유가 없었다. 부리나케 집을 빠져나가는 은표를 향해 의경이 뭐라고 외쳤지만 무시했다. 은표는 김도훈과 마지막 통화를 한 사람에게 전화를 걸었다. 뚜르르르르……. 뚜르르르르……. 신호가 가고 이윽고,

"네, 호손방입니다."

하고 젊은 남자 목소리가 들렸다. 그런데 호손방이 뭘 하는 곳이란 말인가. 은표는 전혀 감이 잡히지 않았다. 상대방이 다시 물었다.

"여보세요? 호손방입니다."

"저, 죄송한데 뭐하는 곳입니까?"

은표가 조심스럽게 물었다.

"고서점인데요. 무슨 일이시죠?"

*

세 번째 조사 대상인 이연은 평범한 사람이었다. 화려한 경력의 다른 요원들과는 달리 일반 고등학교에서 국사를 가르쳤던 선생님이었다. 학창 시절 기록도 특별한 것이 없었다.

그는 사범대를 졸업하고 대학원에서 한국학을 공부한 후 교사 자격증을 따서 경남 진주의 한 고등학교에 임명되었다.

문제는 그의 현재 행적이었다. 그는 살아 있는 세 명의 요원 중 한 명이었으나 현 주소지를 찾기가 쉽지 않았다.

주민등록상 주소지를 찾아가보았으나 거기에는 칠 년 전 다른 빌딩이 들어서 있었다. 그후 이연은 자신의 명의로 된 집을 장만하지 않고 칠 년 동안 무려 열한 번의 이사를 다녔다. 그에게는 부인과 두 딸이 있었는데 구 년 전 이혼한 후 가족 모두 캐나다로 이민을 가서 연락이 끊어진 상태였다.

나는 지푸라기를 잡는 심정으로 마지막 주소지의 동사무소와 이웃들을 찾아가 이연의 친척을 수소문했다. 아무리 은둔생활을 한 이연이지만 친척 중 누군가는 그에 관한 정보를 알고 있으리라. 이렇게 마음속으로 되뇌며 전화기 버튼을 눌렀다. 그렇게 몇 통의 전화를 걸었을까. 이연의 조카와 연락이 되었다.

이성문이라는 이름의 조카는 서울의 대학에 다니며 기숙사에 살고 있었다. 기숙사로 전화를 했다. 사감으로 추정되는 중년 남자가 전화를 받았다. 나는 친구라고 소개를 하고 통화를 부탁했다. 그는 노골적으로 귀찮은 기색을 비치며 마지못해 바꿔주었다.

"여보세요? 전화 바꿨습니다."

방금 전 운동이라도 했는지 숨이 찬 목소리였다.

"이성문 씨이십니까?"

"네, 그렇습니다만 누구시죠?"

"저는 고등학교 시절 삼촌이신 이연 선생님께 지도를 받았던 김지우라고 합니다. 이번 주 토요일 오랜만에 반 친구들과 동창회를 열게 됐습니다. 그래서 선생님을 모시려고 백방으로 수소문을 했는데 어디 사시는지 통 알 수가 없더라고요. 그래서 전화드렸습니다. 혹시 이연 선생님과 연락할 방법이 없을까요?"

"삼촌은 정신병원에 있어요."

전혀 의외의 장소였다.

"정신병원요?"

"예. 입원한 지 사 년 정도 됐을걸요."

"아니, 무슨 병으로……."

나는 놀라서 되물었다.

"정신병원에 무슨 병으로 입원을 했겠어요, 정신병이지."

상대방은 삼촌에 대한 존중심이 전혀 없는 듯 거침없이 말했다.

"어느 병원에 계시는지 알 수 있을까요?"

상대방은 귀찮은지 작게 한숨을 내쉬었다.

"경기도에 있는 성 요셉이라나 뭐라나. 그런 비슷한 이름의 병원이에요. 안 찾아가는 게 좋을걸요. 대인공포증인가에 걸려서 모르는 사람이 나타나면 발작을 일으킨대요. 그리고 제가 지금 좀 바쁘거든요."

"네, 감사합니다."

말이 끝나기도 전에 전화가 끊겼다. 예의 없는 녀석 같으니라고.

"성 요셉 병원이라."

나는 노트에 병원 이름을 적으며 지금까지 상황을 정리해 보았다. 국태환과 이연. 이들에게는 석연찮은 부분이 있었다. 정보부를 그만둔 후부터 정신적으로 문제가 생겼다. 둘 다 뭔가를 두려워하며 살았다. 그 때문에 일상생활에 적응할 수 없었고 가족과도 멀어졌다. 이들을 두렵게 만들었던 것은 무엇이었을까. 아직은 단서와 증거가 더 많이 필요했다. 노트를 가방에 넣고 자리에서 일어나던 순간이었다. 문자가 날아왔다.

—밤 9시 남산에 있는 H호텔 커피숍에서 봐.

은표가 보낸 문자였다.

"자식. 하여간 고급이라니까."

나는 답신을 보내며 중얼댔다. H호텔은 우리나라에서 가장 유명한 일류 호텔이다. 아마도 커피 한 잔 가격이 내 하루 식사비와 맞먹을 것이다. 하지만 무슨 상관이겠는가. 어차피 국가가 내줄텐데. 나는 휴대전화를 접고 지하철역으로 향했다.

대체 은표 녀석의 정체가 뭘까? 지하철 역사로 들어서던 내 머릿속에는 여러 가지 직업이 떠올랐지만 마땅한 게 없었다.

*

'호손방'은 동대문 평화시장 근처에 위치하고 있었다. 점원이 일러준 대로 그린 약도를 들고 은표는 중고 서점들이 군락을 이루고 있는 거리를 지났다. 은표는 약도를 확인했다. 호손방은 서점 거리 끝자락에 있었다. 은표는 간판을 일일이 확인하며 걷기 시작했다. 빈틈없이 책장을 메운 것도 부족해서 인도까지 책을 잔뜩 쌓아놓은 서점들마다 새 학기 교재를 구입하려는 학생들로 붐볐다. 잠시 들러 쓸 만한 책 몇 권을 사고 싶었지만 다음을 기약하며 호손방을 찾았다. 갑자기 목덜미에 꽂히는 서늘한 시선이 느껴졌다. 언제부턴지는 모르겠지만 누군가 자신을 바라보고 있는 듯한 섬뜩한 시선이 느껴졌다. 그 시선은 항상 일정한 거리를 두고 따라왔다. 은표는 반사적으로 돌아봤다. 책을 사고파는 평범한 사람들밖에 보이지 않았다.

"예민해졌나?"

은표는 다시 호손방을 찾기 시작했다. 어느새 은표는 서점 거리 끝에 도착했다. 그런데 어쩐 일인지 호손방이라는 간판은 보이지 않았다. 은표는 지나온 간판들을 확인했다. 역시 호손방은 보이지 않았다. 은표는 책을 정리하고 있던 다른 서점 점원에게 물었다. 그러자 점원은 바로 옆집을 가리켰다. 은표는 점원이 가리킨 서점 간판을 확인하곤 어이없다는 듯 미소를 지었다. 색 바랜 간판에는 "호 방"이라고 씌어 있었는데 자세히 보니 중간에 '손' 자가 떨어져나가고 흔적만 남아 있었다. 주인이 누군지는 몰라도 인테리어에는 전혀 관심이 없는 모양이었다.

서점 내부는 다른 곳과 별 차이가 없어 보였다. 한 사람이 간신히 지나다닐 수 있을 만한 복도를 따라 빼곡히 책들이 꽂혀 있었고 대낮인데도 천장에는 형광등이 켜져 있었다. 은표는 책들이 만든 복도를 따라 걸어가며 책등을 살펴보았다. 대부분 오래된 소설이나 대학 교재 등으로 고서점이라는 말이

무색했다. 당대 최고의 고고학자 김도훈이 이런 곳에 왜 전화를 한 것일까. 은표는 의아해하며 방금 전 통화한 점원을 찾았다. 그러나 서점 어디에도 점원의 모습은 보이지 않았다.

"계십니까? 아무도 없어요?"

은표가 큰 소리로 외쳤지만 아무 반응이 없었다. 주인이 장사에 전혀 관심이 없는 모양이었다.

"이봐요! 장사 안 해요?"

은표가 다시 한번 소리를 질렀다. 그러자 어디선가 가래 끓는 고함소리가 들려왔다.

"종민이 없냐!"

은표는 소리가 난 방향을 바라보았다. 소리는 천장에 뚫린 다락방에서 들렸다.

"이 얼어죽을 놈. 또 어딜 싸돌아다니는 거야."

한 남자가 불쑥 다락방에서 고개를 내밀었다. 수염이 덥수룩하게 난 육십 대 노인이었다. 지저분한 행색이었지만 나이에 비해 해맑은 인상을 지니고 있었다.

노인은 은표를 보자 대뜸 물었다.

"행정 고시?"

뜬금없는 소리에 은표는 멀뚱멀뚱 바라봤다.

"그럼 공인중개사? 그거라면 저쪽에 가봐. 웬만한 건 다 있으니까."

노인은 관심 없다는 듯 대충 가리키고는 도로 다락방 속으로 사라졌다.

"잠깐만요."

은표가 소리치자 노인이 다시 고개를 내밀었다. 노인은 또 뭐냐는 듯 은표를 바라봤다.

"김도훈이라는 분을 아십니까?"

김도훈이라는 말에 노인의 표정이 굳어졌다. 그러자 노인의 얼굴이 십 년은 후퇴한 듯 훨씬 나이들어 보였다.

"그분에 관해 여쭤볼 게 있습니다."

"모르는 사람이야. 책 살 거 아니면 돌아가."

노인은 달아나듯 다락으로 숨었다.

"어쩌면 그분은 저 때문에 돌아가셨는지도 모릅니다."

은표가 소리쳤다. 서점 안의 모든 책들이 은표 말에 놀란 듯 정적이 흘렀다. 잠시 후 노인이 고개를 내밀었다.

"그 친구랑 어떤 관계지?"

"얘기가 깁니다."

은표가 말했다. 노인은 관상이라도 보듯 은표를 뚫어지게 바라보다가 구석에 세워져 있는 사다리를 가리키며 말했다.

"올라와."

다락방에 올라간 은표는 이곳이 왜 고서점이라는 간판을 달고 있는지 알 수 있었다. 다락방은 아래층과는 전혀 다른 공간이었다. 천장은 사람 한 명이 간신히 서 있을 수 있을 만큼 낮았고 페인트칠이 벗겨진 시멘트벽은 곰팡이가 잔뜩 피어 있었다. 그 공간을 고서적들이 메우고 있었다. 책들은 책장도 없이 바닥에 차곡차곡 쌓여 있었는데 사람이 지나다닐 공간을 제외하고 다락방에 가득차 있었다. 실로 대단한 양이었다.

"이쪽이야."

책 더미 너머에서 노인의 목소리가 들렸다. 은표는 책 사이로 꼬불꼬불 나 있는 길을 따라 노인에게 다가갔다. 노인은 유일하게 난 작은 창 옆 책상에 앉아 있었다. 그는 방금 전 구입한 고서적을 감정하고 있었는지 두꺼운 돋보기안경을 끼고 있었다. 한여름인데도 책상 옆에는 전기스토브가 놓여 있었다.

"뭘 멍하니 서 있어. 앉아."

노인은 무뚝뚝하게 의자 하나를 권했다. 은표가 앉자 노인이 물었다.

"그게 무슨 소리야? 자네 때문에 그 친구가 죽었을지도 모른다니."

노인은 반쯤 피우다 만 담배에 불을 붙였다. 노인이 내뿜은 담배 연기가 비좁은 창틈으로 스며든 햇빛을 지나며 푸른빛으로 일렁였다.

"그전에 여쭤볼 게 있습니다. 김도훈 선생과는 어떤 사이십니까?"

"그걸 말하기 전에 자네가 누군지 밝히는 게 예의 아닌가? 날 찾아온 건 자네니까."

일리 있는 말이었다.

"정은표라고 합니다. 평범한 직장에 다니고 있는 샐러리맨이죠."

은표는 지갑에서 명함 한 장을 꺼내 건네줬다. 명함을 받은 노인이 말했다.

"내가 보기에 자네와 그 친구는 아무런 관계가 없는 거 같은데."

"한 번도 뵌 적은 없습니다."

"그런데?"

노인이 호기심 어린 눈으로 은표를 바라봤다.

"제가 얼마 전 인터넷에 글을 올린 게 있습니다. '건축무한육면각체의 비밀'이라는."

은표는 잠시 말을 멈추고 허공을 응시했다.

"그 글의 어떤 부분이 김도훈 선생이 정보부에서 연구하셨던 것과 연관이 있었던 것 같습니다."

"어떤 내용의 글이지?"

노인이 진지하게 물었다.

"고타니 컬렉션에 관한 글이었습니다."

은표의 말에 노인의 표정이 굳었다. 은표는 그것을 놓치지 않았다.

"강길준이라는 분을 아십니까? 김도훈 선생이 살해당하고 이틀 후 돌아가셨죠. 제 추측으로는 같은 범인의 소행입니다. 그런데 그분이 돌아가시기 직전 제게 경고를 했습니다. 제가 비밀을 퍼뜨렸다고. 그것 때문에 사람들이 죽을 거라고 말했습니다. 저 역시 목숨이 위태롭다고 했습니다."

은표의 목소리는 차분했지만 날카로웠다.

"김도훈 선생이 죽기 직전 선생님과 통화를 했습니다. 그렇죠?"

노인의 손에 들린 담배가 조용히 타들어갔다.

"경찰은 이 사실을 알고 있나?"

"아직 모르고 있습니다."

은표는 노인의 대답을 기다렸다. 생각에 잠긴 노인의 얼굴이 이상하리만치 늙어 보였다. 이윽고 노인이 입을 열었다.

"자네가 어쩌다 이 일에 끼어들었는지 모르겠지만 한 가지 충고를 하지. 더이상 이 일에 관여하지 말게. 늦지 않았으니까 손을 떼. 그리고 지금까지 살던 대로 평범하게 살아. 그게 내가 말해줄 수 있는 전부야."

"제 질문에 아직 답을 안 하셨습니다."

은표가 집요하게 물었다.

"돌아가. 그리고 이 일은 잊어."

노인이 일어나 다락방을 빠져나가며 말했다.

"잠깐만요."

노인은 이미 다락방을 내려가고 있었다.

"한 가지 더 충고를 하자면 그 글은 빨리 지워. 그게 신상에 좋을 거야."

이 말을 남기고 노인은 사라졌다. 은표는 급히 따라갔지만 노인은 연기처럼 사라지고 없었다.

*

내가 도착한 시각은 9시 정각이었다. 커피숍은 한창 붐빌 때가 지나 한적했다. 커피숍 입구에서 은표를 찾았지만 보이지 않았다. 아직 도착하지 않은 모양이었다. 나는 인상 좋은 웨이트리스가 안내해주는 창가에 자리를 잡았다. 일류 호텔답게 훌륭하게 꾸며진 내부 한쪽에는 커다란 통유리가 있어 서울 야경이 한눈에 내려다보였다. 나는 커피를 주문하고 국태환의 집에서 가져온 《조광》을 꺼냈다. 현대적으로 장식된 호텔 한가운데서 빛바랜 낡은 책을 바라보고 있자니 묘한 기분이 들었다. 이 책이 칠십 년이 지난 후 폴 모리아 악단이 연주하는 〈라비앙 로즈〉를 들으며 27층 커피숍에 놓이게 될지 만들어졌을 때 누가 알았겠는가. 그것은 내키지 않는 맞선을 볼 때나 앉아볼 만한 이태리제 바로크 의자에 앉아 만 원짜리 카푸치노를 기다리고 있는 나 역시 별반 다르지 않았다.

칠십 년 전 비밀을 잉태한 채 태어난 책, 십일 년 전 마지막으로 남긴 단서, 그리고 나와 은표가 만들어낸 '건축무한육면각체의 비밀'. 이들은 서로가 전혀 연관 없는 연대순으로 늘어서 있었지만 알 수 없는 비밀과 연결되어 나와 은표를 한치 앞도 안 보이는 먹구름 속으로 몰아넣었다. 지금 내 모습은 얼마 전 꿈속에서 테니스를 치던 광대나 마찬가지였다.

"빌어먹을 광대 놈들 같으니라고."

나는 공으로 맞았던 이마를 쓰다듬으며 중얼댔다.

은표가 나타났다. 나는 반갑게 손을 흔들었지만 은표는 무표정하게 다가와 앉았다. 안색이 안 좋아 보였다.

"조사는 잘됐어?"

은표는 말없이 테이블 위에 놓여 있던 재떨이를 바라보고 있었다.

"왜? 무슨 일이야?"

걱정스러운 표정으로 은표에게 물었다.

"일이 이상한 방향으로 흘러가는 것 같아."

은표가 심각한 어조로 말했다.

"형은 어때? 뭐 좀 건졌어?"

은표가 내가 마시던 잔을 들어 물을 들이켜며 물었다.

"이걸 봐."

나는 은표에게 《조광》을 건넸다.

"이거 《조광》이잖아?"

"여길 봐."

나는 이효석의 「메밀꽃 필 무렵」을 펴주었다. 은표는 주의 깊게 내용을 살펴보았다. 은표의 예리한 눈은 출판본과의 차이를 정확히 집어내며 행이 지날수록 빛나기 시작했다.

"이거 어디서 났어? 강길준? 국태환?"

은표의 목소리는 금맥을 발견한 광부처럼 떨리고 있었다.

"국태환의 집 서재에 꽂혀 있었어."

웨이트리스가 커피를 가져왔다. 우리는 은행털이 계획이라도 들킨 것처럼 책을 숨기며 딴청을 피웠다. 웨이트리스는 관심 없다는 듯 은표에게 주문을 받고 사라졌다.

나는 말을 이었다.

"오늘 국태환의 미망인을 찾아갔었어. 다행스럽게도 부인은 친절하게 대화에 응해주셨어. 부인의 말에 의하면 국태환은 정보부 일을 맡게 된 다음부터 엄청난 심리적 압박을 받았던 것 같아. 성격을 정반대로 바꿔놓을 만큼 심각했대."

"국태환이 뭘 연구했는지는 안 물어봤어?"

은표가 물었다.

"부인한테는 철저히 숨겼던 모양이야. 그런데 살해당하기 얼마 전부터 누군가로부터 전화가 오기 시작했대. 그게 누군지 알아? 이가령이었어."

"이가령?"

은표가 의아한 듯 말했다.

"응. 살해되기 전날도 이가령의 전화를 받고 집을 나갔다는 거야."

"그렇다면 이가령이라는 자가 그들을 살해한 범인일지도 모른다는 얘긴데."

"그럴지도 모르지."

나는 카푸치노를 한 모금 마셨다.

"국태환은 살해당하기 전날 가지고 있던 자료들을 태워버렸대. 나는 혹시나 해서 서재를 뒤져봤지. 그런데 이게 있었어. 출판 전에 찍은 교정본이야. 잘 봐. 장돌뱅이 동이의 이름이 기중으로 되어 있어. 그렇다면 출판할 때 누군가 이름을 바꿨다는 건데……."

은표가 말을 가로채며 말했다.

"이상이야."

은표의 목소리는 확신에 차있었다.

"《조광》은 1935년 문자 보급 운동의 일환으로 조선일보사 출판부에서 발간되기 시작했어. 그러다가 일제의 탄압으로 폐간 직전까지 가게 되지. 그때 언론인 방응모가 경영권을 인수하면서 간신히 위기를 넘게 돼. 그런데 방응모와 가장 가까웠던 인물 중 하나가 이상이야. 이효석을 비롯해 당시 《조광》에 글을 연재했던 많은 문인들이 이상의 소개로 출판을 하게 됐거든. 《조광》 편집에도 많이 간여를 했지. 그런데 당시 이효석은 친일 언론사였던 조선일보사의 《조광》에 자신의 소설을 게재하고 싶어 하지 않았어. 그런데 왜 들고 싶지도 않았던 구인회에 가입하고 《조광》에 자신의 최고 단편을 게재했을까. 그 뒤에 이상이 있었던 거야."

나는 다시 한번 은표의 추리에 감탄을 하며 물었다.

"네 말대로 이상이 편집 과정에서 이름을 바꿨다면 왜 동이란 이름을 사용했을까."

"형, 아직도 모르겠어? 이상의 필명이 하융이었잖아. 물 건너 오랑캐. 즉 일본이야. 그럼 동이는 뭘 뜻하겠어."

은표가 답답한 표정으로 내 대답을 기다렸다.

"동이……. 설마 우리나라?"

"바로 그거야. 동이는 동녘 동東 자에 오랑캐 이夷 자. 중국이 선진 시대부터 우리나라를 일컬어 부르던 말이야. 큰 활을 쓰는 대인이라는 뜻이지. 이상이 원작자인 이효석이 사용했던 이름을 버리면서까지 동이를 출판본에 넣었던 건 특별한 이유가 있었던 거야."

은표의 이론은 후텁지근한 주변 공기를 서늘하게 만들었다.

"우리가 무심코 만들어낸 이상의 비밀이 실제로 존재한다?"

내 목소리는 입 밖에 내선 안 될 봉인된 주문을 외우듯 떨리고 있었다.

"죽기 전 강길준의 경고, 거세된양의 메일과 베일에 가린 여덟 명의 정보부 요원들. 나도 부인하고 싶지만 우리가 만들어낸 이상의 비밀이 실재할지도 몰라."

우리는 최후통첩이라도 받은 것처럼 침통한 얼굴로 앉아 있었다. 우리 앞에 뚜껑이 열린 판도라 상자가 있는 것 같았다. 나는 상자에 마지막으로 남아 있을 희망이 나타나길 기다리며 물었다.

"넌 뭐 건진 거 없어?"

착잡한 얼굴로 물잔을 바라보던 은표가 입을 열었다.

"제일 먼저 남인기를 조사했어. 십일 년 전 살해된 첫 번째 희생자지. 그런데 그의 가족은 남인기가 죽은 후 아르헨티나로 이민을 가고 없었어. 수소문 끝에 간신히 아르헨티나 집 전화번호를 알아냈지만 소용없었어. 사건 얘기를 꺼내자마자 끊어버리더라고. 그 사건에 대해서는 얘기조차 꺼리는 것 같았어. 다음으로 이가령에 대해 알아봤지. 그런데……."

은표가 말꼬리를 흐렸다.

"내가 조사한 바로 그런 사람은 존재하지 않아. 특이한 이름이라 찾기도 쉬웠는데 호적이 생긴 이래 이가령이라는 이름을 가진 사람은 총 세 명이었어. 첫 번째 인물은 1897년 경남 창원 태생으로 태평양전쟁 때 만주로 끌려간 후 실종됐어. 두 번째 인물은 1910년생으로 1987년 노환으로 사망했고 나머지 한 명은 1964년생이었는데 네 살 때 선천성 뇌성마비로 사망했어. 기록상 이가령이란 인물은 모두 죽었다는 얘기지.”

“가명을 쓴 건가?”

“국가 공식 기록에 가명을 쓰는 일은 없어.”

“살아 있지도 않다, 가명도 아니다. 그럼 귀신이라는 거야?”

“좌우간 이가령 역시 아무것도 소득이 없었어. 하지만 김도훈에게는 뭔가 있었지. 여기 오기 직전 김도훈의 집을 찾아갔는데 현장에서 김도훈이 마지막 죽기 직전 통화를 한 사실을 알아냈어. 전화를 걸어봤더니 어느 고서점이었지. 거기서 김도훈과 마지막 통화를 한 노인을 만났는데…….”

은표는 갑자기 말을 끊고 주위를 살폈다.

“만났는데?”

나는 궁금증을 참지 못하고 물었다. 은표가 내 팔을 잡아당기며 자리에서 일어섰다.

“왜 그래?”

“우리 조용한 곳에서 얘기하는 것이 좋을 것 같아.”

은표의 말에 나는 주위를 둘러보았다. 특별히 수상한 사람은 보이지 않았다. 하지만 은표는 상당히 불안해 보였다. 우리는 커피숍을 빠져나와 은표의 차가 있는 지하 주차장으로 향했다. 엘리베이터를 타면서도 은표는 초조한 기색을 감추지 못했다.

"왜 그래? 무슨 일이야?"

"아까부터 누가 내 뒤를 따라오는 것 같아."

웅 하는 소리를 내며 엘리베이터가 하강했다.

"누가?"

"몰라. 분명 누가 있어."

우리는 엘리베이터에서 내려 지하 주차장으로 들어섰다. 주차장은 인적 없이 적막했다.

"아까 하던 말이나 계속해봐."

은표의 차를 향해 걸어가며 내가 물었다.

"그 노인 뭔가 숨기고 있는 눈치였어. 내가 김도훈에 관해 물어보자 이 일에서 손을 떼라고 하면서 달아나더라고."

은표가 연신 주위를 살피며 말했다.

"이 사건에 연관된 사람들 전부 어딘가 이상해. 다들 두려움에 떨고 있어."

내가 말했다.

"전부라니? 또 누구?"

은표가 물었다.

"내가 마지막으로 조사한 사람은 이연이었어. 찾는 데 고생깨나 했지. 가족도 없이 지난 칠 년간 무려 열한 번이나 이사를 했더라고. 결국 찾아냈는데 정신병원에 있었어."

"정신병원?"

은표가 나를 돌아보며 말했다.

"그래. 대인기피증으로 성 요셉이라는 정신병원에 사 년째 입원하고 있대."

막다른 골목에 다다른 기분이었다. 우리는 말없이 은표의 차를 향해 걸었다. 은표의 고물차는 주차장 구석에 세워져 있었는데 그 앞에 SUV 한 대가 이중 주차되어 있었다. 차에 도착한 우리는 앞을 가로막고 있던 SUV를 밀어내야 했다. 그러나 SUV는 사이드브레이크를 걸어놓았는지 꿈쩍도 않았다.

"어떤 자식이야. 기본적인 매너가 없어."

내가 투덜대는 사이 은표는 차창으로 보이는 차주의 핸드폰으로 전화를 걸었다.

"이런 놈들 때문에 우리나라가 이 모양 이 꼴이에요. 자기 생각밖에 안 한다니까."

나는 SUV 주위를 돌며 흠이 나지 않을 만큼 적당히 발길질을 했다.

그때였다. 주차장 입구에 차 한 대가 나타났다. 자동차는 천천히 주차장으로 들어오더니 우리를 향한 채 멈춰 섰다. 은표는 차주에게 계속 전화를 하고 있었고 나는 차를 뺄 방법을 찾고 있었다. 방금 주차장으로 들어온 차가 한참 우리를 노려보며 서 있다가 라이트를 켠 채 천천히 다가오기 시작했다. 처음에는 주차할 장소를 찾겠거니 싶어 큰 관심을 두지 않고 차를 움직일 방법을 궁리했다. 그런데 낌새가 이상했다. 자동차가 점점 속력을 내더니 우리를 향해 무섭게 돌진했다. 우리는 몸을 날려 간신히 모면했다.

괴자동차는 우리를 지나자 멈춰 서더니 차를 돌려 다시 우리를 노려보았다.

"형, 달려."

은표가 소리쳤지만 내 귀에는 들리지 않았다.

"달리라니까 뭐해!"

그제야 정신을 차린 나는 은표와 함께 반대편으로 달리기 시작했다. 괴자동차는 속력을 내며 우리를 쫓아왔다. 주차장 안은 엔진 소음으로 가득찼다. 우리는 괴자동차를 피해 이리저리 달렸다. 주차된 차들 사이로 달아나면 놈은 반대편으로 달려가 앞을 막았다. 우리가 돌아서 달리기 시작하면 일정한 거리를 두고 다시 우리를 쫓아왔다. 이리저리 쫓기던 우리는 결국 막다른 벽에 몰리고 말았다. 양옆은 차로 막혀 있었고 오직 정면만이 달아날 길이었지만 그곳에는 괴자동차가 버티고 서 있었다. 은표와 나는 식은땀을 흘리며 가쁜 숨을 몰아쉬었다. 괴자동차의 헤드라이트 불빛이 먹이를 앞에 둔 성난 호랑이처럼 노려보고 있었다. 이제 최후의 일격만이 남은 것이다. 그런데 어쩐 일인지 괴자동차는 그 자리에 선 채 바라보기만 했다. 운전석을 살폈지만 불빛 때문에 운전자의 얼굴은 볼 수 없었다. 주차장 안에는 괴자동차의 그르렁대는 엔진 소리만이 울리고 있었다. 자동차는 그렇게 경고를 하듯 우리를 응시하다가 방향을 틀더니 주차장을 빠져나갔다. 자동차가 사라지자 나는 다리에 맥이 풀려 그 자리에 주저앉고 말았다.

"네가 말한 놈이 저놈이냐? 널 따라다녔다는 놈?"

얼빠진 얼굴로 물었지만 은표는 말없이 입구를 노려보고 있었다. 사건은 더욱 깊은 수렁 속으로 빠져들었다.

잠시 후 SUV의 차주가 나타나 차를 빼준 덕분에 우리는 호텔을 빠져나갈 수 있었다. 밤 시간의 남산 순환도로는 고즈넉했다. 도로를 따라 늘어선 나트륨등 불빛 아래로 서울의 야경이 빛났다. 평화로운 풍경이었다. 하지만 방금 전 지옥 문턱에서 돌아온 우리 눈에 풍경 따위가 들어올 리 없었다.

"누구였을까? 왜 우리를 죽이려는 거지?"

내가 정적을 깨며 물었다.

"누군지는 모르지만 경고를 한 거야."

은표가 입을 열었다.

"무슨 경고?"

"더이상 이 사건에 관여하지 말라는 거겠지."

은표의 목소리도 낮게 떨리고 있었다. 아무리 당찬 은표라 할지라도 방금 전 일은 간담이 서늘했을 것이다.

"이해가 안 되네. 도대체 무슨 비밀이기에 다섯 명이나 목숨을 잃고 평생을 두려움 속에 살아야 했을까?"

차창 사이로 시원한 바람이 불어 들었다.

"고타니의 보물이라는 게 정말 있을까?"

은표는 말없이 운전을 했다. 은표 역시 답을 알리 만무했다. 더 많은 정보가 필요했다.

"그래서 이제 어쩔 거니?"

내가 열린 창으로 불어오는 바람을 쐬며 물었다. 은표는 묵묵히 핸들을 잡고 있었다.

"이연을 찾아가볼 생각이야. 현재 우리가 만날 수 있는 유일한 요원이니까. 형은 어쩔 거야?"

한강을 지나고 있었다. 유람선 한 대가 여유롭게 다리 밑을 지났다.

"난 목욕이나 하고 한숨 푹 자야겠다. 그다음에 뭘 할지 생각해볼래."

나는 의자에 몸을 기대고 눈을 감았다. 긴장이 풀리자 잠이 몰려왔다. 나는 푹신한 이불을 상상하며 잠에 빠져들었다.

반왜소형의 신의 안전에
아전낙상한 고사를 유함

은표와 나를 태운 자동차는 경춘가도를 시원하게 달렸다. 날씨는 화창했다. 도로를 따라 늘어선 플라타너스 나무 사이로 보이는 푸른 하늘이 침울했던 마음을 상쾌하게 만들었다. 우리는 차창을 활짝 열고 싱그러운 여름 공기를 만끽했다. 오랜만에 맛보는 여유로움이었다.

"은표야, 뭐 하나 물어봐도 돼?"

차창 밖으로 얼굴을 내밀고 지나는 풍경을 바라보던 내가 물었다.

"뭔데?"

"너희 부모님은 뭐하시는 분들이야?"

"그건 왜?"

"아니, 그냥. 왠지 너희 부모님 예사 분들이 아닐 거 같아서."

손바닥에 스치는 바람을 느끼며 내가 말했다.

"그건 또 무슨 소리야?"

"널 보고 있으면 외계인이 아닐까 하는 생각이 들거든. 하는 짓도 그렇고 생각하는 것도 그렇고. 내가 지금까지 만난 인간 중에 가장 특이해. 지구인은 맞으시지?"

은표는 어이없다는 듯 웃었다.

"우리 부모님은 내가 고등학교 2학년 때 사고로 돌아가셨어."

예상치 못한 대답이었다.

"사고?"

"삼풍백화점 사고 기억해? 그날 거기 계셨어. 시신도 찾지를 못했지."

갑자기 분위기가 숙연해졌다. 은표는 별일 아닌 듯 담담하게 이야기를 계속했다.

"그 자리에 나도 있었어. 내 생일이었거든. 오랜만에 가족끼리 외출을 했어. 즐겁게 식사를 하고 같이 쇼핑을 했어. 생일 선물로 자전거를 사주셨지. 지금도 가지고 있어. 5단 기어가 달린 산악자전거였어. 나는 너무 기뻐서 한 바퀴 돌고 오겠다고 말씀드리고 쇼핑센터를 나왔지. 부모님은 살 게 있다고 하시면서 쇼핑센터 지하에 있는 슈퍼마켓으로 향하셨어. 입구에서 손을 흔드시던 모습이 아직도 눈에 선해.

나는 아파트 단지를 신나게 돌고 있었어. 그런데 잠시 후 쾅하는 굉음과 함께 쇼핑센터 쪽에서 먼지가 치솟는 거야. 나는 쇼핑센터를 향해 미친듯이 달렸어. 그런데 쇼핑센터가 있어야 할 자리에 폭격을 맞은 것처럼 건물 잔해들만이 널려 있는 거야. 주위에선 비명소리와 가족을 찾는 사람들 절규가 난무하고……."

은표는 잠시 말을 멈췄다. 그때 감정이 살아났는지 목소리가 떨리고 있었다.

"그 자리에서 삼십 분은 멍하니 서 있었던 것 같아. 아무 생각도 안 들더라고. 눈앞에 벌어진 상황을 믿을 수가 없었어. 잠시 후 경찰들과 소방관들이 나를 현장에서 끌어낼 때가 돼서야 비로소 정신이 들었어. 나는 미친듯이 어머니 아버지를 불렀지만 소용없었어. 그게 마지막이었지."

우리 차는 경춘가도를 지나 이 차선 국도로 들어서 있었다.

"미안해. 괜한 걸 물었나 보다."

"아니, 괜찮아. 오래전 일인데, 뭐. 그거 알아? 형, 그런 엄청난 일을 겪고 나면 사람이 변한다. 나도 예전에는 이렇지 않았어. 말도 없고 소심한 아이였어. 사람들한테 먼저 말을 걸지도 못하고 방에 처박혀 프라모델이나 만드는 내성적인 아이였어. 그런데 그 일을 겪고 나니까 이런 생각이 드는 거야. 인간이란 정말 하찮구나. 내가 할 수 있는 일이란 그저 살아 있는 게 전부구나. 자기가 사랑하는 사람의 시신조차 찾지 못하는 한심한 존재로구나. 그런 생각이 드니까 산다는 거 자체가 허무하더라고.

부모님 장례를 치르고 난 후는 집에 틀어박혀 한 발자국도 나가지 않았어. 예전보다 더 내성적으로 변한 거지. 사람도 싫고 신도 싫고 나라는 인간도 싫은 거야. 학교도 가지 않고 목욕도 하지 않았어. 멍하게 하루하루를 보냈지. 친척들이 가끔씩 들러서 걱정을 해줬지만 소용없었어. 그대로 있었으면 아마 이연 씨처럼 정신병원에서 여생을 마쳤을지도 몰라. 그런데 인생이란 게 웃기더라고. 내가 정신을 차리고 다시 살아야겠다는 생각을 하게 된 건 어느 날 우연히 보게 된 TV 프로그램 때문이었어."

은표의 표정이 밝아졌다.

"무슨 프로였는데?"

그때 은표가 손가락으로 뭔가를 가리켰다. 길가에 서 있던 표지판이었다.

성 요셉 정신요양소

은표의 이야기를 듣는 사이 우리는 어느새 목적지에 도착했다. 표지판은 길가에 난 작은 포장도로 쪽을 가리켰다. 은표는 그쪽으로 차를 몰았다.

요양원은 너도밤나무가 울창하게 우거진 멋진 숲속에 위치해 있었다. 싱그러운 햇살 속에서 슬픈 이야기를 나누며 생기 넘치는 칠월의 숲속에 있는 정신병원으로 향했다.

좁은 도로를 따라가자 나무들 사이로 하얀 건물이 나타났다. 병원은 숲속 외진 곳에 있었지만 상당히 훌륭한 오 층 높이의 현대식 건물이었다. 높고 두터운 외벽이 주변을 빙 둘러 감싸고 있었는데 커다란 철제 정문에는 경비원이 출입하는 사람들을 검문하고 있었다. 경비원은 차를 세우며 우리에게 용건을 물었다. 우리는 이름을 대고 병문안을 왔노라고 대답했다. 경비원은 어딘가로 전화를 걸어 확인을 하더니 통과시켜주었다. 오기 전에 전화로 방문 허가를 받은 상태였다.

병원은 이름에서 알 수 있듯이 전형적인 가톨릭 병원으로 정원의 중앙에는 대리석으로 된 마리아상이 만개한 붉은 장미들에 둘러싸인 채 아기 예수를 안고 있었다. 그 주변을 환자와 간호사가 오전 햇살을 받으며 산책하고 있었다. 우리는 주차장에 차를 세우고 병원 건물로 향했다.

병원의 내부는 다른 병원과 비교해 특별히 다른 점은 없었다. 시큼한 약 냄새와 유니폼을 입은 간호사들의 분주한 움직임, 그리고 창백한 모습의 환자들. 영화나 드라마에 종종 등장하듯 발작을 하는 환자와 그를 저지하는 간호사의 긴박한 모습 따윈 어디에도 찾아볼 수 없었다. 차분하고 깨끗한 분위기였다. 우리는 안내 데스크로 갔다. 안내원은 깔끔하게 은발을 빗어 넘긴 중년 아주머니로 조용히 신문을 보고 있었다.

"실례합니다. 이연이라는 환자를 면회하고 싶은데요."

은표가 물었다.

"이연 씨라고요."

안내원은 신문을 한쪽으로 밀어놓고 환자 명단을 뒤적였다.

"아, 여기 있군요. 잠시 기다리십시오. 담당 간호사를 불러드릴 테니."

안내원은 어디론가 전화를 걸었다. 담당자와 통화를 한 안내원이 수화기를 내려놓으며 말했다.

"곧 담당 간호사가 올 거예요. 잠시 기다리세요."

말을 마치자 안내원은 다시 신문을 읽기 시작했다.

"정신병원에 온 건 처음이야."

내가 찜찜한 표정을 지으며 말했다.

"나도 마찬가지야."

은표가 대답했다.

나는 담당자를 기다리며 병원을 둘러봤다. 말로만 듣던 정신병원이 어떤 곳인지 궁금했다. 병원 한쪽에는 면회실이 있었다. 나는 슬쩍 창 너머로 안을 살펴봤는데 서너 명의 환자들이 테이블에 앉아 가족을 만나고 있었다. 머리에 이슬람인들이 쓰는 터번만큼이나 두터운 흰 붕대를 감고 있었다. 아마도 뇌수술을 받은 모양이었다. 그들은 가족이 주는 음식을 받아먹고 있었는데, 제대로 삼키지 못하고 어린아이처럼 음식물을 흘렸다. 그 모습을 가족들이 애처롭게 바라보고 있었다. 그 옆에는 강의실로 보이는 넓은 방이 있었다. 방 가운데 둥그런 무대가 있고 환자복을 입은 사람이 열심히 뭔가를 이야기하고 있었다. 그 주위에는 환자와 간호원, 그리고 의사들이 간이 의자에 앉아 연극을 관람하듯 무대를 바라보고 있었다. 예전에 어디선가 팬터마임을 이용해 심리 치료를 한다는 말을 들은 적이 있었는데 아마도 그것인 모양이었다. 나는 잠시 연극을 지켜보기로 했다.

무대 위의 환자는 연극의 주인공이 되어 자신의 희곡을 가상의 배우들과 함께 연기했다. 가끔씩 허공을 향해 고함을 치기도 하고 타이르기도 하며 자신의 억제되었던 감정을 이야기로 풀어내고 있었다. 그들의 연기는 생각보다 진지했다. 어설픈 연극보다 가슴을 울리는 진솔함이 있었다. 실제 자신의 경험이 투영되기 때문인 것 같았다. 나는 그 모습을 보며 정상인이라고 생각하는 우리를 돌아봤다. 병원 담 밖에서 살고 있는 우리도 모두 정신적 문제를 가지고 살아가고 있다. 사회에서 통용되는 상식의 수준을 벗어나지 않았을 뿐 일정량의 상실감과 상처를 안고 살아간다. 가슴속에서 썩어가는 은밀한 이야기를 내뱉을 대나무 숲이 필요하다.

나는 방을 나오며 생각했다. 내 대나무 숲은 무엇이었던가. 그것은 아마도 '건축무한육면각체의 비밀'일 것이다. 그게 이 이야기를 만들게 된 동기일 것이다. 우리는 얼굴을 필요치 않는 인터넷이라는 무대 위에서 엉뚱한 곳으로 굴러가는 세상을 향해 분노를 표출했다. 진정으로 중요한 것은 뒷전으로 한 채 가식과 허례로 채워지고 있는 회색분자들을 향해 순수한 거짓말로 시위를 한 것이다. 그런데 얄궂게도 거짓을 향해 거짓을 이야기하자 진실이 모습을 드러냈다. 아직 확신할 수 없으나 만약 우리의 순수한 거짓말 중 일부라도 진실인 것이 드러난다면, 그간 우리가 진실이라고 믿었던 모든 것을 의심해야 할지도 몰랐다. 그것은 마치 겉만 멀쩡하게 지어놓고 준공 검사를 마친 삼풍 쇼핑센터에서 매일 쇼핑을 하고 있는 것과 마찬가지였다. 나는 혼란스러워졌다. 그리고 생각했다.

차라리 우리의 거짓이 거짓으로 묻혔으면.

그때 작은 키의 간호사가 우리에게 다가왔다. 전체적인 인상이 영화 〈미저리〉의 주인공과 비슷했다.

"이연 씨를 면회 온 분들이신가요?"

간호사가 퉁명스럽게 물었다.

"네, 그렇습니다."

은표가 대답했다.

"이연 씨와는 어떤 관계시죠?"

"조카입니다."

은표는 각본대로 대답했다. 간호사는 우리 얼굴을 번갈아 바라보았다. 아마도 우리가 친척이라고 생각되지 않는 눈치였다. 우리에게는 닮은 구석이라고는 눈곱만큼도 없었으니 당연한 일이다. 하지만 간호사는 더이상 따지기 싫은 듯 앞장서서 걷기 시작했다.

"따라오세요."

간호사는 로비를 지나 뒷문으로 나갔다. 병원의 뒤뜰에는 한적한 작은 정원이 있었다. 간호사는 정원을 가로질러 다른 건물로 들어갔다. 별관인 모양이었다.

별관은 사뭇 다른 분위기였다. 그곳에는 어떤 종류의 의미심장함이 배어 있었다. 마치 세상에는 알려지지 않은 고대의 생물을 가두어둔 듯한 비밀스러움이 느껴졌다. 생의 절벽 끝에 선 듯한 처절함이 있었다. 그리고 절대적인 무거움이 우리를 둘러싼 모든 벽면에 스며들어 있었다. 간호사는 그런 싸늘한 공간을 아무렇지 않게 사뿐히 걸었다.

"현재 상태는 어떻습니까?"

은표의 목소리가 낡은 시멘트 복도에 울려 퍼졌다.

"원래는 공동 병실을 썼는데 증상이 심해져서 독방으로 옮겼어요."

사막의 모래처럼 메마른 어조로 간호사가 대답했다. 주위에 독이 오른 전갈들이 기어다니고 있을 것만 같았다.

"다른 환자에 비해 특별한 점이 있습니까?"

은표가 다시 물었다.

"이상한 환자예요."

간호사는 철창으로 폐쇄된 복도로 들어서며 말했다. 철창 너머에는 건장한 남자 간호 보조사들이 TV를 보고 있었는데 간호사가 나타나자 열쇠로 철창문을 열어주었다.

"어떤 면에서 이상하단 말입니까?"

내가 물었다.

"처음에는 상당히 증세가 심한 정신 질환을 앓고 있었어요. 대인기피증이었죠. 거기에 심한 불면증까지 겹쳐 상태가 심각했어요. 대인기피증은 중증이 아닌 이상 심리 치료와 투약으로 충분히 치료가 가능해요. 시간과 본인 의지가 문제죠. 병세가 호전이 되면 독방에서 나와 사람들과의 공동생활에 익숙하게 만드는 단계를 거쳐요.

그런데 이분은 초기 단계 치료조차 효과를 보지 못했어요. 심리 치료라는 것이 원래 마음에 응어리진 것을 시간을 두고 풀어나가는 것인데 이연 씨는 마음속에 담아둔 얘기를 아무에게도 하질 않았죠. 게다가 아침저녁으로 나오는 약을 전혀 복용하지 않아요. 주치의는 몰라도 나는 알 수 있죠. 몇 번인가 변기에 약을 버리는 걸 봤거든요. 한번은 상태가 많이 호전되었으니 공동 병실로 옮기자고 하니까 당황하는 눈치였어요. 그리고 그다음 날 심한 발작을 일으켰죠. 마치 독방에 계속해서 있고 싶어 하는 눈치였어요. 그러니 이상할 수밖에요. 다들 여길 나가고 싶어 하는데 오히려 여기 있고 싶어 하니."

엘리베이터를 타고 5층으로 올라갔다. 그곳 역시 막다른 복도로 중간중간 철창이 설치되어 있었다. 복도 옆으로 다섯 평 정도의 방들이 늘어서 있었는데 철제로 된 문으로 굳게 닫혀 있었다. 우리가 내딛는 발소리가 복도 전체에 음산하게 울려 퍼졌다. 간호사는 복도 끝 마지막 병실 앞에 멈춰 서더니 간수처럼 옆에 차고 있던 열쇠 꾸러미에서 한 개를 골라냈다.

"환자에게 말을 많이 시키지 마세요. 무슨 일이 있으면 문 옆에 있는 벨을 누르시고요."

문을 열면서 간호사가 말했다. 우리는 방으로 들어갔다. 간호사는 우리가 들어가자 다시 문을 잠갔다. 의례적인 일이겠지만 병실 안에 갇히자 기분이 이상했다.

"면회 시간은 삼십 분이에요. 끝나면 다시 오겠어요."

간호사는 이 말을 남기고 사라졌다. 간호사의 구두 소리가 복도 전체에 울리며 멀어져갔다.

방은 형편없었다. 벽은 온통 흰색이었고 구석에는 낡아빠진 구식 변기와 물이 새는 세면대가 있었다. 밖을 내다볼 수 있게 창문이 설치되어 있었지만 철창으로 외부와 차단되어 있었고 그 아래로 낡은 환자용 침대가 놓여 있었다. 감옥이라고 해도 무방한 인테리어였다. 사람이 살고 있다는 흔적은 구석에 쌓여 있던 철 지난 잡지가 전부였다. 그런데 어디에도 이연의 모습이 보이지 않았다.

"방을 잘못 가르쳐준 거 아냐?"

내가 말했다.

그때 침대 뒤에서 인기척이 들렸다. 은표와 나는 천천히 침대로 다가갔다. 침대 뒤로 돌아서려는 순간 갑자기 환자복을 입은 남자가 우리 쪽으로 뛰쳐나왔다. 허리까지 내려오는 긴 백발 머리에 해골처럼 앙상한 얼굴을 하고 있었다. 마치 오랫동안 무인도에서 살다가 방금 전 표류를 마치고 구조된 사람 같았다. 이연이었다. 그는 베개를 인형처럼 끌어안고는 문 옆 구석으로 달아났다. 갑작스러운 우리의 등장 때문에 불안한 모양이었다.

"이연 씨죠? 저희는 당신을 해치려고 온 사람들이 아닙니다. 걱정하지 마세요."

은표가 조심스럽게 다가가며 말했다. 하지만 이연은 더욱 구석으로 움츠러들며 소리쳤다.

"가까이 오지 마! 오지 말라고!"

그는 몸을 웅크린 채 떨고 있었다.

"저희는 나쁜 사람이 아닙니다. 무서워하지 마세요."

은표가 어린아이를 달래듯 말했다.

"난 손도 대지 않았어! 거짓말이 아니야. 목숨만 살려줘, 제발."

이연은 무릎에 머리를 파묻으며 흐느끼기 시작했다.

"제발 살려줘. 난 정말 아무것도 몰라."

나와 은표는 당황했다. 우리가 생각했던 것보다 증세가 훨씬 심했다. 그때 은표가 침대 밑에 있던 뭔가를 발견하고 다가갔다. 손때가 잔뜩 묻은 다이어리였는데 종이가 떨어져나가 손으로 일일이 꿰맨 자국이 역력했다. 은표가 첫 장을 넘기려는 순간이었다. 이연이 다이어리를 날쌔게 가로챘다. 이연은 소중한 보물이나 되는 듯 다이어리를 안고 침대 속으로 몸을 숨겼다.

"도저히 안 되겠다. 저래서 무슨 질문을 해."

내가 난감한 표정으로 말했다. 그런데 그때,

"이제 그만하시죠, 이연 씨."

은표가 날카로운 목소리로 말했다.

"대인기피증에 걸린 환자들은 공통적인 증상이 있어요. 첫 번째, 적면공포증. 다른 사람의 시선을 정면으로 바라보지 못하죠. 둘째, 사람을 대면하면 온몸에 비정상적으로 땀이 분비되고, 세 번째, 상대방에게 들릴 정도로 호흡이 가빠져요. 첫 번째 증상 연기는 훌륭했어요. 의사들도 속아넘어갔으니 말이에요. 하지만 두 번째와 세 번째 증상은 연기로도 숨길 수 없어요. 왜냐면 그 증상들은 자율신경계에 해당하니까. 당신이 이성적으로 연기할 수 없는 영역인 거죠."

이연은 더욱 움츠리며 몸을 떨었다.

"야, 뭔 소리야? 가뜩이나 정신없는 사람한테."

내가 말렸지만 은표는 말을 이었다.

"지금 당신이 들고 있는 일기장이야말로 당신이 제정신이라는 걸 말해줘요. 당신은 일기장의 철자법까지도 교정할 정도로 멀쩡한 상태예요. 내 말이 틀린가요?"

은표는 순간적으로 봤던 이연의 다이어리 내용을 기억하는 모양이었다. 어리둥절해 있던 나는 이연을 바라봤다. 떨리던 이연의 어깨가 어느새 평온을 찾았다.

"당신을 해치려고 온 게 아닙니다. 당신에게 이야기를 듣고 싶어서 왔을 뿐이에요. 여기 있는 동안 밖에서 무슨 일이 있었는지 알고 있나요? 동료들한테 어떤 일이 일어났는지 궁금하지 않아요?"

은표는 차근차근 이연을 설득해나갔다. 하지만 이연은 움직일 기미가 보이지 않았다.

"좋아요. 정 그러시면 돌아가겠습니다. 하지만 이건 말씀드려야겠어요. 얼마 전 당신 동료였던 김도훈과 강길준 선생이 살해당했어요. 분명 십일 년 전 다른 세 분을 살해한 놈의 짓일 거예요. 만약 당신이 혼자 살겠다고 숨어 지낸다면, 그래서 이대로 진실이 묻힌다면 그들의 죽음도 헛되이 묻히게 되는 거예요."

말을 마친 은표는 나를 끌고 병실을 나서려 했다. 그때였다.

"네깐 놈이 뭘 알아."

우리는 놀라서 돌아봤다. 이연이 멀쩡히 서서 우리를 노려보고 있었다. 그의 눈은 분노에 차 있었지만 예리하고 이성적이었다.

"네깐 놈이 얼마나 알기에 책임을 운운하는 거야. 우리가 어떤 일을 당했는지 알기나 해? 우리가 지난 삼십 년간 어떻게 살았는지 알기나 하냐고!"

이연은 폭발하고 있었다. 지난 삼십 년간 대나무 숲 하나 없이 마음속에 감춰둔 응어리를 한꺼번에 표출했다.

"동료들의 죽음? 그래, 알고 있지. 하지만 그건 자업자득이야. 내 말을 안 믿었기 때문이라고. 나는 틀림없이 경고를 했어. 놈이 우리를 죽일 거라고 말했단 말이야!"

흥분한 그의 목소리는 복도를 타고 병원에 울려 퍼졌다. 그러자 대기하고 있던 남자 간호사들이 들이닥쳤다.

"무슨 일이에요?"

건장한 남자 간호사들이 잠긴 문을 열며 소리쳤다. 그러자 이연은 표정을 바꾸어 광인의 얼굴로 돌아갔다.

"가까이 오지 마! 날 내버려둬!"

간호사들은 이연을 붙잡아 침대에 묶어놓으려 했다. 그러자 은표가 앞을 가로막으며 말했다.

"괜찮아요. 조금 흥분하셨을 뿐이에요."

"네. 저희가 알아서 할 테니 걱정 마세요."

내가 거들었다. 남자 간호사들은 미심쩍은 눈으로 이연을 바라보았다. 이연은 어느새 조용히 구석에 앉아 있었다.

"환자를 흥분시키는 질문은 삼가주십시오. 무슨 일이 있으면 벨을 누르세요."

이 말을 남기고 간호사들은 병실을 나갔다. 그들이 사라지자 이연은 침대에 털썩 주저앉아 철창 너머로 보이는 하늘을 물끄러미 바라보았다.

"이곳을 선택하신 건 좋은 생각이었습니다. 범인도 여기까지 접근할 수는 없을 테니까요."

은표가 말했다. 이연은 착잡한 표정으로 창밖을 바라보다가 입을 열었다.

"담배 가지고 있으면 한 대 주겠나?"

은표가 담배를 꺼내 불을 붙여주었다. 이연은 이 세상에 마지막 남은 담배를 피우듯 소중하게 한 모금 빨아서 폐 깊숙이

들이마셨다.

"칠 년 만에 피우는 세상 맛이로군."

이연이 아련하게 타오르는 담배 연기를 바라보다가 물었다.

"자네들은 기자인가?"

은표는 우리 소개와 그간 있었던 일들을 자세히 설명했다. 이연은 조용히 남은 담배를 피우며 이야기를 들었다.

"언젠가 두 종류의 방문객이 나를 찾아오리라 예상했어. 하나는 나를 죽이려고 찾아오는 불청객이고 다른 하나는 세상의 이면을 볼 수 있는 사람일 거라 생각했지. 다행히도 자네들은 불청객은 아닌 것 같구먼."

미소를 지으며 이연이 말했다.

"이제는 가슴속에 담아둔 비밀을 털어놓을 때가 아닐까요? 세상에 비밀은 없습니다."

은표가 말했다. 그러자 이연이 의미심장한 눈빛으로 은표를 바라보며 말했다.

"내 얘기를 들으면 자네들 목숨도 위태로워져. 그래도 듣고 싶나?"

"그게 저희 운명이라면요."

은표가 당당하게 대답했다.

"한 가지만 약속해주게. 지금부터 내가 하는 얘기를 단 한 자도 빼먹지 말고 그대로 세상에 알려줘."

"약속하겠습니다."

은표의 대답을 들은 이연은 한참 동안 미동도 않은 채 창밖을 바라보다가 입을 열었다.

"만약에 신이 있다면 말이야. 신조차도 만들어낼 수 없는 게 뭔 줄 아나? 그것은 전설이야. 그것은 우리의 상상을 초월하는 은유와 깊이를 갖고 있지. 전설은 수많은 세월을 사람들의 입을 거치면서 그들의 고통과 기쁨이 스며들어 변신에 변신을 거듭해. 몇백만 명의 입을 통과하며 몇천만 명의 상상력이 보태져 사람들의 심금을 울리는 이야기가 되는 거야. 그것은 한 사람이 만들어내거나 인위적으로 조작할 수 없어. 그런데 나와 동료들이 정보부에서 연구했던 것은 한 사람이 만들어낸 전설에 관한 것이었어."

이야기를 시작한 이연의 주위를 푸른 담배 연기가 감싸고 있었다. 그 연기를 타고 이연은 삼십 년 전 과거로 넘어가고 있었다.

"때는 1976년. 유신 정권 말기로 상당히 혼란스러운 시기였지. 거리는 데모대의 화염병과 전경들이 쏜 최루탄 가스로 범벅이었고 신문은 온통 경제 성장에 대한 찬양과 간첩 사건들로 넘쳐나고 있었지. 그런 이념과 독재의 시대에 나는 경남 진주의 작은 고등학교에서 아이들에게 역사를 가리키고 있었어. 당시 내가 진주 고등학교를 선택했던 것도 지긋지긋한 이념으로부터 벗어나고 싶었기 때문이었어. 그곳은 그야말로 때묻지 않은 한적한 곳이었거든.

나는 그곳에서 삼 년째 아이들을 가리키고 있었네. 보람도 있고 즐거운 시간이었어. 그러던 어느 날 나는 한 가지 문제에 부딪혔다네. 내가 가르치던 역사 교과서 내용에 문제가 있다는 걸 깨달은 거야. 사람들은 역사라는 게 고증과 입증된 문헌을 바탕으로 쓰인 객관적인 사실이라고 생각하지만 안을 들여다보면 그와는 정반대의 현실이 반영되어 있다는 걸 알 수 있어. 세상에 존재하는 역사는 대부분 승자의 진리를 따르는지라 강한 자들의 시선으로 바라본 역사만이 남게 되지. 미국 원주민의 역사가 그랬고 영국 점령지 역사가 그랬지. 우리나라 역사 역시 마찬가지였어. 대부분이 일본의 시각에서 폄하된 내용을 그대로 담고 있었지.

우리의 시조 고조선의 역사는 설화로 얼버무려져 알맹이는 빠진 채 고작해야 열 페이지 남짓한 분량뿐이었고 삼국시대와 중세시대는 암기용 내용과 당쟁 위주의 안타까운 시각들이 차지하고 있었지. 그 어떤 부분에서도 내 나라에 자긍심을 가질 만한 내용은 없었던 거야. 일제가 만들어놓은 틀에서 단어 몇 마디 바꿔놓았을 뿐이었지. 더 큰 문제는 이것을 바꿔야 하는 우리나라 역사가들의 태도였어. 그들은 과거에 자신이 지지했던 내용들을 뒤엎으면 자신들의 위치가 흔들리게 될 것이 두려워 진실된 역사를 외면하고 있었어. 한심한 일이지.

나는 모르는 척 그대로 잘못된 역사를 가르칠 수 없었네. 왜곡된 역사관을 가진 아이들이 내 나라를 자랑스럽게 생각할 리 만무했기 때문이야. 나는 고민 끝에 나만의 역사책을 만들기로 결심했지. 비록 일개 시골 교사에 불과했지만 내가 할 수 있을 만큼 해보자. 제대로 된 역사를 가르쳐보자. 그게 내가 할 수 있는 전부였으니까.

나는 이 년여에 걸쳐 자료를 수집하고 올바른 시각을 잃지 않으려 애쓰며 한 장 한 장을 써나갔네. 그리고 초고를 완성했지. 물론 채워야 할 부분이 남아 있었지만 기존의 교과서와 병행하여 아이들을 가르치기 시작했네. 반응이 괜찮았어. 역사에 흥미를 갖지 않았던 아이들도 점차 관심을 보이기 시작했지. 아이들도 무의식중에 내 나라에 대한 애정이 있었던 거야. 학교도 이런 노력을 긍정적으로 생각했네. 학교의 지원으로 나는 자비출판을 할 수 있었어. 책이 나오던 날, 내 손으로 만든 교과서를 아이들에게 나눠줬지. 교사라는 직업을 갖은 이후 가장 보람된 순간이었어. 그렇게 몇 학기가 흘러갔지.

그러던 어느 날이었어. 남자가 찾아왔네. 검은 선글라스에 회색 양복을 입은 남자가 교무실 문을 열고 들어섰어. 한눈에도 정부에서 보낸 사람이란 걸 알 수 있었지. 그는 내게 이연씨냐고 묻더군. 그렇다고 하자 다짜고짜 같이 가줘야겠다며 나를 끌고 대기하고 있던 검은색 지프에 태웠네. 차에는 또 한 명의 남자가 기다리고 있었는데 내가 타자 눈가리개를 씌우고는 차를 출발시켰지. 나는 그렇게 어디론가 끌려갔다네. 시절이 시절이었던 만큼 내가 쓴 교과서 내용이 문제가 되었다고 생각했어. 비일비재했던 일이지.

그렇게 몇 시간을 달려 도착한 곳은 놀랍게도 청와대였어. 늦은 밤이었는데도 대낮처럼 밝게 불이 켜져 있었지. 한 사람을 위한 공간이라고 생각하기에는 너무도 큰 곳이었어. 입구에는 또 다른 남자가 나를 기다리고 있었지. 그는 170센티미터 정도의 키에 매서운 눈매를 하고 있었는데 나를 보자 못마땅하다는 듯 아래위로 훑어보더니 따라오라며 안으로 들어가더군. 융단이 깔려 있던 복도에는 중간중간 경호원으로 보이는 남자들이 서 있었어. 그들은 남자가 지날 때마다 자리에서 일어나 거수경례를 했지. 나중에 알게 된 거지만 그는 당시 경호실장 차지철이었어. 우리는 말없이 몇 개의 관문을 통과했지. 이윽고 눈앞에 금색 봉황이 부조로 수놓인 커다란 문 하나가 나타났어. 대통령 집무실이었지. 나는 오금이 저렸다네. 촌구석 교사가 눈을 가린 채 끌려온 곳이 대통령 집무실이었으니 얼마나 놀랐겠나. 넋이 나가서 문을 바라보고 있는데 차지철이 몇 가지 주의 사항을 일러주더군.

절대 각하께 질문하지 말 것. 대답은 간단명료하게 할 것. 말끝에 각하라는 칭호를 붙일 것. 그의 목소리는 단호하고 명료했어. 뼛속까지 군인이라는 걸 느낄 수 있었지. 말을 마치자 차지철은 나를 데리고 집무실로 들어갔어. 집무실에는 박 대통령이 있었지. 그는 편안한 스웨터 차림이었는데 담배를 피우며 누군가와 이야기를 나누고 있었어.

나는 긴장한 나머지 차려 자세로 서 있었어. 박 대통령은 내 어깨를 툭 치며 준비되어 있던 의자에 앉으라고 했어. 나는 말이 끝나기 무섭게 정자세로 의자에 앉았지. 박 대통령은 차지철을 물리고 나와 또 다른 남자만 남게 했어. 이가령이라는 자였지."

이가령이라는 말에 우리는 의아한 얼굴로 서로를 바라봤다.

"제가 조사한 바로 이가령이라는 사람은 존재하지 않는 걸로 알고 있는데요."

은표가 물었다.

"서류도 사람이 만드는 걸세. 마음만 먹으면 죽은 사람도 살려놓을 수 있어. 게다가 우리가 근무한 곳이 중앙정보부 아닌가."

은표는 고개를 끄덕이고는 다이어리에 이가령에 대한 메모를 지워버렸다. 이연은 말을 이어나갔다.

"박 대통령은 책을 보고 있었는데 놀랍게도 내가 만든 교과서였어. 나는 이제 죽었구나 생각하곤 눈을 질끈 감았지. 그런데 대뜸 이러는 거야. '책을 잘 썼어. 그렇지 않나? 이 실장.'"

나는 비아냥거리는 건가 싶어서 눈치를 살폈지만 그런 기색은 없었어. 박 대통령은 책을 덮더니 본론으로 들어갔지. 중요한 계획을 준비중인데 그 일을 수행할 적임자를 찾고 있다는 거야. 계획의 명칭은 '가우리의 봄'.

가우리란 옛 고구려의 순우리말로, 우리나라에 남아 있는 일제의 잔재를 찾아내 가능한 한 전부 제거하자는 게 계획의 내용이었지. 역사 기록부터 그들이 남긴 건축물, 그리고 언어에 이르는 흔적들을 깨끗이 지워버리자는 것이었어. 우리 후손들에게는 일본의 어두운 그림자를 드리워선 안 된다는 것이었지. 실로 어마어마한 계획이었어. 어쩌면 평생이 걸릴 수도 있는 일이었지. 박 대통령은 그 일을 전담할 부서를 중앙정보부 산하에 둘 계획인데 내가 그 부서에서 역사 부문을 맡아주었으면 좋겠다는 말이었어. 그의 말은 직선적이면서도 논리정연했어. 거부할 수 없는 카리스마가 있었지. 나는 수락할 수밖에 없었어. 애초에 선택의 여지도 없었지만 분명 역사가로서 인생을 걸 만큼 가치 있는 일이었기 때문이지.

그로부터 한 달 후 나는 중앙정보부로 출근하기 시작했어. 출근 첫날 입구에서 나를 기다리고 있던 사람은 이가령이었지.

그가 우리 팀장이었던 거야. 박 대통령에게 나를 추천한 것도 이가령이었어. 그는 내게 정보부 여기저기를 안내해줬네. 첫인상은 나쁘지 않았어. 점잖은 학자다운 풍모였지. 항상 입가에는 미소를 머금고 있었고 목소리는 부드러웠어. 그는 나를 중앙정보부 별관 지하로 인도했네. 그곳은 다른 정보부 요원들에게 통제가 되어 있었어. 입구에는 정복을 착용한 군인들이 지키고 있었고 우리만이 사용하는 신분증이 따로 있었어. 우리는 지하 12층으로 내려갔네. 지하 구십오 미터에 위치한 곳으로 정보부에서 가장 깊은 곳이었지. 거기에는 전시비상지휘통제부와 대통령 벙커 등이 위치하고 있었는데 평시에는 사용을 안 하는 곳이었어. 우리 사무실은 그곳에 있었던 거야.

실로 묘한 곳이었네. 사무실이라기보다는 차라리 모든 시설이 갖추어진 감옥이라고 말하는 게 나을 정도였으니까.

사무실은 창문 하나 없는 네모반듯한 콘크리트 벽으로 둘러싸인 삭막한 곳이었는데 각 방은 개개의 복도와 화장실, 심지어 엘리베이터까지 딸려 있었어. 다른 사람들과 철저히 분리되어 있었지. 서로가 만날 수 없도록 설계된 거야. 실제로 연구를 하는 동안 함께 일하는 사람들의 얼굴은 물론 인원수조차도 파악하지 못했으니까. 나중에 알게 된 사실이지만 우리 부서의 존재를 알고 있던 사람은 각자 서로의 얼굴도 모른 채 연구를 했던 일곱 명의 부원과 팀장이었던 이가령, 그리고 박 대통령이 전부였어. 당시 중앙정보부장이었던 김재규도 우리의 존재를 모르고 있었다네."

이연은 숨이 찬지 물을 부탁했다. 나는 갖고 있던 생수를 꺼내 잔에 따라주었다.

"그렇다면 팀에서 각 부원에 대해 정확히 알고 있던 사람은 이가령이 유일하다는 말씀인가요?"

내가 물었다.

"그렇지. 나머지 일곱 명의 부원은 서로에 대해 전혀 몰랐어. 부서가 해체되기 직전까지는."

이연이 물 한 잔을 비우며 말했다.

"해체되기 직전까지?"

은표가 고개를 갸웃하며 물었다.

"그래. 우리가 대면한 건 그로부터 삼 년 후 부서가 해체된 후였어. 그게 처음이자 마지막이었지."

"왜 서로 못 만나게 했을까요?"

내가 물었다.

"정보를 공유하는 게 두려웠겠지. 예를 들자면 이런 거야. 여덟 조각의 보물 지도를 가진 자들이 합치게 된다면 선장은 더이상 필요 없어지지 않겠나. 배야 얼마든지 구할 수 있지만 지도는 아니거든."

이연이 해골 같은 얼굴을 들이대며 내게 말했다. 나는 움찔 뒤로 물러섰다. 순간 여덟 명의 지도를 든 해적이 떠올랐기 때문이다.

"이가령이 안내해준 방은 훌륭했어. 모든 것이 구비되어 있었지. 그 당시 귀했던 퍼스널 컴퓨터에서 번역기와 텔렉스까지 없는 것이 없었어. 책상에는 내가 연구해야 할 자료들이 산더미처럼 쌓여 있었지. 자료들은 전부 일제 강점기에 관한 것들이었어. 대부분 일제가 당시에 발행한 역사 서적들이었지. 그때부터 돌이킬 수 없는 연구가 시작된 거야.

강제로 일을 맡긴 했지만 연구 초기는 즐거웠다네. 정보부에는 여러 기밀 자료 보관소가 있었는데 우리 부원들은 모든 자료를 열람할 수 있는 특권을 갖고 있었지. 이승만 시절 미국과의 밀약을 비롯하여 6.25 전쟁 당시 1급 군사비밀까지 실로 지난 한 세기 동안의 모든 비밀 자료들이 모여 있었어. 나는 바다로 나간 연어처럼 새로운 정보에 넋을 잃고 빠져들기 시작했지. 그렇게 시간이 흘러갔어. 그런데 언제부턴가 일이 잘못되어가고 있다는 것을 깨달았지. 우리는 일제의 잔재를 청산하고 있던 게 아니었어. 누군가 우리의 임무를 변질시키고 있었지."

이연의 얼굴이 상기되어 있었다.

"이가령이었군요."

은표가 말했다.

"맞았어. 그자는 점차 연구 방향을 일본이 약탈한 우리 문화재로 몰아갔어. 처음에는 눈치채지 못했지. 그러나 시간이 지날수록 일제 강점기에 존재했던 어떤 부대의 행적을 찾는데 집중시키고 있었어."

"설마 고타니 게이스케?"

부지불식중에 이름이 입에서 흘러나왔다.

"자네들 꽤 많은 걸 알고 있군."

이연이 놀랍다는 얼굴로 우리를 바라봤다.

"정말로 고타니 컬렉션을 찾고 있었단 말입니까?"

내가 믿을 수 없다는 얼굴로 물었다.

"자네들이 고타니 컬렉션에 관해 얼마나 아는지는 모르지만 우리가 정보부 시절 내내 찾은 게 그거였어."

이연이 대답했다. 은표와 나는 망치로 얻어맞은 듯 충격에 휩싸였다. 이연의 말은 우리의 가설을 현실로 증명하는 것이었다. 우리가 '건축무한육면각체의 비밀'에서 장난처럼 만든 이야기 중 일부가 실제로 존재하고 있었다. 강길준이 전화로 얘기했던 비밀 역시 고타니 컬렉션을 가리킨 것이었다.

은표가 물었다.

"한 가지 궁금한 게 있습니다."

"뭔가?"

"가우리의 봄을 계획한 사람이 누굽니까? 박 대통령입니까?"

"내가 알기론 이가령이 만든 계획이야. 거기에 관해선 의견이 분분했는데 가장 유력한 설은 유신 정권 말기 안팎에서 퇴진 압력을 받던 박 대통령을 이가령이 찾아가 제안했다는 거야. 그자가 어떻게 박 대통령을 만날 수 있었는지는 모르겠지만 한 가지 분명한 건 우리가 참여하기 이전 이미 많은 부분이 연구 조사된 상태였다는 거야."

"이가령이 준비한 거로군요."

은표가 말했다.

"그렇지. 당시 유신 체제는 한계에 달해 있었지. 미국으로부터 신임받지 못했고 내부적으로는 국민들의 반발이 거세지고 있었어. 그는 돌파구가 필요했던 거야. 그때 이가령이 어마어마한 양의 보물이 숨겨진 고타니 컬렉션에 관한 자료를 들고 온 거지. 그러니 귀가 솔깃할 수밖에."

"도대체 고타니 컬렉션이라는 게 얼마나 엄청나기에 박 대통령까지 찾은 겁니까?"

내가 물었다.

"우리가 추정한 바로는 당시 시가로 약 12억 달러 상당의 보물이었어. 단순한 추측이 아니라 일본의 비밀문서에 나와 있던 동남아와 중국 그리고 우리나라에서 착취한 금 중 본국 송환량을 제외한 나머지 분량이었으니까 설득력이 있지."

"그러면 지금의 시가로는 얼마나 되는 겁니까?"

"1965년 한일협정 때 일본으로부터 받은 원조가 총 6억 달러였어.

그 돈으로 경부고속도로를 깔고 경제 개발 5개년 계획을 세웠지. 어느 정도 금액인지 상상이 가지? 더 중요한 건 문화재와 보물은 돈으로 환산할 수 없는 희귀성과 가치가 있다는 거야."

"와, 그 정도 돈이면 정당을 몇십 개 만들고도 남겠는데요."

"정권을 획득하고도 남을 금액이지. 그러니 박 대통령이 솔깃하지 않을 수 있겠어?"

내가 감탄하고 있는 동안 은표는 어두운 표정으로 생각에 잠겨 있었다.

"대체 이가령이라는 자의 정체가 뭡니까?"

은표의 목소리에서 분노가 느껴졌다. 그 분노는 나를 의아하게 만들었다. 은표는 이가령이라는 이름이 나올 때면 예민하게 반응했다.

"우리도 정확히 정체를 알지 못해. 혹자는 그가 도쿄대를 졸업한 유명 사학자라고 말하고 혹자는 그가 고타니 게이스케 부대원의 사생아라는 사람도 있어. 한 가지 분명한 건 그가 고타니 컬렉션을 찾는 데 평생을 바쳤다는 거야. 광적이라고 말해도 무방할 정도로."

이가령은 또다시 안개 속으로 몸을 숨기고 있었다. 이연은 이야기를 계속했다.

“그렇게 우리 연구는 컬렉션의 행방을 찾는 데 역량을 집중하고 있었지. 우리는 총무처 산하 정부 기록 보관소에 있던 일제 침략 시기 문서에서부터 일왕실 도서관에 보관된 총독부 문서까지 안 뒤진 곳이 없었어. 조사한 바로 일제는 정부가 주도한 대규모 약탈과 개인이 도굴 등을 통해 밀반출한 민간 약탈이 있었지.

관이 주도한 것으로는 대표적인 게 초대 조선총독부 총감이었던 데라우치 마사타케가 문서 위주로 약탈을 주도한 데라우치 문고와 군부와 왕실이 주도했던 고타니 컬렉션 등이 있었어. 민간 약탈은 당시 대구전기회사의 사장을 지내며 문화재를 수집한 오구라 다케노스케와 통감부 법무 평정관을 지내며 고려청자 위주로 약탈했던 미야케 조사쿠 등이 있었지. 실로 민과 관이 작당을 하고 어마어마한 약탈을 자행한 거야. 집요함과 주도면밀함에 치가 떨렸지.

본래 의도대로 계획이 진행된다면 이들은 전부 우리 연구의 일부였겠지만 우리는 민간 부문에는 전혀 관심이 없었어. 오로지 고타니 컬렉션을 찾는 데 혈안이 되어 있었지. 그런데 문제는 다른 자료들은 그나마 쉽게 접근할 수 있었지만 고타니 컬렉션은 얘기가 달랐다는 거야. 어디에도 공식적인 문서가 남아 있지 않았지. 관방성 자료실에서 그가 복무했던 관동군 제17연대에 관한 자료를 찾아봤지만 정보장교로 지도 및 작계를 작성했던 전투 임무 기록만이 남아 있을 뿐 어디에도 그가 문화재 약탈에 관여했다는 내용은 찾을 수 없었어. 예상한 대로였지. 전후 문책이 두려웠던 일본 당국이 기록을 없애고 날조한 거였어. 우리가 접근할 수 있는 유일한 길은 그 일에 참여했던 민간인들을 찾는 것뿐이었어. 그들이 갖고 있는 기억에 의존하는 길밖에 없었지. 하지만 그것도 만만치 않았어. 고타니는 문화재 목록 작성과 위치 파악을 위해 여러 민간학자들을 고용했는데 대부분 이미 사망했거나 우리를 만나려고 하지 않았지. 당연한 일이었지만 정부로부터 함구 명령을 받았을 것이고 개인적으로도 자랑스러운 과거가 아니었기 때문이었지.

우리 조사는 난관에 봉착했네. 조사를 접고 일본을 떠야 할 상황이었어. 그런데 그중 한 명과 연락이 닿은 거야. 일본 문부성 산하 문화재 관리국에서 한국과 중국 문화재를 연구했던 이노 미쓰키라는 인물이었어. 본명은 조승현으로 일본에 귀화한 재일 교포 역사학자였지. 나는 곧장 그가 살고 있던 사이타마 현 구마가야 시로 달려갔어. 그는 은퇴한 후 한적한 시골 전원주택에서 일본인 부인과 살고 있었는데 임종을 앞두고 있었어. 나는 그에게 정부 임명장과 함께 우리 계획에 대해 말해주고 협조를 부탁했지. 그는 폐암에 걸려 대화도 힘들 만큼 심하게 각혈을 하고 있었어. 그는 대통령이 직접 서명한 임명장을 한참 동안 보더니 입을 열었네. 그는 한국인으로서 모국의 문화재 약탈에 동참하게 된 걸 평생 동안 수치스럽게 생각하고 살았던 모양이야. 죽기 전 사죄하는 심정으로 진실을 말해야겠다고 생각한 거지.

그는 숨쉬기조차 힘든데도 자신이 보관한 자료를 보여주며 당시 일을 차근차근 이야기했네. 상당 부분 우리가 알고 있는 내용이었어. 다른 점은 규모가 훨씬 더 어마어마했다는 거지. 그들은 발굴되지도 않은 왕릉의 관에서부터 역사를 바꿀 수 있을 중요 문화재까지 실로 엄청난 양을 약탈했던 거야. 그의 말에 의하면 고타니 컬렉션은 단순한 보물이 아닌 동북아 역사 전체를 바꿀 만큼 희귀한 유물이었지. 심지어 고타니는 일본 역사에 누가 될 만한 유물은 그 자리에서 소각하거나 기록의 내용을 바꾸기도 한 모양이야. 무서운 일이지. 이야기를 듣고 있던 내 손이 부들부들 떨릴 정도였으니까. 한 사람의 손에 지난 몇천 년의 진실이 바뀌고 있다는 얘기 아닌가.

그런데 그의 이야기 중 흥미로운 부분이 있었어. 고타니는 계획을 실행하기 전 만일의 사태에 대비하기 위해 컬렉션을 숨길 비밀 장소를 우리나라 어딘가에 건설했는데 놀라웠던 건 설계 담당자가 바로 총독부 산하 건축과에 근무했던 한국인이었다는 거야."

그 이야기를 듣는 순간 나는 구토를 일으켰다.

"형, 괜찮아?"

갑작스러운 내 행동에 은표가 당황하며 부축했다. 나는 은표를 밀치고 변기로 달려가 속에 있던 내용물을 토해냈다.

"이건 말도 안 돼. 있을 수 없는 일이야."

내가 변기를 붙든 채 소리쳤다.

"그건 우리가 만들어낸 얘기라고. 실제 있었던 일이 아니야."

은표가 다가와 내 팔을 잡았다.

"형은 잠깐 쉬는 게 좋겠어."

나는 은표의 손을 뿌리쳤다. 혼란스러웠다. 이연의 이야기는 우리 소설을 읽어 내리듯 정확히 맞아떨어졌다. 나는 세상에 우연이 존재한다는 걸 부정하지 않는다. 하지만 이건 도가 지나쳤다. 백여 페이지에 달하는 소설이 알고 보니 역사책이었다. 상식적으로 있을 수 없는 일이다. 나는 비틀비틀 일어나 문으로 다가갔다. 방을 나가고 싶었다. 방안의 모든 것이 비현실처럼 느껴졌다. 현실의 공기를 마시고 싶었다. 하지만 병실 문은 단단히 잠겨 있었다. 나는 참지 못하고 문을 두드리며 소리쳤다.

"이봐요. 아무도 없어요! 이거 좀 열어요!"

은표가 달려와 나를 말렸다.

"형, 왜 이래. 진정해."

나는 은표를 돌아보며 말했다.

"너 나한테 숨긴 게 있지?"

내 말에 은표의 표정이 굳었다.

"너 이게 말이 된다고 생각해? 짜고 치는 고스톱도 이 정도는 아니야. 나한테 우연이라는 말 할 생각도 마. 넌 나한테 숨기는 게 있어, 그렇지?"

은표의 입은 굳게 다물어져 있었지만 나는 알 수 있었다. 그것이 긍정을 의미한다는 것을. 나는 분노를 참지 못하고 은표의 얼굴에 주먹을 날렸다.

"나쁜 자식!"

은표는 주먹을 맞고도 침착하게 나를 바라봤다. 그 순간 '미저리' 간호사가 남자 간호사들을 거느리고 나타났다. 문을 열고 들어선 담당 간호사는 상기된 얼굴로 서 있는 우리를 보더니 이상하다는 듯 말했다.

"무슨 일이죠? 고함소리가 들리던데."

"아무것도 아닙니다."

은표가 얼버무렸다.

"면회 시간 끝났습니다. 돌아가주세요."

간호사의 손에 약이 들려 있었다. 남자 간호사 한 명은 문 앞에서 우리가 나가기를 기다리고 있었다. 우리는 병실을 나섰다.

"자, 이연 씨, 약 먹을 시간이에요. 이번에도 지난번처럼 변기에 버릴 생각 마세요. 제가 드시는 걸 확인할 테니까."

약봉지를 뜯으며 간호사가 말했다. 이연은 더이상 연기할 생각이 없는지 순순히 약을 받아들었다. 그런데 약을 받은 이연이 간호사에게 물었다.

"약이 예전 거랑 다른데?"

"처방전이 바뀌었어요. 그냥 지어주는 대로 드세요. 말썽 피우지 말고."

간호사는 설명하기 귀찮다는 듯 억지로 이연의 입속에 약을 털어 넣었다. 이연은 마지못해 삼켰다. 우리는 이연이 약 먹는 모습을 보고 방을 나섰다. 이연이 떠나는 우리를 의미심장한 눈으로 바라보았다.

은표가 방을 나서며 말했다.

"또 찾아뵙겠습니다."

이연이 알았다는 듯 고개를 끄덕였다. 간호사들은 이연의 시트와 환자복을 새것으로 갈고 있었다. 우리는 말 한마디 나누지 않고 병원 복도를 걸었다. 철창 사이로 스며든 오후 햇살이 복도에 사각 무늬를 만들었다. 우리는 거리를 두고 햇살이 만든 무늬를 지나갔다.

은표가 입을 열었다.

"거세된양이 보낸 메일이 더 있어."

나는 은표를 바라봤다.

"형한테 보여준 메일 전에 두 통이 더 있었어. 고타니 컬렉션에 관한 내용도 그중 하나야."

나는 가던 길을 멈추고 물었다.

"나머지 하나는?"

은표도 발걸음을 멈추고 돌아봤다. 햇살이 은표 얼굴에 어두운 그림자를 만들었다.

"구본웅이 그린 친구의 초상에 관한 내용이었어."

나와 은표는 햇살 기둥을 사이에 두고 대치하고 있었다. 이야기가 엉뚱한 방향으로 전개되고 있었다. 은표의 말대로라면 거세된양이 어떤 의도를 갖고 우리 소설을 지금의 방향으로 유도했다는 얘기가 된다. 우리는 꼭두각시처럼 그의 손에 놀아난 것이다. 머릿속이 복잡했다. 가슴이 터질 것처럼 답답했다.

나는 복도를 달리기 시작했다. 최대한 빨리 이곳을 벗어나고 싶었다. 지루하게 이어진 복도가 끝도 없이 길어 보였다. 복도 끝에 다다른 순간이었다. 갑자기 이연의 병실 쪽에서 비명소리가 들려왔다. 나는 멈추고 뒤를 돌아봤다. 병실에서 남자 간호사들이 사색이 되어 뛰쳐나왔다.

은표가 간호사를 잡고 물었다.

"무슨 일이에요?"

"이연 씨가……. 이연 씨가 피를……."

당황한 남자 간호사는 어쩔 줄 몰라 했다. 나와 은표는 병실로 달려갔다. 병실로 들어간 우리는 눈앞에 벌어진 일에 입을 다물 수가 없었다. 간호사가 인터폰에 대고 연신 의사 선생님을 외쳤다. 이연은 바닥에 쓰러져 피를 토하고 있었다.

우리는 이연에게 달려가 부축을 했다. 이연은 온몸에 경련을 일으키며 연신 피를 뱉어냈다. 나는 당황해서 멍하니 바라보기만 했다. 은표가 이연의 입에서 나온 피를 보더니 말했다.

"독이야. 누군가 약에 독을 넣었어. 형, 물 좀 받아 와. 최대한 많이."

나는 넋이 나간 채 피투성이가 된 이연을 바라보고 있었다.

"내 말 안 들려! 물 가져오라니까!"

은표가 이연의 입에서 흘러내린 푸른색 토사물을 시트로 닦아내며 소리쳤다. 나는 그제야 정신을 차리고 세면대에서 물을 받아 은표에게 줬다. 은표는 거품을 물며 경련을 일으키는 이연에게 강제로 물을 먹이고 구토를 유도했다. 하지만 이미 늦었는지 이연의 입에서는 연신 피가 흘러나왔다. 나는 어찌할 바를 몰라 우왕좌왕했다. 그때 수상한 시선이 느껴졌다. 시선은 창 너머 건너편 건물 옥상에서 비롯되고 있었다.

나는 옥상을 바라봤다. 흰 가운을 입은 한 남자가 서 있었다. 그는 차가운 표정으로 우리를 응시하고 있었다.

"은표야, 저기 봐."

응급 치료를 하던 은표에게 남자를 가리키며 말했다. 은표는 무심결에 내가 가리키는 곳을 바라봤다. 은표와 눈이 마주치자 남자는 보일 듯 말 듯한 미소를 짓더니 조용히 빠져나갔다.

"형, 이연 씨 좀 맡아줘."

은표는 이연을 내게 넘겨주고 미친듯이 달려나갔다. 남자를 잡으려는 모양이었다. 나는 엉겁결에 이연을 받아 안았다. 이연은 호흡곤란 상태에 이르고 있었다. 토사물이 기도를 막았는지 숨을 헐떡였다. 이연에게 나는 아무것도 해줄 수가 없었다. 눈에서 눈물이 주르륵 흘러내렸다. 저 멀리서 의사와 남자 간호사들이 달려오는 소리가 들려왔다. 이연이 정신이 돌아왔는지 내 팔을 움켜쥐었다. 나는 흘러내리는 눈물을 닦으며 이연을 바라봤다.

이연은 나를 보며 간신히 입을 열었다.

"구……인회……."

들릴락 말락 한 목소리가 이연의 입에서 흘러나왔다.

"뭐라고요?"

나는 귀를 가져가며 물었다.

"구인회의…… 아홉 개의…… 단서……."

마지막 힘을 다해 이연이 말했다.

"구인회의 아홉 개의 단서?"

내가 확인하듯 되물었다.

"그걸…… 찾아야 돼……."

이 말을 남기고 이연은 눈을 감았다. 잠시 후 의사와 간호사들이 병실 안으로 들이닥쳤지만 이연은 세상을 뜨고 난 후였다.

탄환이 일원도를 질주했다

우리는 어두운 취조실에 앉아 있었다. 다섯 평 남짓한 밀폐된 방에는 낡은 탁자를 비추는 갓이 달린 백열등 외에는 아무것도 없었다. 탁자 위에 놓인 방금 전 우리가 작성한 진술서를 문 형사가 담배를 피워대며 읽고 있었다. 우리는 나란히 앉아 초조한 마음으로 문 형사를 기다렸다.

이연이 사망하고 이십 분 후 문 형사가 사건 현장에 나타났다. 문 형사 역시 생존한 요원이었던 이연의 행방을 찾고 있었는데 우리와 범인보다 한발 늦게 도착했던 것이다. 그는 내 품에서 피를 흘리며 죽은 이연을 발견하고는 미란다 원칙도 고지하지 않고 우리를 경찰서로 연행했다.

이윽고 문 형사가 진술서를 탁자 위에 내려놓으며 한숨을 쉬었다. 답답한 듯 담배를 찾았으나 담뱃갑은 비어 있었다. 문 형사는 신경질적으로 담뱃갑을 구겨버리고는 팔짱을 끼며 우리를 바라보았다.

"그러니까 고타닌가 뭔가 하는 일본 놈이 숨겨놓은 보물 때문에 이 모든 일이 벌어졌다?"

문 형사가 어이없다는 얼굴로 물었다.

"네, 그렇습니다."

은표가 힘없이 대답했다.

"그리고 비밀의 열쇠가 이상의 시 속에 들어 있다?"

"네, 그렇습니다."

문 형사는 설레설레 고개를 젓더니 자리에서 일어났다. 그는 문을 열고 복도를 지나던 경찰에게 담배 하나를 빌려 불을 붙였다.

"입장을 바꿔서 생각해보자. 자네가 경찰이야. 그것도 볼 꼴 못 볼 꼴 다 본 노땅이야. 솔직히 말해봐. 그 말을 믿을 수 있겠어? 개발이니 재건축이니 해서 십 년도 못 가 부수고 파대는 세상이야. 눈뜨면 산이 없어지고 아파트 단지가 하루아침에 솟는 세상이라고. 칠십 년이 지나도록 발견되지 않을 만큼 깊숙한 곳에 지은 일제 건물이 있다는 게 말이나 된다고 생각해? 이상의 시가 어떻다고? 차라리 외계인이 저지른 짓이라고 하지그래?"

문 형사가 은표에게 바짝 얼굴을 들이대며 말했다.

"내가 뭐랬어? 안 믿을 거라고 했지?"

날카로워진 내가 시니컬하게 말했다. 그러자 문 형사가 볼펜 두 개를 거칠게 놓으며 말했다.

"지금부터 각자 납득이 갈 만한 얘기를 다시 만든다. 종이 앞뒷면이 꽉 차게 적어. 이번에도 나를 설득시키지 못하면 위증죄로 콩밥을 먹게 해줄 테니 그런 줄 알아. 실시!"

문 형사가 매섭게 우리를 노려보며 소리쳤지만 은표는 꿈쩍도 안 했다.

"백 번을 다시 적으라고 하셔도 저희 진술은 변하지 않습니다. 왜냐면 저흰 진실을 말씀드렸으니까요."

"잔말 말고 적으라면 적어. 나도 오냐오냐하는 데 한계가 있어."

문 형사가 언성을 높였다.

"그렇다면 살해된 정보부 요원들이 이 사건과 무슨 연관이 있다고 생각하십니까?"

은표도 흥분해 있었다.

"자네들 말대로 살해당한 다섯 명은 박 대통령 시절 정보부 요원들이었어. 하지만 내가 조사한 바로 그들이 근무했던 부서는 박 대통령의 정치 생명을 연장하기 위해 비밀리 만든 싱크탱크였어. 박 대통령이 재계와 정계로부터 받은 불법 로비 자금을 세탁하고 차기 대선을 위한 정치 플랜을 준비하던 곳이라고. 10.26 사건이 터져 박 대통령이 시해당하자 그들은 남은 자금을 들고 사라졌고 엄청난 비자금을 두고 암투가 벌어진 거야. 그게 삼십 년이 지난 지금까지 이어지고 있는 거지."

문 형사가 재떨이에 꽁초를 비벼대며 대답했다.

"말도 안 돼요! 살해된 사람들은 청렴한 학자들이었다고요. 유족들은 지금도 가난하게 살고 있어요. 그리고 박 대통령의 비자금에 관해서는 들은 기억이 없는데요? 또 대통령의 정치 자금을 비서실에서 관리하지 왜 엉뚱한 정보부에서 관리합니까?"

은표가 문 형사의 논리를 반박했다.

"시끄러워! 나는 지금 자네를 취조하고 있는 거야. 목소리를 높일 입장이 아닐 텐데."

발끈한 문 형사가 소리쳤다.

"형사님 말씀이 맞아. 우린 지금 시국 토론을 하는 게 아니라고."

내가 은표를 진정시키려 했다. 은표도 흥분을 가라앉히려 애쓰는 눈치였다. 문 형사는 안절부절못하고 취조실을 이리저리 돌아다녔다. 불안한 정적이 방안을 가득 메우고 있었다.

"그 문양 말입니다."

은표가 특유의 저음으로 입을 열었다.

"죽은 강길준과 김도훈이 남겼던 데드 사인. 그 문양이 뭔지는 알아내셨습니까?"

"아직 조사중이야. 그건 왜?"

문 형사가 물었다.

"그건 삼종신기라는 문양입니다. 열여섯 개의 잎을 가진 국화꽃과 함께 일본 천황을 상징하죠. 왜 그걸 죽기 전 남겼다고 생각하십니까?"

은표가 의미심장하게 물었다. 물론 문 형사가 답을 알 리 만무했다. 문 형사는 고집스럽게 입을 다물고 있는 은표를 잠시 바라보다가 한숨을 내쉬었다.

*

우리는 똑같은 진술서를 세 번이나 작성한 후에야 경찰서를 나설 수 있었다. 문 형사는 우리를 구속 수사하겠다고 길

길이 날뛰었지만 우리가 무죄라는 걸 증명할 증인이 셋이나 있는 상황에서 계속 붙잡아둘 수는 없었다. 그러나 만만찮은 문 형사가 우리를 고분고분 내보내줄 리 만무했다. 결국 우리는 그의 화가 풀릴 때까지 진술서를 반복해서 쓴 후에야 그의 손아귀에서 벗어날 수 있었다. 날은 저물어 있었다.

"사람이 죽는 걸 본 건 이번이 처음이야. 할머니가 돌아가셨을 때 염하는 걸 본 적은 있지만 피를 토하진 않으셨지."

내가 입구를 나서며 말했다. 습기를 흠뻑 머금은 후텁지근한 공기가 우리를 맞이했다. 나는 구름 낀 밤하늘을 보면서 참았던 담배를 물었다. 우울했다. 세상의 끝에 선 기분이었다. 은표는 말없이 차에 올라 시동을 걸었다. 우리는 손가락 하나 까딱하지 못할 만큼 지쳐 있었다. 러시아워가 지났는데도 도로는 상당히 혼잡했다.

"구인회의 아홉 개의 단서를 찾아야 한다고 했어."

차에 오르며 내가 말했다.

"뭐라고?"

"이연 씨가 죽기 직전 구인회의 아홉 개의 단서를 찾으라고 했어. 그게 마지막 말이었어."

은표가 창밖을 바라보며 말했다.

"오늘은 집에 가서 쉬고 다음에 얘기하자, 형."

은표도 지친 모양이었다. 불야성을 이룬 도시 저편으로 자동차 행렬이 끝없이 이어졌다.

*

은표는 차를 주차하고는 의자 깊숙이 몸을 묻었다. 파김치가 된 상태로 지우를 집까지 바래다주고 나니 차문을 열 기운조차 남아 있지 않았다. 하루 동안 일어났던 일들이 필름이 돌아가듯 스쳐지나갔다. 피를 토하며 죽어가던 이연의 모습이 아직도 눈에 선했다. 은표는 주머니에서 뭔가를 조심스럽게 꺼냈다. 이연의 다이어리였다.

은표는 이연이 죽자 간호사들이 정신없는 틈을 놓치지 않고 다이어리를 챙겼다. 겉장이 떨어져 나간 낡은 표지 구석에 거정절빈擧鼎絶貧이라는 이연의 친필이 희미하게 남아 있었다. 거정절빈이란 스스로의 힘은 보잘것없는데 맡겨진 임무가 과중한 걸 뜻하는 고사성어다. 내용을 읽어보지 않아도 그가 지난 삼십 년 동안 혼자 감당하기 힘든 비밀 때문에 얼마나 마음이 무거웠는지 알 수 있었다. 죄책감이 밀려왔다. 만약 은표가 찾아가지 않았다면 이연은 목숨을 잃지 않았을 수도 있었다. 더욱 은표를 자책하게 만든 건 다급한 순간에도 다이어리를 챙기던 자신의 냉정함이었다. 심지어 다이어리를 빼앗길지도 모른다는 생각에 지우와 문 형사에게는 언급도 안 했다.

은표는 그런 자신이 무서웠다. 그리고 부끄러웠다. 왜 이렇게까지 이 사건에 집착하는지, 비밀을 파헤쳐 무엇을 얻으려는 것인지 스스로도 알지 못했다. 이대로 차에 탄 채 바다 깊숙이 가라앉고 싶었다. 푸른 물결이 주위로 조용히 밀려와 소리 없이 아무도 없는 세계로 데려가줬으면 좋겠다고 생각했다. 하지만 은표가 누워 있는 곳은 네온사인으로 둘러싸인 서울 한복판이었다. 은표는 이연의 다이어리를 잠시 바라보다가 무거운 몸을 이끌고 집으로 향했다.

문을 열자 아늑하고 익숙한 집 냄새가 풍겼다. 긴장이 풀리며 피로가 몰려왔다. 푹신한 침대를 상상하며 쇳덩이 같은 신발을 벗고 집안에 들어서려던 참이었다. 은표의 눈에 기억과 일치되지 않는 뭔가가 들어왔다. 그것은 은표의 진열장에 놓여 있던 프라모델이었다. 은표는 진열장에 있는 모든 것들의 위치를 정확하게 기억하고 있었다. 누군가 그것들을 만진 후 엉뚱한 곳에 놓았다. 불청객이다. 척추를 따라 짜릿한 전율이 흘렀다. 피곤은 온데간데없이 사라지고 두려움이 그 자리를 대신했다. 하지만 이런 상황에서 맥없이 주저앉을 은표가 아니었다.

은표는 주위에서 무기로 쓸 만한 물건을 찾았다. 신발장 위에 굴러다니던 테니스 라켓과 공이 보였다. 은표는 숨을 죽이고 테니스 라켓을 움켜쥐었다. 그리고 몸을 벽에 바짝 밀착시킨 채 살그머니 집안으로 들어갔다. 은표는 벽 너머로 고개만 내밀고 집안을 살폈다. 불길한 고요가 집안에 감돌았다.

아니나 다를까 창문 커튼 뒤에 반짝이는 물체가 보였다. 불청객의 칼에 반사된 달빛이었다. 녀석은 인기척이 나자 재빨리 몸을 숨긴 모양이었다. 은표는 잠시 망설이다가 들고 있던 공을 반대편 허공을 향해 던졌다. 텅 하는 소리가 집안에 울려 퍼지며 공이 소파 뒤로 굴러갔다. 순간 공이 떨어진 방향으로 괴한이 몸을 날렸다. 동시에 은표는 조명 스위치를 올렸다. 집안이 대낮처럼 밝아졌다. 갑자기 환해지자 녀석은 당황하며 얼굴을 가렸다. 녀석은 정체를 감추기 위해 스키 마스크를 쓰고 손에는 군용 대검을 들고 있었다. 은표는 테니스 라켓으로 녀석의 머리통을 멋지게 날렸다.

"아악!"

녀석이 비명을 지르며 자빠졌다. 다시 일격을 가하려던 순간이었다. 녀석이 날렵하게 몸을 구르며 은표에게 달려들었다. 괴한은 능숙한 솜씨로 들고 있던 대검으로 은표의 목을 노렸다. 퍼뜩 강길준의 시체가 떠올랐다. 하지만 쉽게 당할 은표가 아니었다. 예상했다는 듯 반사적으로 고개를 젖히며 녀석의 팔을 힘껏 붙잡았다. 둘은 동시에 넘어졌다. 그리고 한데 엉켜 뒹굴었다.

"네놈의 정체가 뭐냐? 이가령이 사주했냐?"

놈은 대답 없이 은표의 손을 뿌리치려고 했다. 둘은 엎치락뒤치락 실랑이를 벌였다. 하지만 놈은 문 형사가 말한 것처럼 프로였다. 놈은 능숙하게 은표의 옆구리에 일격을 가하더니 발을 걸어 넘어뜨렸다. 놈은 유리한 위치를 차지하고 또다시 은표의 목을 노렸다. 괴한은 완력에서도 은표보다 한 수 위였다. 시간이 흐름에 따라 놈의 팔을 잡은 은표의 손에 힘이 빠지기 시작했다. 칼날은 푸른 달빛을 반사하면서 서서히 은표의 목을 향해 다가왔다.

녀석의 눈가에 비열한 미소가 떠올랐다. 칼날이 은표의 목젖에 닿았다. 예리한 고통이 등줄기를 따라 찌르르 관통했다. 절체절명의 순간이었다. 은표는 곁눈질로 주위를 살폈다. 그때 땅바닥을 뒹굴고 있는 선인장이 눈에 띄었다.

은표는 다른 한 손으로 선인장을 잡으려고 했다. 그러나 놈이 가만히 내버려두지 않았다. 괴한은 칼을 쥔 손에 더욱 힘을 가했다. 순간 은표는 힘을 빼면서 옆으로 굴렀다. 놈의 칼이 방바닥에 박혔다. 은표는 기회를 놓치지 않고 선인장을 주워 녀석의 얼굴에 힘껏 던졌다.

"으악!"

녀석의 얼굴에 선인장이 날아가 박혔다. 놈은 피가 흐르는 얼굴을 부둥켜안고 달아났다.

"기다려! 어딜 달아나. 이 비겁한 자식아!"

은표가 놈의 뒤를 쫓았다. 놈은 문을 박차고 나가 비상구를 향해 내달렸다. 그 뒤를 쫓으려던 은표의 뇌리에 불길한 생각이 스쳤다.

"지우 형!"

은표는 달아나는 녀석을 포기하고 집으로 돌아가 전화기 다이얼을 돌렸다.

"지금은 고객님의 전원이 꺼져 있어 음성 사서함으로 연결되오니……."

을씨년스러운 자동 안내가 지우를 대신했다.

"설마!"

은표는 무사하길 빌며 죽을힘을 다해 주차장으로 내달렸다.

지우의 집에 도착하자마자 은표는 창문을 올려다봤다. 불길하게도 지우의 전세방은 불이 꺼져 있었다.

"제발 자고 있어줘, 지우 형."

은표는 간절히 빌며 문고리를 돌렸다. 무심하게도 문은 잠겨 있지 않았다. 은표의 시야에 피투성이가 되어 죽어가던 이연의 처참한 모습 위로 어릿하게 지우의 얼굴이 겹쳐졌다.

"안 돼!"

은표는 헐레벌떡 집안으로 들어서며 불을 켰다. 그러자 난장판이 된 집안이 모습을 드러냈다. 최악의 상황이었다.

"지우 형! 어디 있어?"

은표가 집을 살피며 절실하게 소리쳤다. 그때 침실에서 지우의 목소리가 들렸다.

"나 여깄어."

은표는 부리나케 침실로 달려갔다. 엉망이 된 침실 한가운데 지우가 망연자실하게 앉아 있었다.

"형! 괜찮아? 다치진 않았어?"

은표가 지우에게 달려들며 물었다. 다친 곳은 없는 것 같았다. 지우가 은표를 돌아보며 말했다.

"은표야, 이 자식이 그동안 내가 모아놓은 논문 자료를 몽땅 가져가버렸다. 난 이제 어쩌면 좋으냐?"

은표는 할말을 잃고 지우를 바라보았다.

***

주위는 지독히도 고요했다. 모든 이에게 공평하게 분배된 시간은 밤의 정중앙을 지나고 있었으며 불공평한 인생에 지친 사람들은 도시의 외곽에서 소리 없이 잠들어 있었다. 나를 제외하고 유일하게 깨어 있던 것은 방금 전 부스스 깨어난 은표의 노트북뿐이었다. 모니터의 커서는 7월 26일을 가리키고 있었다. 은표와 헤어진 다음날이다. 나는 노트북을 밀어내고 미간을 주물렀다. 너무 집중했던 탓인지 글씨가 두 개로 겹쳐 보였다. 나는 잠시 벽에 기대어 눈을 감았다.

여기까지가 내가 알고 있는 사건의 전부다. 은표는 그날 이후로 연락을 끊고 혼자서 사건을 조사하기 시작했다. 아마도 사건이 점점 심각해짐에 따라 내 안전이 염려되었던 모양이다. 은표와 접촉하려고 여러 번 시도했지만 연락할 방도가 없었다. 은표는 나뿐만 아니라 주변의 모든 사람들과 연락을 끊은 채 증발했다. 나는 다른 습격을 방지하기 위하여 전세방을 옮기고 항상 누군가의 미행을 염려하며 거리를 걸었다. 하지만 그날 이후 특별히 느껴지는 시선이나 위협은 없었다. 놈도 우리 중 은표가 요주의 인물인 것을 알고 있는 듯했다. 그렇게 삼 주가 지나고 평범한 생활에 익숙해지려는 순간 은표의 메시지가 도착했다.

모니터 저편에서는 내가 모르는 새로운 이야기가 펼쳐지려 하고 있었다. 그것을 종용하는 듯 커서가 일정하게 깜빡이며 내 지시를 기다렸다.

이 중요한 순간 나는 익숙한 두려움을 느끼고 있었다. 그것은 내가 언제나 갈등했던 나의 이중적인 모습 때문이었다. 늘 새로움을 갈망하면서도, 인습을 답습하는 무리를 볼 때면 비난의 화살을 돌리면서도, 중요한 순간이 다가오면 비겁하게 안위를 위해 무릎을 꿇고 말았던 악몽이 되살아났다.

언제나 나는 영화에 나오는 주인공처럼 순간순간 모험 같은 사건이 터져주기를 기다렸다. 그리고 일상에 중독되어 안일하게 살아가는 무리를 만날 때면 기다렸다는 듯이 준비된 독설을 퍼붓곤 했다. 그렇게 함으로써 나는 세상의 중심에 있는 듯한 착각에 빠졌고 그 순간만큼은 살아 있는 가치를 느낄 수 있었다. 하지만 그 순간이 지나고 홀로 남겨지면 밀려오는 자아의 괴리감과 무력감에 손가락 하나 까딱할 수 없었다.

그 늪에서 빠져나오려면 어떻게 해야 하는지 나는 알고 있었다. 아주 하찮고 사소한 약속을 나 자신에게 하는 것이다. 그리고 매일 하나씩 실천해나가는 것이다. 그것은 마치 담배를 끊기 위해서 하루에 한 개비씩 양을 줄여나가는 것과 흡사한 일이다. 작은 일부터 일상의 답습에서 조금씩 벗어나는 것이다. 겉으로 눈에 띄지 않는 양말부터 변화를 주기 시작해 결국 외모 전체에서 개성을 지니게 되는 것과 같다. 그럼으로써 둘로 나뉜 모순된 자아를 하나로 모아가는 것이다. 하지만 나는 잘 알고 있으면서도 한 번도 실천에 옮기지 못했다. 언젠가는, 언젠가는, 하며 그 모습 그대로 살아왔다. 그러던 어느 날 푸른 하늘에서 날벼락이 떨어졌다. 어둠 속에서 은표의 노트북이 나를 비웃었다.

'이 한심한 놈아! 너 같은 녀석을 믿고 은표는 위험을 무릅썼다. 내 안에는 네 상상을 초월하는 엄청난 비밀이 담겨 있다. 선택은 네 자유지만 이 상황을 또다시 회피한다면 평생 패배자로 살아야 한다. 알아들었냐?'

녀석의 말이 옳았다. 물론 지금 눈앞에서 벌어진 일은 이전과는 차원이 달랐다. 그것은 일개 개인이 아닌 어쩌면 우리나라의 역사가 달린 어마어마한 일일지도 모른다. 은표라는 친구의 생명까지 걸려 있다. 나는 거대한 나무 밑동에서 꼭대기까지 한 번에 뛰어올라야 했다. 실패는 용납되지 않았다. 준비운동도, 또 한 번의 기회도 없었다. 하지만 이번에 또 달아난다면 나는 치유 불능의 패배자로 나머지 인생을 마무리해야 한다. 나는 난생처음 신을 찾았다. 지금이야말로 보이지 않는 여백에 존재하는 경이로운 힘의 소유자가 필요한 순간이다. 나는 기적을 빌며 다시 모니터로 다가갔다.

단군력 4339년 6월 29일

지겹고도 무더운 여름이 계속되고 있다. 나는 생각한다. 과연 이 여름을 무사히 넘기고 시원한 가을바람을 맞이할 수 있을까.

두렵지는 않다. 어차피 그래야 한다면 당당히 맞을 각오가 되어 있다. 하지만 만약 모든 역경을 이기고 살아남는다면 여행을 가고 싶다. 이 나라를 떠나 당분간 세계를 여행하고 싶다. 지난 몇 년 동안 생각만 해왔는데 이번 사건을 계기로 그 꿈을 이루어야겠다는 결심이 섰다.

지우 형은 이번 사건에서 손을 떼는 것이 좋을 것 같다. 더이상 사건에 관계했다가는 목숨을 위험하다. 내가 시작한 일이고 내가 마무리해야 할 사건이다.

김도훈, 남인기, 국태환, 강길준, 장경식 그리고 이연이 죽었다. 이제 남은 사람은 서성인과 이가령뿐이다. 아직 많은 것들이 베일에 가려져 있다. 앞으로 차근차근 조사해나가야 할 것이다. 그런데 사건을 조사할수록 석연치 않은 점이 있다. 과연 이상이 고타니 컬렉션 때문에 평생을 죄책감에 시달리다가 죽어갔을까. 제아무리 동족을 배신하고 일제를 도왔다고는 해도 그것 때문에 자학을 하며 죽어갔으리라고는 생각되지 않는다. 일제 강점기 때 나라를 팔아먹고 아부하며 살아간 인간들이 어디 한둘이던가. 그보다 더한 짓을 하고도 버젓이 잘살고 있는 인간도 부지기수다. 이상이 청렴결백한 사람이었다 해도 납득할 수 없다. 분명 다른 이유가 있다. 원점에서부터 다시 시작해야 할 것 같다.

미래로 달아나서 과거를 본다
과거로 달아나서 미래를 보는가

은표는 난장판이 된 집에 주저앉았다. 불도 켜지 않고 어둠 속에서 범인이 달아난 문을 응시했다. 방금 전 목을 따려고 칼을 들이대던 범인의 모습이 생생했다. 생각만 해도 아찔한 순간이었다. 그런데 묘하게도 범인을 맞닥뜨리는 순간 모든 것이 명확해졌다. 범인은 지금껏 생각했던 것처럼 탐욕에 사로잡혀 이성을 잃은 정신병자가 아니었다. 마스크 너머 범인의 눈은 성자처럼 순수했고 소돔과 고모라의 타락한 인간들을 바라보는 아브라함처럼 연민으로 가득차 있었다. 범인은 이 일을 자신에게 주어진 신성한 의무처럼 여기는 듯했다.

그는 제물을 바치기 전 의식을 행하듯 칼을 정성스럽게 다듬었으며 복장은 남루할지언정 제복처럼 깨끗이 손질되어 있었다. 허락되지 않은 자가 다가가선 안 될 성역이 있고 그 선을 넘었을 때만 철퇴를 휘둘렀다. 그것은 얼마 전 호텔 지하 주차장에서도 드러났다. 범인은 은표를 해치울 수 있는 상황에서 경고만을 남긴 채 사라졌다. 십일 년 간격을 두고 요원들을 살해한 데도 분명 이유가 있을 것이다. 범인은 마구잡이로 인명을 해치는 자가 아니었다.

"이가령이 아니야."

은표는 지금도 눈에 선한 범인의 눈빛을 떠올리며 중얼거렸다.

제3의 인물이 있었다. 수면 위로 떠오르지 않은 또 다른 누군가가 있었다. 그의 목적은 지금까지 인물들과는 전혀 달랐다. 그는 다른 차원에서 사건을 주도했다. 그것이 은표를 뒤흔들었다. 그는 마치 피라미드에 숨겨진 고대 왕릉을 지키는 스핑크스처럼 비밀에 접근하려는 사람들을 소리 없이 제거하고 있었다. 그의 의도는 무엇일까. 비밀의 실체가 고타니 컬렉션이라고 가정한다면 무슨 목적 때문에 지키려는 것일까. 그것도 삼십 년 동안이나 그림자 속에 몸을 숨긴 채. 은표는 이연의 다이어리를 꺼내 들었다. 그것이 무엇이건 간에 비밀을 전부 풀면 알게 되리라. 백여 페이지에 달하는 두툼한 다이어리를 보며 은표는 이연의 유언을 떠올렸다.

"이연 씨, 당신과의 약속을 잊지 않겠습니다. 이 비밀을 끝까지 파헤쳐 세상에 공개하겠습니다. 죽는 한이 있어도."

은표는 다이어리를 펼쳤다.

그런데 예상과는 달리 다이어리에 기록된 것은 일기가 아니었다. 일종의 낙서장이었는지 사념들이 두서없이 적혀 있었다. 각각의 내용은 서로 연관 없이 나열되어 있었고 문법도 엉망이어서 문장을 이해할 수 없는 곳이 많았다. 날짜도 적혀 있지 않았고 앞뒤 문맥을 따져봐야 간신히 알아볼 정도로 악필이었다. 하지만 이 글 어딘가 비밀의 단초가 있음은 의심할 여지가 없었다. 은표는 깊이 심호흡을 하고 읽어나가기 시작했다.

구절양장 같은 인생이라는 말은 가을에서 겨울로 계절이 바뀔 때면 전혀 의미 없어 보인다. 왜냐면 이곳은 시간이 정지되어 있으니까. 이곳은 뒤죽박죽 엉켜 있으니까.

옆방에서 인기척이 들린다. 이곳에는 나만 있는 게 아니다. 하지만 벽에 귀를 대고 들을라 치면 벌통처럼 웅웅거리기만 한다. 차라리 벌통이면 꿀이라도 얻지. 이곳은 무덤처럼 조용하다. 가만. 이게 무덤이면 묘비명은 뭐라 적어야 하나.

내 출입 아이디 fkqsltlmdslt

이걸 추리해낼 사람은 흔치 않을 게다. 하지만 끈기와 재치가 있는 놈이라면 충분히 알 수 있지. 자판을 한글로 바꿔 거꾸로 치면 된다. 신의 신발. 왜 신의 신발이냐고? 신이 신어주지 않으면 난 꼼짝없이 신발장에 처박혀 먼지를 뒤집어쓴 채 썩어갈 테니까.

총무처 문서기록실 보관 조선총독부 문서 1293번

총독부 보안과장 이소자키와 관방 기획과장 하라다, 그리고 조선군 참모 간자키 등이 송석만에게 보낸 문서.

이쿠다 경기도 지사와 경찰부장 오카가 송석만을 직접 방문 전달한 내용으로 총독부 권력 중 신문, 라디오, 헌병, 경찰 검사국 등을 재량껏 사용할 수 있는 권한을 줄 테니 조선 거주 일본인 사유재산권 입법에 대한 조선인 회유를 위해 행정위원회를 조직하라는 권유와 협박.

일본인 사유재산권에는 문화재 개인 소유 및 해외 반출에 관한 권리도 포함되어 있음. 총독부는 군과 경이 직접 나서 조선 문화재 자국 반출을 적극 유도하였음. 이소자키와 하라다에 대한 조사가 더 필요함.

총무처 문서기록실 보관 조선총독부 문서 3199번

총독부에서 희귀 고문서 약탈을 위해 조직한 서물동호회書物同好回에서 조선고서간행회라는 어용 단체를 마련하여 수집한 고서 목록.

재산루在山樓 장서 목록(동양문고 조선본)

세이키도 선본서목(오차노미즈 도서관 소장)

아가와 문고 조선본 목록(도쿄대학 도서관 소장)

이마니시 수집 조선본 목록(덴리대학 도서관 소장)

오구라 문고 조선본 목록(도쿄대학 도서관 소장)

가네사와 조선정쟁지 수록 문고(다쿠소쿠안 문고 소장)

사토 한국본 목록(오사카 부립 도서관 소장)

위 목록들을 일차적으로 정리하고 열람 협조 공문을 일본 대사관에 요청해야 함.

다이어리는 이연이 정보부에서 근무를 시작한 이후의 연구 내용을 사념들 사이에 날짜와 상관없이 드문드문 메모 형식으로 적고 있었다. 글에는 밀폐된 공간에서 수많은 자료와 씨름하면서 느낀 개인적 감정들이 잘 드러나 있었다. 간간이 알아볼 수 없는 글자들이 있었지만 은표는 인내심을 가지고 하나하나 읽어나갔다.

얼마 전 내 방에 손님이 왔다. 네 발 달린 바퀴벌레다. 녀석을 볼 때면 감탄을 금치 못한다. 녀석이 갖고 있는 생존력 때문이다. 녀석은 나보다 훨씬 효율적인 체계를 갖고 있다.

녀석은 다리 하나가 떨어져나가도 아무 이상 없이 번개처럼 내달린다. 또 하나가 떨어져도 문제없다. 더욱 나를 감동시킨 건 녀석의 감정 체계다. 녀석은 자신을 불구로 만든 대상을 원망하거나 복수하려 하지 않는다. 녀석에게는 오직 한 가지 목표, 살아남겠다는 의지뿐이다. 그것은 지극히 간단하지만 지극히 현명하다. 녀석은 원망이나 분노 같은 쓸데없는 감정에 에너지를 낭비하지 않고 오로지 한 가지 목표에 매달릴 뿐이다.

나라면 어땠을까. 누군가 내 두 발을 가져갔다면 휠체어를 끌고 계단 아래서 평생 저주의 말을 퍼부었을 것이다. 내 방에 발 네 개 달린 손님이 있다. 녀석은 누구도 원망하지 않는다.

내 방에 오는 또 다른 손님이 있다. 그는 바로 이가령 실장이다. 나는 그가 바퀴벌레보다 싫다. 복도에서 또각또각 구두

소리가 들릴 때면 온몸에 소름이 돋는다. 그를 싫어하는 이유는 분명하다. 그에게서 순수라는 단어는 눈 씻고 찾아봐도 없다. 그나마 인간적인 건 가끔씩 바꿔 신고 오는 짝짝이 양말 정도다. 그에게는 자기 자신만이 있을 뿐 타인에 대한 연민이나 이해 따윈 애초부터 존재하지 않는다. 그것이 그를 징그럽게 느끼게 만든다. 나로 하여금 좌절하게 만든다. 결혼은 했을까? 만약 했다면 부인은 어떤 사람일까? 아마 벙어리거나 고무를 씹는 로봇일 게다. 오이소박이는 담글 줄 알까?

오늘 내 유일한 말동무가 죽었다. 재수없게도 나도 모르게 화가 나서 던진 신발에 맞은 것이다. 다행히 즉사해서 고통은 없었을 것 같다. 장례식은 쓰레기통에서 간소하게 치렀다. 그런데 기도문을 외우고 화장을 하려던 내 의도는 갑작스러운 사태 때문에 바뀌어버렸다. 화장이 수장이 되어버렸다. 쓰레기통에 불이 붙어 스프링클러가 작동된 것이다. 덕분에 자료를 건지느라 밤을 꼬박 새워야만 했다. 속옷이나 내일 아침까지 마르면 좋으련만.

일본 왕실 도서관 보관 조선총독부 문서 4827번
데라우치 문고 관련 문서 729번

1910년 11월 22일 자 데라우치 마사타케 초대 총독 자필 칙령 원본. 문서 제목 – 조선의 관습과 제도 조사.

가용한 군 병력과 경찰을 동원하여 조선 민족의 자긍심을 기르는 책이라면 무조건 불온서적으로 분류 압수할 것.

조선을 영원히 식민지로 지배하기 위해서는 무엇보다 조선의 정신적 유산인 책을 이해하지 않으면 안 된다. 단순히 땅만을 정복해선 영원한 속국으로 만들 수 없다. 왜냐하면 민족의 정신이 책 속에 남아 있기 때문이다. 질경이는 밟아도 밟아도 뿌리만 살아 있으면 다시 고개를 든다. 따라서 민족정신이 담긴 책을 불살라 다시는 일어서지 못하게 만들어야 한다.

이때 유통이 금지된 서적이 51종 20만여 권이고 압수된 책은 400만 권에 이른다. 이중 380만 권 소각, 5만 권은 연구 조사차 본국 송출. 그중 귀중본은 규장각 폭서 목록에 포함, 후에 데라우치 문고로 분류됨.

장서 목록 구체적 분류 및 현존 여부 조사를 위해 정부 협조 공문을 상부에 요청. 그러나 타당성 여부를 결정할 근거 자료 불충분이란 명목으로 불허. 나는 무려 30장에 달하는 구체적인 보고서를 다섯 번에 걸쳐 제출했다. 이들은 고서 문고를 조사할 의지가 전혀 없다.

페이지가 넘어갈수록 글에는 이가령에 대한 불신과 정신적 불안, 그리고 연구에 대한 좌절 등이 구석구석 배어나고 있었다. 은표는 이제야 이연을 비롯한 요원들이 왜 성격이 바뀔 정도로 괴로워했는지 이유를 알 수 있었다. 그들은 일제에 의해 작성된 문서 원본을 여과 없이 열람하면서 추상적으로만 알고 있던 일제의 구체적 만행들을 접하게 됐고 분노를 느꼈을 것이다.

본래 의도와는 달리 변질된 가우리의 봄 계획은 고타니 컬렉션 이외에 불필요한 연구 요청을 용납하지 않았고 요원들은 이의 제기도 못 한 채 한 사람의 사리사욕을 채우기 위해 지하 골방에 갇혀 연구를 해야만 했던 것이다. 그것은 분명 당대 최고 학자로서 좌절할 수밖에 없는 상황이었으리라. 이후 중반까지 개인적인 감정과 지루하게 진행된 문화재 추적에 대한 과정이 적혀 있었다. 대부분 이연이 했던 증언들을 보충 설명하는 정도의 글이었다. 은표는 그에게서 듣지 못한 내용이 등장할 때까지 빠르게 페이지를 넘겼다.

조승현 씨의 증언을 토대로 나는 총독부에서 근무했던 한국인들을 조사하고 있다. 현재까지 남아 있는 근무 기록에 의하면 근무 인원이 43년 동안 총 1400여 명에 이른다. 하지만 대부분 청소나 건물 관리 같은 잡역부다. 그들 중 건축과에서 근무했던 설계사는 보이지 않는다. 어쩌면 누락되었거나 창씨개명을 통해 일본인으로 등록되어 있는지도 모른다. 다시 한번 처음부터 꼼꼼히 살펴봐야겠다.

金海卿. 그가 유일하게 건축과에서 근무했던 한국인이다. 하지만 그가 조승현 씨가 말했던 건축기사라고 확신할 만한 자료는 남아 있지 않다. 그의 근무 기록은 단 세 줄에 불과하다.

1929년 3월 경성공고 졸업 후 내무국 건축과 기수로 입사.
의주통 전매공사 현장 기수로 역임.
1933년 병가로 기수직 사임.

오늘 엄청난 일이 있었다. 총독부 기록에서도 찾을 수 없었던 김해경에 관한 자료를 상상도 못 했던 곳에서 발견한 것이다. 바로 고타니 게이스케 부대의 보급을 담당했던 관동군 제8군단 14연대 군수보급대대 사병봉급지원 연락관 문서에서 김해경의 이름이 적힌 영수증이 발견된 것이다. 날짜는 1931년 7월 29일로 적혀 있었다. 김해경은 당시 군 지원을 위해 파견

되어 있었고 군으로부터 봉급을 받았다. 이 문서 한 장이 많은 것을 설명해준다. 그가 고타니의 은닉고 설계를 담당했을 가능성은 한층 높아졌다. 그런데 왜 공고밖에 졸업 못 한 한국인에게 그런 중대한 설계를 맡긴 것일까.

지금 내 손에는 이가령이 가져다준 한 장의 오래된 설계도가 들려 있다. 바로 의주통 전매공사 시공 도면 사본이다. 도면 오른쪽 아래에는 김해경이라는 자필 사인이 선명하다. 도면을 펼친 순간 건축에 문외한인 나로서도 그가 얼마나 재능 있는 기사였는지를 알 수 있었다. 군데군데 직접 그린 스케치로 보이는 상세도는 손으로 그렸다고는 생각되지 않을 정도로 정확하다. 그가 내가 찾던 설계사라는 느낌이 점점 강하게 든다.

다이어리는 이제 이상을 향해 정면으로 다가가고 있었다. 막상 구체적인 자료와 논리적인 추론을 통해 이상에게 접근하는 과정을 지켜보고 있자니 은표는 묘한 전율을 느꼈다. 은표가 이 모든 과정을 생각해낸 것은 그야말로 전기 충격 같은 영감이 전부였다. 그런데 장난에 불과하다고 생각했던 추측이 역사적 증거를 토대로 눈앞에 펼쳐지자 신기하기 그지없었다. 페이지를 넘기는 은표의 손이 떨렸다.

다음 글은 지인으로 가깝게 지내던 하광용이 얼마 전 일본인 수집가로부터 어렵게 구해서 보내준 이상의 글이다.

"나는 반항하는 악한 정령精靈이었다. 악마더러 울 줄 모른다고 비웃지 마라. 그는 울다 울다 못해서 인제는 누선淚腺이 말라버려서 더 울지 못하는 것이다. 상이 소속한 악마의 종족들은 그러므로 번영을 추구하는 위선僞善의 건축을 향해 메마른 찬웃음을 토할 뿐이다. 비록 그 건축이 내 아해이기는 하나 나로서도 어찌할 바를 모르는 불행한 물건이다. 내 아해는 일생 태양광 한번 치켜뜰 수조차 없는 지하에서 목놓아 울고 있다. 나 또한 아해와 더불어 암야暗夜 속에서 불타다가 꺼지고 만 한줄기 첨예尖銳한 양심이었다. (중략)"

이 글을 읽는 순간 나는 번개를 맞은 것처럼 머리털이 쭈뼛섰다. 이것은 이상이 1931년 설계도 파지 뒷면에 쓴 일기로 이 같은 내용의 글들이 가득하다. 나는 특히 밑줄 그은 문장에 주목한다. 이것은 이상 자신이 당시 설계한 건축물을 말하는 것이 틀림없다. 위의 내용을 분석하면 그의 건축물을 악마의 종족(일본인을 지칭하는 듯)을 위해 설계했기 때문에 증오하면서도 슬퍼할 수밖에 없을 만큼 강한 애착을 보이고 있다. 그리고 그것을 건축할 수밖에 없었던 고뇌도 여실히 드러나고 있다. 이로서 내 고민은 해결됐다. 나는 김해경이 조승현 박사가 말했던 고타니 컬렉션의 은닉고 설계자라고 확신한다.

이연은 역사가답게 철저한 고증을 바탕으로 이상의 행적을 추적했다. 그런데 글 중에 은표의 시선을 끈 이름이 있었다. 바로 하광용이었다. 낯익은 이름이었다. 분명 안면이 있는 사람이었다. 하지만 막상 떠올리려니 정확히 기억해낼 수 없었다.

"틀림없이 어디선가 들어본 이름인데. 누구더라……."

기억을 더듬었지만 손에 잡힐 듯 떠오르지 않았다. 은표는 자신의 다이어리를 펼쳐 하광용이라는 이름을 찾기 시작했다. 다이어리를 반쯤 뒤지자 그의 정체가 나타났다.

하광용은 얼마 전 《D일보》에서 은표가 발견했던 고타니 컬렉션에 관한 기사를 썼던 기자였다. 이연은 그를 지인이라고 표현하고 있었다. 만약 두 사람이 절친한 사이였다면 뭔가 건질 만한 게 있을지도 모르는 일이었다. 은표는 만나야 할 인물 리스트에 하광용을 올리고 다음 장을 펼쳤다.

「이상한 가역반응」은 내가 찾고 있는 이상의 비밀 메시지라고는 생각되지 않는다. 그 시는 이상이 은닉고를 짓는 건설 과정에서 맞닥뜨린 고충들을 시로 표현한 것 같다. 그렇다면 남은 건 김해경이 건축과 기수직을 그만둔 직후 발표한 「건축무한육면각체」뿐이다. 지금으로서는 나 자신도 믿을 수 없을 만큼 허황되게 흘러가는 것 같다. 아직은 아무것도 확인된 게 없다.

이가령 실장은 정말 예측할 수 없는 사람이다. 「건축무한육면각체」에 대한 내 가설을 믿어주리라고는 꿈에도 상상 못 했다. 그런데 오늘 이상 연구를 위한 자료 목록과 지원금 요청서에 도장을 찍어준 것이다. 한 길 물속보다 모를 사람 마음인가.

출근을 해보니 책상 위에 누군가 쓴 연구 보고서 한 부가 놓여 있었다. 이가령이 놓고 간 모양이었다. 무심코 펼친 나는 놀라지 않을 수 없었다. 그것은 이상의 시 구절과 일제 강점기 지어진 건축 양식을 비교 분석한 보고서였다. 역시 나 이외에도 같은 연구를 진행하는 사람이 있었다.

지금까지 자료를 검토한 결과 김해경이 「건축무한육면각체」를 해석할 수 있는 단서를 다른 어딘가에 남겨뒀을 것이라는 결론에 도달했다. 이제껏 역사적으로 사용됐던 암호들을 살펴보면 유추할 수 있다. 고대 그리스에서 쓰였던 스키테일 암호를 비롯해 2차대전 당시 독일군이 사용한 이니그마 암호 작성기 등이 좋은 예다. 이들 암호를 해석하기 위해선 아군만이 해독할 수 있는 장비나 비법이 있어야 했다. 시에 담긴 메시지를 해석하기 위해서는 또 다른 단서가 필요하다.

후반부로 갈수록 다이어리는 이연의 연구 내용들로 채워져 있었다. 이연은 연구가 거듭될수록 이상의 퍼즐을 풀어가는 묘미에 매료된 듯이 보였다. 글을 읽고 있던 은표 역시 다이어리 내용에 흠뻑 빠져 있었다. 이제 본격적으로 이상의 시 속의 비밀들이 모습을 드러내려 하고 있었다. 은표는 책상을 바짝 끌어당겼다.

구인회가 가장 유력하다. 그의 일기와 편지를 비롯한 이상에 관한 모든 자료들이 이를 방증하고 있다. 먼저 건축 기수를 그만둔 이후 이상의 행적을 살펴보자. 이상은 건축과에 사표를 제출하고 난 직후부터 폐인 같은 생활을 시작했다. 봉두난발에 백구두를 신고 술과 여자에 빠져 홍청망청 살았다. 심지어 지병이었던 폐결핵 치료를 위해 요양했던 백두온천에서조차 금홍이라는 기생과 난봉질을 하더니 서울로 데려와 '제비'라는 다방을 함께 운영하면서 인생을 낭비했다. 그 시절 김해경에게서 희망이나 성실 같은 긍정적인 모습은 눈 씻고 봐도 찾을 수 없다.

그러던 그가 구인회에 가입하면서 변하기 시작한다. 이미 구성되어 있던 초기 멤버들보다도 더 열정적으로 모임을 이끌었고 놓았던 펜도 다시 들었다. 특히 주목할 부분은 이상이 자신의 문학 작업보다도 구인회 멤버들의 작품에 더 많이 관심을 보였다는 것이다.

이상은 이효석의 글을《조광》에 추천하기도 하고 박태환의 소설에선 하융이라는 필명까지 만들어가며 삽화를 그렸다. 아래는 이상이 구인회 동료였던 김기림에게 보낸 편지 내용 중 일부다.

"K형 어떻소? 거기도 더웁소? 공부는 잘되오?

「기상도氣像圖」 되었으니 보오. 교정은 내가 그럭저럭 잘 보았답시고 본 모양인데 틀린 데는 고쳐 보내오.

구俱 군은 한 천 부 박아서 팔자고 그럽디다. 당신은 50원만 내고 잠자코 있구려. 어떻소? 그 대답도 적어 보내기 바라오.

참 체재도 고치고 싶은 대로 고치시오.

그리고 검열본은 안 보내니 그리 아오. 꼭 소용이 된다면 편지하오. 보내드리리다. 이것은 교정쇄니까 삐뚤삐뚤한 것은 간조에 넣지 마오. 그것은 인쇄할 적에 바로 잡아 할 것이니까 염려 없오.

그러니까 두 장이 한 장 세음이오. 알았오?

그리고 놈부루(NUMBER)는 아주 빼어버리는 게 좋을 것 같은데 의견이 어떻소? 좀 메자와리 같지 않소?

구인회는 인간 최대의 태만에서 부침浮沈중이오. 팔양이는 탈퇴했오. 잡지 2호는 흐지부지요. 게을러서 다 틀려먹을 것 같소.

내일 밤에는 명월관에서 영랑시집의 밤이 있소. 서울은 그저 답보중이오. 자조 편지나 하오. 나는 아마 좀더 여기 있어야 되나 보오. 참 내가 요새 소설을 썼소. 우습소? 그만둡시다."

이 글에서 보면 알 수 있듯이 이상은 김기림을 비롯한 김유정, 이효석 등의 글에 단순히 교정과 편집뿐만 아니라 내용 자체에도 상당히 깊이 관여했다. 게다가 편지 마지막 부분에 드러나듯이 작가인 스스로가 소설을 쓴 것을 신기해할 정도로 자신의 글 작업은 등한시했다.

왜 그랬을까? 나는 이상이 「건축무한육면각체」의 해석을 동료들의 작품 속에 남기기 위해 의도적으로 접근했다고 생각한다. 구인회 작품 속에 뭔가 있다.

내 책상 위에는 구인회의 미발표작을 포함하여 총 300여 편의 작품 초판본이 쌓여 있다. 아직 3분의 1도 채 검토하지 못했지만 내 가설이 맞는다는 데 한 표를 던진다. 지금까지 검토한 결과 이상의 단서가 들어 있을 것으로 예상되는 작가는 김유정과 김기림이다.

김유정은 그중에도 가장 유력한 용의자다. 그는 놀라울 정도로 이상과 흡사한 경력을 가지고 있다. 그는 젊은 시절 금광에서 일하다가 폐결핵에 걸려 사형선고를 받았고 서울에 올라와 뒤늦게 작품 활동을 시작한다. 그 시절 이상을 만난다. 비슷한 경험을 가진 둘은 금세 절친한 사이가 되었고 동성애자라는 말을 들을 정도로 가깝게 지낸다. 구인회에 들게 된 것도 이상의 권유 때문이다. 그의 작품 대부분이 구인회 시절 쓰인 것은 그 때문이다. 심지어 둘은 같은 해 폐결핵으로 사망한다.

당시 이상 나이 27세, 김유정 나이 29세였다.

납북 작가인 김기림은 그의 편지에서도 알 수 있듯이 이상의 조언을 가장 적극적으로 수용한 작가다. 특히 그의 대표작 「기상도」는 이상의 단서가 실려 있을 가능성이 가장 높은 작품이다. 이 시는 총 7부 428행에 달하는 장시인데 세계의 아침, 시민행렬, 태풍의 기침시간, 자취, 병든 풍경, 올빼미의 주문, 쇠바퀴의 노래 등의 소제목으로 나뉘어 있다.

나는 그중 제7부 '올빼미의 주문'에 주목하고 있다. 그것은 이상이 가장 많이 관여한 구절이기 때문이다. 얼마나 집요하게 참견을 했으면 이상을 두고 김기림이 "태풍이 눈앞에 온 경우에도 얼굴빛도 변하지 않을 그런 얼굴"이라고 표현할 정도였다. 그들이 나눈 편지 내용을 분석하면 이상은 제7부에 자신이 직접 쓴 시구를 삽입한 것으로 추측된다. 아직 구체적인 행을 지목할 순 없지만 소제목을 분석해보면 알 수 있다. 「기상도」는 제목에서 알 수 있듯이 태풍이 몰려오는 상황을 인간의 삶에 비추어 은유적으로 표현한 시다. 그런데 6부까지 「기상도」 내용과 조화를 이루며 이어지던 소제목이 7부와 8부에서 엉뚱하게 변한다. 그중 제7부의 제목은 이상의 별명이었던 올빼미를 인용하고 있다. 올빼미의 주문. 바로 이상의 주문인 것이다. 왜 갑자기 이상의 별명을 소제목으로 사용한 것일까. 틀림없이 7부에 「건축무한육면각체」를 해석할 단서가 들어 있다.

이연은 비밀의 실체에 한 발자국만을 남겨놓고 있었다. 지금까지 풀어놓은 이연의 추리는 설득력이 있었다. 이연이 연구했던 자료들을 모두 볼 수 있다면 그가 지나쳤던 실마리를 찾을 수도 있겠지만 그가 선택한 방향도 시도해볼 만한 가치는 있었다. 은표는 지체 없이 다음 장을 펼쳤다.

그런데 어이없게도 다음 페이지는 사라지고 없었다. 거칠게 찢긴 자국만이 흉물스럽게 남아 있었다. 은표는 다 잡은 물고기가 그물에서 빠져나와 유유히 사라지는 모습을 지켜보듯 허망하게 흔적을 바라보았다. 없어진 페이지는 총 여덟 장이었다.

은표는 곰곰이 생각해보았다. 도대체 누가 찢어 간 것일까.

집안에 침입한 범인은 아니다. 우리가 도착하기 전 놈이 침입했던 흔적은 없었다. 이연이 철창으로 겹겹이 둘러싸인 정신병원을 선택했던 것도 바로 이 때문이었다. 간호사일 가능성도 적었다. 이연은 다이어리를 항상 침대 밑에 감춰두고 있었고 만약 간호사가 발견했다하더라도 비밀이 담긴 페이지만 찢어 갔을 리는 만무했다. 그렇다면 다이어리에 접근할 수 있는 그 밖의 인물은 누구일까.

남은 건 이연뿐이다. 무슨 이유에선지는 모르지만 스스로 찢었을 가능성이 가장 컸다. 비밀의 단서는 다시 손끝에서 멀어지고 있었다. 은표는 답답한 마음에 물을 들이켰다. 남은 페이지들은 백지였다. 그런데 무심결에 몇 장을 넘기자 새로운 글이 이어지고 있었다.

박 대통령이 사망한 걸 오늘에야 알았다. 나는 일주일째 씻지도 못하고 방에 틀어박혀 구인회의 네 번째 단서를 찾고 있었다.

그런데 새벽 4시쯤 이가령 실장이 벌컥 문을 열고 들어왔다. 이제껏 그렇게 당황한 얼굴은 처음 봤다. 숨을 헐떡이는 이 실장은 최종 보고서만 남기고 나머진 모두 소각하라고 했다. 뭔진 모르겠지만 굉장한 일이 벌어졌구나 생각하며 나는 명령을 따랐다. 소각실에서 구인회 초판본을 안타깝게 태우고 있는데 이가령이 다시 나타났다. 그는 최종 보고서를 훑어보더니 이게 전부냐고 물었다. 고개를 끄덕이자 이가령은 내 출입증과 정보부 신분증을 빼앗아 소각로에 던졌다. 그러고는 어리둥절한 나를 향해 이렇게 말했다.

박 대통령이 죽었다. 오늘부로 우리 부서는 해체한다. 정보부 문을 나서면 내가 연락할 때까지 숨죽여 지내라. 만에 하나

정보부에 출두하게 되더라도 그간 있었던 우리 임무는 절대 발설해선 안 된다. 우리는 그동안 박 대통령의 정치 고문 역할을 하고 있었다. 조금이라도 비밀을 누설하면 평생 후회할 일이 생길 것이다. 알아듣겠나? 내가 고개를 끄덕이자 이가령은 사라졌다.

바깥에는 추적추적 비가 내리고 있었다. 정보부는 벌집을 쑤셔놓은 것 같았다. 다들 혼이 빠져서 빗속을 이리저리 뛰어다니고 있었다. 제정신인 사람은 나밖에 없는 듯했다. 나는 〈Singing in the rain〉에 나오는 진 켈리처럼 우산을 쓰고 유유히 정문을 나섰다. 정문에는 장갑차 두 대가 지키고 있었지만 나를 막진 않았다. 거리에는 자동차가 거의 다니지 않았다. 사람들도 보이지 않았다. 나라 전체가 텅 비어버린 것 같았다. 계엄령 때문인 모양이다.

아이러니하게도 나는 오랜만의 자유를 만끽했다. 나는 이제 막 제대한 군인처럼 부푼 가슴을 안고 집으로 향했다. 몇 명의 사람들이 정보부에서 나왔다. 내 또래처럼 보였는데 정보부 요원이라고는 생각되지 않는 인상이었다. 나는 직감적으로 가우리의 봄을 위해 끌려온 동료들이란 걸 알았다. 우리는 어정쩡하게 서서 서로를 바라보다가 각자 길을 갔다. 이제 두 번 다시 그 지긋지긋한 방으로 돌아가지 않아도 된다.

박 대통령 서거 후 부서가 해체되면서부터 다시 이어지고 있었다. 은표는 이연이 했던 말을 떠올려보았다. 그는 부서가 해체된 후 얼마 뒤 처음이자 마지막으로 동료 요원들과 만난 적이 있다고 했다. 은표는 다이어리의 뒷부분을 대충 훑어보았다. 아직 스무 장 가까이 남아 있다. 어쩌면 이들이 만나 나눈 대화들이 적혀 있을 수도 있다. 그렇게 된다면 여덟 개의 보물 지도가 한데 모인 모양을 대충이나마 짐작할 수 있을지도 모르는 일이었다.

이가령이 이상의 단서 중 하나를 누락시킨 걸 눈치챈 것 같다.

그가 전화를 한 건 정보부를 그만둔 지 넉 달이 지나서였다. 그는 인사도 없이 대뜸 네 번째 단서는 어디 있느냐고 물었다. 무슨 소린지 모르겠다고 시치미를 뗐지만 믿지 않는 눈치였다. 전화선을 타고 의심의 눈초리로 노려보고 있는 이가령의 숨소리가 들려왔다. 그는 증거라도 찾으려는 듯 나중에 다시 걸겠다고 하곤 전화를 끊었다. 이가령은 정보부를 그만둔 후 독자적으로 고타니의 보물을 찾고 있다. 보물을 발견하기 전까지 절대 포기하지 않으리란 걸 잘 알고 있다.

사실 나는 김유정의 소설에서 네 번째 단서를 발견했다. 그런데 마지막 보고서를 작성하던 중 고의적으로 누락시켰다. 어쩌자고 그런 짓을 했을까. 이가령에 대한 불신 때문이었으리라. 그의 왜곡되고 이기적인 목적을 위해 지난 5년간 이용당한 것에 대한 작은 복수였으리라. 그가 어떻게 알았을까. 아무에게도 네 번째 단서에 관해 발설한 적이 없는데 시간이 지날수록 이가령은 유령이 되어가는 것 같다.

나는 정보부에서의 일을 잊으려고 안간힘을 쓰고 있다. 아침마다 운동을 하고 제대로 된 식사를 만들고 TV를 본다. 저녁이면 친구들에게 전화를 걸어 술 약속을 하고 밤늦도록 술잔을 기울인다. 하지만 한순간도 머릿속에서 이상을 지울 수가 없다. 마치 오랫동안 약을 멀리한 마약중독자 같은 몰골이다. 이제는 더이상 나와 상관없는 일이라고 소리쳐도 소용없다. 김해경은 한 많은 영혼처럼 주위를 끊임없이 맴돌고 있다. 당분간 서울을 떠나 있어야 할 것 같다.

오늘 또 한 통의 전화가 왔다. 이가령인 줄 알고 잔뜩 긴장했지만 놀랍게도 가우리의 봄에 함께 참여했던 동료였다.

장경식이라고 자신을 소개한 그는 부서원들끼리 회동을 하기로 했다며 참석해달라고 했다. 이유를 묻자 이상에 관한 일이라고 했다. 나도 그들을 만나보고 싶었다. 그들은 정보부 재직 기간 동안 무슨 일을 했으며 얼마나 비밀에 접근했는지 몹시 궁금했다. 내가 시간과 장소를 묻자 따로 보내주겠다고 하곤 전화를 끊었다. 나는 수화기를 내려놓으면서 생각했다. 나만 이상에 중독된 건 아니구나. 오늘도 잠자긴 틀렸다.

약속 장소였던 곰의 집은 북악스카이웨이에 자리잡은 고급 레스토랑이었다. 나는 오 분 일찍 도착했다. 레스토랑 안으로 들어서자 나비넥타이를 맨 매니저가 예약을 했는지 물었다. 내가 장경식이란 이름을 대자 룸으로 안내했다. 방에는 이미 도착해 있는 사람이 있었다. 그는 작은 키에 수염을 덥수룩하게 길렀는데 정보부 입구에서 만났던 사람 중 한 명이었다. 그도 지난 몇 달 동안 제대로 잠을 못 잤는지 초췌했다. 그는 나를 알아보고 인사를 건넸다. 그의 이름은 김도훈이었다. 자신을 재미없는 고고학자라고 소개했다. 역시 반강제적으로 끌려왔던 모양이었다. 서먹하게 앉아서 이런저런 이야기를 하고 있는데 사람들이 한 사람 두 사람 도착했다.

우리는 일단 가볍게 식사를 하기로 하고 주문을 했다. 모임을 주도한 장경식의 말에 의하면 부서원은 이가령을 제외하고 모두 일곱 명이었다. 남인기라는 동료가 사정상 못 나오게 되서 모인 인원은 여섯 명이었다. 우리는 오랜만에 만난 고등학교 동창처럼 즐겁게 식사를 하며 이야기를 나누었다. 각자 인사를 하고 전문 분야가 무엇이며 어쩌다 정보부에서 일하게 됐는지, 식구는 어떻게 되며 자식들은 죽어라 말을 안 듣는다든지 뭐 그런 것들이었다. 대부분 학자들이어서 그런지 예의 바르고 좋은 사람들이었다. 한 사람을 제외하고.

그는 제일 늦게 온 서성인이라는 사람이었는데 말 한마디 않고 구석에 앉아 우리 이야기를 듣기만 했다. 그는 식사도 안 했고 자기소개도 통성명이 전부였다. 우리를 경계하는 눈치였다. 우리는 식사를 마치고 후식을 기다리고 있었다. 그때 장경식이 본론을 이야기하기 시작했다. 한 가지 제의가 있어서 이 자리를 마련하게 됐다고 했다. 그가 한 이야기의 요점은 이러했다. 비록 시대를 잘못 만나 한 사람의 사리사욕을 채우기 위해 어쩔 수 없이 연구를 시작했지만, 이대로 묻어버리기에는 우리가 연구한 것이 국가적으로 너무 중대한 사안이다. 이것은 우리 역사를 위한 일이고 우리 조상과 후대를 위해 연구를 끝마쳐야 한다. 그것이 학자로서 마땅히 해야 할 의무라는 것이었다. 덧붙여 그는 보물이 이가령 손에 넘어가서는 절대 안 된다고 했다. 우리가 먼저 발견해서 국민들에게 돌려줘야 한다고 말했다. 그의 말은 설득력이 있었다. 그 자리에 있던 대부분의 사람들이 공감했다. 하지만 서성인은 우리와 생각이 달랐다. 그는 더이상 이런 헛된 일에 인생을 소모하고 싶지 않다며 자리를 박차고 일어났다. 그는 고타니 컬렉션의 존재를 믿지 않는 것 같았다.

그가 나가고 남은 사람들은 각자의 생각을 이야기하기 시작했다. 모두 장경식과 비슷한 생각을 갖고 있었다. 말은 안 했지만 장경식이 말했던 거창한 대의보다는 개인적인 호기심을 뿌리칠 수 없었던 것 같다. 그만큼 이상의 비밀은 매력적이라는 걸 인정할 수밖에 없다. 우리는 다시 힘을 모아 연구를 진행하기로 의견을 모으고 각자 그간 연구했던 자료를 가지고 다시 만나기로 했다. 우리의 연구는 이제 새로운 국면으로 접어들고 있다. 이번 연구는 다른 사람의 강요가 아닌 우리 스스로를 위한 것이었다.

문제가 생겼다. 이가령이 우리 모임을 알아버렸다. 밤늦게까지 나는 다음 모임을 위해 연구 결과를 정리하고 있었다.

그런데 새벽 1시쯤 그에게 전화가 왔다. 그의 목소리는 분노에 차 있었다. 그는 우리의 회동과 결의한 내용까지 속속들이 알고 있었다. 그는 내게 협박을 했다. 그는 내게 연구를 포기하고 모임에도 나가지 말라고 단도직입적으로 말했다. 만약 충고를 무시할 경우 무서운 결과를 초래하게 될 거라고 경고하더니 전화를 끊었다. 무서운 사람이다. 그는 고타니의 보물을 위해서라면 어떤 대가도 치를 사람이라는 걸 나는 잘 알고 있다. 보물을 차지할 수만 있다면 살인도 마다하지 않을 인간이다. 그의 전화를 받고 두려워서 잠을 이룰 수가 없다. 지금도 어딘가에서 지켜보고 있을지도 모르는 일이다. 이제 어쩌면 좋단 말인가. 만약 장경식 말대로 연구를 진행한다면 어떤 해코지를 당할지 모른다. 일단 내일 있을 모임에서 동료들과 상의를 해봐야겠다. 어쩐지 불길한 예감이 든다.

모임은 정시에 시작했다. 동료들도 이번에는 제시간에 도착해 있었다. 심지어 서성인도 나와 있었다. 장경식이 설득을 한 모양이었다. 그런데 지난번과는 달리 분위기가 무거웠다. 이유는 뻔했다. 모두 이가령으로부터 전화를 받은 것이다. 이가령이 불어넣은 불안한 공기가 방안 가득했다. 이번에도 장경식이 모임을 주도했다. 그 역시 이가령으로부터 협박을 받았다고 했다. 다들 기다렸다는 듯 각자의 입장을 토로하기 시작했다. 의견이 분분했다. 더는 이 일 때문에 맘 졸이며 살고 싶지 않다. 차라리 우리가 갖고 있는 비밀을 언론에 공개하자. 이가령을 정식 고발하고 당당히 연구를 진행하자 등등 그동안 쌓였던 불만이 터져 나왔다. 이전의 학자다운 모습은 온데간데없었다. 시장통이 따로 없었다.

장경식이 장내를 진정시키며 말했다. 우리가 더이상 이가령을 두려워할 이유는 없다. 그는 이제 정보부 요원도 아니며 우리의 상관도 아니다. 게다가 전두환이 이끄는 신군부가 들어선 마당에 언론은 아무런 힘이 되어주지 못한다. 그러므로 연구는 계속 진행하되 모임을 갖지는 말고 진척이 되면 내용을 우편으로 서로에게 보내 정보를 공유하자는 것이었다.

그러자 서성인이 입을 열었다. 그는 이가령을 무시해선 안 된다고 했다. 그는 지금도 권력층과 연결고리를 유지하고 있으며 우리를 눈엣가시처럼 생각하고 있다는 것이다. 만약 연구를 계속 진행한다면 이가령은 모든 방법을 동원하여 우리를 없애려 할 것이라고 했다. 방안은 또다시 무거운 침묵이 흘렀다. 이가령이 그러고도 남을 사람이라는 걸 잘 알고 있었기 때문이다. 그러자 장경식이 다시 제안을 했다. 그는 단도직입적으로 우리에게 물었다. 이가령에게 마지막 보고서를 제출할 때 비밀의 단서를 빠짐없이 기록했느냐는 것이었다. 결정적인 질문이었다. 다들 대답을 못 하고 서로의 눈치를 봤다.

처음으로 입을 연 건 나였다. 나는 단서 하나를 누락시켰다고 털어놨다. 그러자 하나둘 진실을 말하기 시작했다. 놀랍게도 우리 6명의 마지막 보고서는 완벽하지 않았다. 그리고 그 사실을 이가령도 눈치채고 있었다. 이가령이 유령처럼 우리를 감시하고 있던 것은 바로 그 때문이었다. 장경식이 말했다. 우리에게는 두 가지 길밖에 없다. 나머지 비밀을 이가령에게 넘겨주고 완전히 손을 떼느냐 아니면 이대로 칼자루를 쥔 채 연구를 끝내느냐.

답은 뻔했다. 우리 중 누구도 이가령에게 단서를 넘겨줄 의사가 있는 사람은 없었다. 분위기를 눈치챈 장경식이 먼저 자신의 연구 결과를 꺼내 탁자 위에 꺼내놓았다. 그의 연구 결과는 상당히 두꺼웠으나 장경식은 맨 마지막 한 장을 빼내곤 나머지는 도로 가방에 집어넣었다. 아마도 비밀의 단서만을 요약한 결론 부분 같았다. 그의 제안은 간단했다. 이 자리에서 각자의 연구 결과를 공유하고 이가령의 손에 들어가지 않게 우리만이 아는 비밀 장소에 단서를 보관하자는 것이었다. 우리는 망설였다. 그러자 김도훈이 자신의 결과물을 꺼냈다. 눈치를 보고 있던 나머지 사람들도 준비한 자료를 꺼내기 시작했다. 우리는 그 자리에서 결과물을 돌려가며 읽었다. 시간은 오래 걸리지 않았다. 어차피 우린 같은 목적으로 지난 5년간 연구를 했으니까.

그런데 문제가 있었다. 과연 어디에 비밀의 단서를 숨겨놓느냐 하는 것이었다. 또다시 언쟁이 벌어졌다. 은행 금고에 넣고 열쇠를 돌아가며 보관하자. 타임캡슐에 넣고 우리만 아는 장소에 묻자 등등. 그때 잠자코 있던 강길준이 좋은 의견을 내놓았다. 그는 우리에게 보여줄 곳이 있다며 따라오라고 했다. 우리가 어디냐고 묻자 그는 건축가였던 이상의 비밀을 숨기기에 가장 적당한 곳이라고만 말하고 앞장섰다. 우리는 말없이 뒤를 따랐다. 강길준이 추천한 장소에 도착한 우리는 만족했다. 그곳은 비밀의 숨기기에 적합했을 뿐만 아니라 그야말로 이상 김해경에게 어울리는 장소였다. 이상 자신이 숨겼어도 선택했을 법한.

드디어 비밀이 담긴 최종 목적지가 나타날 차례였다. 은표는 잔뜩 기대감에 부풀어 다음 장을 펼치려 했다. 그런데 다이어리는 막다른 골목에 다다른 것처럼 갑자기 끝나버렸다. 더이상 남아 있는 페이지가 없었다. 안타까워하며 다이어리 여기저기를 뒤져보았지만 도마뱀이 꼬리를 자르고 달아나듯 더이상 남아 있는 글은 없었다. 내용상으로는 분명 다른 다이어리가 존재할 게 분명했다. 은표는 답답함을 견디지 못하고 다이어리를 집어던졌다.

다이어리가 벽에 부딪히며 힘없이 바닥에 나뒹굴었다. 은표는 책상에 머리를 묻고 숨을 몰아쉬었다. 끝을 찾을 수 없는 뫼비우스의 띠 위에 놓인 개미가 된 기분이었다. 돌고 돌아도 언제나 제자리를 맴돌았다. 창밖으로 날이 밝아왔다. 은표는 창문을 열고 동이 트는 서울을 내려다보았다. 시원한 아침 바람이 은표를 달래주려는 듯 부드럽게 불어왔다.

신선한 공기를 쐬니 답답했던 마음이 조금은 진정됐다. 은표는 바닥에 팽개친 이연의 다이어리를 바라봤다. 처량하게 바닥에 널브러진 모습이 죽기 전 괴로워하던 이연을 연상시켰다. 측은한 마음이 들었다. 은표는 다이어리를 도로 집어 들며 사과하듯 찢긴 페이지를 추슬렀다.

"네가 무슨 죄가 있겠니."

화를 낸다고 해결될 건 아무것도 없었다. 은표는 마음을 가라앉히고 지금까지 내용을 정리해보았다. 이연의 글에 따르면 이연을 비롯한 여섯 명의 요원들은 서로의 비밀을 공유한 것으로 나와 있었다. 그들은 공유한 비밀을 이가령의 손이 닿지 못하도록 그들만이 아는 비밀 장소에 보관했다고 적혀 있었다. 그 장소를 제안한 사람은 얼마 전 살해당한 건축가 강길준이다. 은표는 마지막 구절을 다시 한번 읽어보았다.

"이상 자신이 숨겼어도 선택했을 법한 장소."

이 구절이 은표의 뇌리에 강한 여운을 남겼다. 건축가였던 강길준은 이상의 비밀에 접근하는 방법 역시 건축가적 시각에서 다가갔을 것이다. 그 장소는 이상의 비밀과 밀접한 관계가 있는 곳일 게 분명했다. 그랬기 때문에 다른 요원들도 만족했던 것이다. 하지만 이것만으로는 추측이 불가능했다. 더 많은 정보와 단서가 필요했다.

은표는 이연의 마지막 유언을 떠올렸다. 구인회의 아홉 개의 단서. 이연은 그 장소를 말하고 싶었던 것이다. 그러나 장소를 말하려는 순간 저승사자에게 영혼을 빼앗겼다. 은표에게 남은 목표는 명확했다. 여섯 명의 요원들이 비밀을 숨겨놓은 장소를 찾아야 했다. 그곳에 비밀이 담긴 단서의 최종본이 들어 있을 게 틀림없었다. 한 가지 의문점이 있었다. 남인기였다. 이연의 글에 따르면 그는 단 한 번도 모임에 참석하지 않은 것으로 나와 있었다. 뿐만 아니라 이들과 비밀을 공유하지 않은 유일한 사람이다. 그런데 그는 십일 년 전 최초로 살해된 요원이었다. 범인은 왜 가장 먼저 남인기를 살해한 것일까. 그에게 분명 또 다른 단서가 있음이 분명했다. 범인이 가장 먼저 지목할 만큼 위협적인 단서였을 것이다. 하지만 은표에게 그에 관한 정보는 거의 전무했다.

"하나씩 둘씩 하자."

은표는 자신의 다이어리를 펼쳤다. 이제 살아 있는 요원은 서성인이 유일했다. 그러나 그는 종적을 감춘 후 십 년째 은둔 생활을 하고 있다. 그렇다면 다음으로 찾아야 할 사람은 하광용이다. 이연은 그와 가깝게 지내며 좋은 자료들을 얻었다고 적어놓았다. 그에게 예상치도 않은 단서가 있을 가능성은 충분했다.

생각이 정리되자 누적됐던 피로가 한꺼번에 몰려왔다. 은표는 잠시 눈을 붙이고 하광용이 근무하는 《D일보》를 찾아가야겠다고 생각했다. 은표는 난장판이 된 방을 대충 치우고 베개를 끌어 안았다.

그때였다. 새로 도착한 이메일이 눈에 들어왔다. 은표는 스팸 메일이겠거니 생각하며 모니터 전원을 끄려고 했다.

하지만 발신자를 확인하자마자 벌떡 일어나 모니터에 다가앉았다. 발신자는 '거세된양'이었다.

– 1권 끝 –

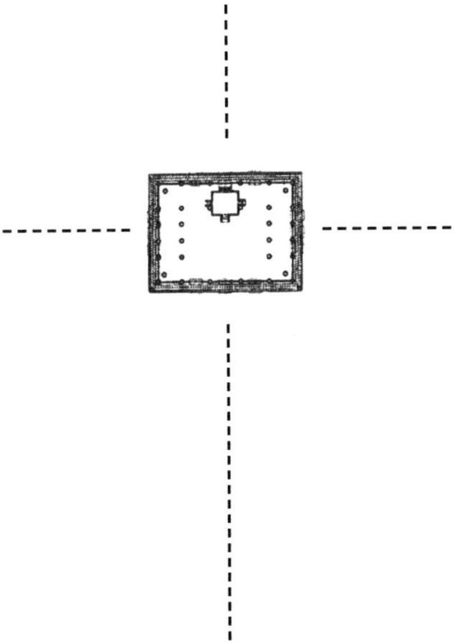

건축무한육면각체 1

1판 1쇄 2016년 12월 9일
1판 3쇄 2024년 8월 14일

지은이 장용민

책임편집 임지호 | **편집** 지혜림
표지디자인 이경란 | **본문조판** 최미영
저작권 박지영 형소진 최은진 오서영
마케팅 정민호 서지화 한민아 이민경 안남영 왕지경 정경주 김수인 김혜원 김하연 김예진
브랜딩 함유지 함근아 박민재 김희숙 이송이 박다솔 조다현 정승민 배진성
제작 강신은 김동욱 이순호 | **제작처** 인쇄 한영문화사 제본 경일제책

펴낸곳 (주)문학동네 | **펴낸이** 김소영
출판등록 1993년 10월 22일 제2003-000045호
주소 10881 경기도 파주시 회동길 210
문의 031-955-8892(편집) 031-955-2696(마케팅) 031-955-8855(팩스)
전자우편 elixir@munhak.com | **홈페이지** www.elmys.co.kr
인스타그램 @elixir_mystery | **X(트위터)** @elixir_mystery

ISBN 978-89-546-4350-4 04810
978-89-546-4346-7 (세트)